AF239850

Verlag: BoD · Books on Demand GmbH, Überseering 33,
22297 Hamburg, bod@bod.de
Druck: Libri Plureos GmbH, Friedensallee 273,
22763 Hamburg
ISBN: 978-3-7693-0502-9

Ohhmmm.......

Oh Ja. Oh bitte, ja.

Ooohhhhh.... Oh ja!?

Jahh!

Ohh, ohh, ohhhh ooohhhh....

Oh ja, ja, ja, jah,
Gib's mir bitte!

Ohhhh

Ohh, ohh,

ohh.

„Hey du Penner!! Wohl 'ne Dunkelrot-Grünschwäche??!" Die Radfahrerin schafft es gerade noch lebend zurück auf den Bürgersteig, als der silbergraue BMW-Bolide an ihr vorbeibrettert, energisch hupend, obwohl er rot hat und sie grün. Der SUV-Fahrer heizt unbeeindruckt weiter, die Frau reißt mit einem hilflosen Blick ihren Kopf nach allen Seiten herum, aber niemand scheint den Vorfall bemerkt zu haben. Oder davon Notiz nehmen zu wollen.

Doch die warme Sommerluft trägt die wütenden Geräusche quer über die Schönhauser Allee und durch ein halb geöffnetes Fenster, an das Ohr einer Schlafenden. Das heißt, bis eben hat sie geschlafen. Aufgestört durch den Krach da draußen, reibt sie sich mit einer Hand das Gesicht, dann öffnet sie die Augen. Hebt den Kopf, wirft einen Blick auf die Uhr neben ihrem Bett, es ist halb eins. Sie lässt den Kopf wieder ins Kissen sinken, schließt die Augen, öffnet sie jedoch gleich wieder. Besser nicht wieder einschlafen. Ihr Blick wandert hinauf zur Zimmerdecke. Die hohen Wände des geräumigen Schlafzimmers sind in verschiedenen, helleren und dunkleren Malventönen angestrichen, die Decke strahlt in hellem Weiß. Sie ist in opulenten Stuck gesäumt, und auch über dem Kronleuchter, der für den Raum fast ein wenig zu klein geraten scheint und ein bisschen wirkt wie aus dem Versandhandel, prangt eine ausladende, fein gearbeitete Stuck-Rosette.

Es vergehen einige stille Minuten, die junge Frau liegt, mit starr zur Decke gerichtetem Blick, auf dem großen Bett. Die

Kissen sind mit weißem Satin bezogen, und lediglich ein übergroßes Tuch aus Satin dient als Bettdecke, doch heute ist es selbst für das bisschen Stoff zu warm. Nur ein Zipfel bedeckt halb ihr Becken und ihre Scham, abgesehen davon ist sie nackt. Sie mag um Dreißig sein, und sie ist von einer natürlichen Schönheit, mit hohen Wangenknochen und der Nase eines russischen Fotomodells. Ihr halblanges, blondes Haar schimmert gesund, und die Makeup-Reste um ihre großen, blauen Augen könnten so auch als gewollt durchgehen. An ihren tadellos gepflegten Finger- und Fußnägeln trägt sie klassisches Chanel-Rot.

Mit einem Mal, von plötzlichem Harndrang getrieben, richtet sie sich im Bett auf, wirft einen kurzen Blick durch das Fenster nach draußen in den blauen Himmel, dann geht sie unvermittelt ins Bad und setzt sich auf die Toilette. Auch hier hängt ein Kronleuchter von der hohen Decke, noch kleiner und noch billiger als der im Schlafzimmer. Über den weißen Kacheln sind die Wände blau gestrichen, mit kleinen, goldenen Verzierungen, von Hand gemalt. Die freistehende Badewanne wirkt auf ihren Löwenfüßchen irgendwie deplatziert, als würde sie sich einen größeren Raum wünschen, doch mit den vielen, halb abgerannten Kerzen auf dem goldenen Tischlein daneben und dem flauschigen, dunkelblauen Teppich hat dieses Badezimmer beinahe etwas von einem Wohnzimmer.

Nachdem die junge Frau ihre Blase erleichtert hat, bleibt sie für einen kurzen, unschlüssigen Augenblick vor der Badewanne stehen, dann entscheidet sie sich, doch erstmal Kaffee zu machen. Sie schlendert in die Küche, bestückt den italienischen Kaffeekocher aus Alu-Guss mit Wasser und Kaffeepulver, setzt ihn auf den Herd und geht zurück ins Schlafzimmer. Dort, auf einem schönen, alten Ohrensessel direkt unter dem Fenster, hängt ein seidener Kimono, in Pastellfarben bedruckt und mit hauchzarter Spitze an den Säumen. Sie wirft ihn sich über, dann öffnet sie weit beide Flügel des Fensters, beugt sich nach vorn über den Sims und schaut die Straße entlang. Dort unten herrscht buntes Treiben. Es ist Sommer in Berlin.

Von der her Küche ertönt das Brodeln der Kaffeemaschine, sie geht hin, nimmt den Kocher von der Platte, schüttet sich Kaffee in eine rosenverzierte Tasse mit Goldrand. Mit der Tasse in der Hand begibt sie sich zurück an das Fenster in ihrem Schlafzimmer und macht es sich auf dem Sessel bequem. Gleich neben ihr stent ein runder Biedermeier-Tisch auf schlanken Beinchen, schwarz lackiert und, genau wie der im Bad, mit lauter Kerzen darauf. Und einem Aschenbecher, in dem noch ein halb gerauchter Joint liegt. Als ihr Blick auf den Joint fällt und auch auf die immer noch fast volle Flasche Bourbon daneben, setzt sie die Kaffeetasse ab, schüttet einen guten Schuss von dem Bourbon hinein und zündet sich den Joint an. Zieht den Rauch tief ein, wendet sich dem Fenster zu, dann lässt sie ihn ganz langsam wieder ausströmen. Nimmt einen Schluck von dem Heißgetränk, lässt ihre Schultern sinken und die Blicke schweifen. Von dort, wo sie sitzt, den Sessel dem Fenster zugewandt, hat sie freie Sicht auf den Himmel, der heute ungewöhnlich blau erstrahlt. Gegenüber, auf der anderen Seite der breit angelegten Schönhauser, sieht sie auf die Dächer und oberen Stockwerke der uralten Gebäude, auf üppig begrünte Dachterrassen und die Glasfassaden der schicken Penthouse-Wohnungen. Dafür, dass die Straße so belebt ist, herrscht hier oben ungemein angenehme Ruhe. Das Summen und leise Quietschen der im Drei-Minutentakt in den nahegelegenen Bahnhof einfahrenden S-Bahn hört sie längst nicht mehr.

Die junge Dame raucht ihren Joint, genießt den Kaffee und die relative Ruhe, bis ein Geräusch vom Nachttisch neben dem Bett sie aufschreckt. Es ist der Nachrichtenton ihres Handys. Wer schreibt mir denn jetzt noch?, überlegt sie kurz, dann rafft sie sich auf, um nachzusehen.

Heute, 02:34 „Schatzi, das war mal wieder sehr geil mit dir. Bis zum nächsten Mal."

04:16 „Hi."

04:48 „Geht auch halbe Stunde?"

08:19 „Hey Süße, bin am Wochenende wieder in Berlin und musste an deine heiße Muschi denken, sehen wir uns?"

11:23, ein Dick pick, dessen Absender sie nicht zuordnen kann... Sie schließt die App und wirft das Telefon im hohen Bogen aufs Bett. „Was für Idioten", zischt sie leise und gießt noch etwas Bourbon nach. Ihr Blick fällt auf die Zeiger der Uhr, schon gleich Zwei. So langsam sollte sie sich fertig machen. Noch einen Augenblick zögert sie widerwillig, dann leert sie mit einem Zug die Tasse und geht rüber ins Badezimmer. Dort lässt sie den Kimono auf den Boden fallen und stellt sich in die Wanne, zieht den Vorhang zu und dreht das Wasser auf. Es ist kalt und herrlich erfrischend. Sie nimmt den Brausekopf aus der Halterung und lässt das Wasser über ihr Gesicht und ihre Brüste laufen, dann stellt sie die Temperatur doch ein wenig höher. Als es ungefähr Körpertemperatur hat, nimmt sie etwas von der flüssigen Intimseife, die neben einigen anderen Pflegemitteln auf einem Brett an der Wand steht, und schäumt damit ihre Scham ein. Dann hält sie den Brausekopf direkt davor, so dass der Schaum an ihren inneren Schenkeln herunterläuft.

Sie schiebt erst einen, dann zwei Finger in ihre Scheide, tief hinein und immer wieder raus und wieder rein, der Wasserstrahl gleitet zwischen ihren Fingern mit. Anschließend hängt sie die Brause wieder ein und beginnt mit ihrer Haar-Routine. Kur, Shampoo, Spülung. Während letztere einwirkt, ist die Rasur dran. Zuerst unter den Achseln, dann im Schritt. Sie beginnt oben im Bikinibereich, dann stellt sie einen Fuß auf den Wannenrand und arbeitet sich sorgsam zu den Schamlippen vor, zieht sie mit zwei Fingern zur Seite, um mit dem Rasierer auch in die kleinen Falten zu gelangen, in die sie eingebettet sind. Lässt die Klinge weiter gleiten bis zur Gesäßfalte, um auch nicht ein Härchen auszulassen. Zum Schluss rasiert sie sich die Beine. Das hat sie gestern auch getan, da sind keine Haare. Aber so sind sie eben richtig glatt.

Kurz darauf steht sie, im Kimono und mit um den Kopf gewickeltem Handtuch, mitten im Schlafzimmer und schaut sich unentschlossen um. Wenn es nach der Uhr ginge, wäre eigentlich noch Zeit für ein Tütchen. Ach, warum denn nicht? Rasch marschiert sie zu dem kleinen Tisch neben ihrem Bett und holt aus der Schublade darunter eine kleine Schachtel hervor. Darin befindet sich das Utensiliar: Tabak, Blättchen, Filter und natürlich das Gras. Mit wenigen, geübten Handgriffen ist der Joint fertig. Dazu mischt sie sich noch einen Drink, aber diesmal im umgekehrten Verhältnis, Bourbon mit Kaffee, und wirft auch noch einen Eiswürfel in die Tasse. Das erscheint ihr so viel adäquater für die Tageszeit.

Zurück in ihrem gemütlichen Sessel, den Joint in der einen, den Drink in der anderen Hand, geht sie in Gedanken den weiteren Plan für den Tag durch. Viel ist nicht mehr zu tun.

Eigentlich muss sie nur noch ihren Kulturbeutel packen, ein paar T-Shirts, Pullover und die Sporthosen, die sie sich eigens für heute gekauft hat. Und den wenigen Schmuck, den sie nicht verkauft hat. In der Hoffnung, dass er ihr nicht geklaut wird. Die Wohnung ist, wie sie ist. Das lässt sich jetzt nicht mehr ändern. Aber sie könnte sich noch kurz beim Vermieter verabschieden, so viel Anstand muss wohl sein. Bei dem Gedanken an Abschied von dieser Wohnung wird ihr wehmütig zumute. Hier hat sie so viele unglaubliche Dinge erlebt, manche sehr schöne Zeit verbracht, und sich meistens sicher gefühlt. Renoviert hat sie alles selber, und alle Gäste, die kamen, haben ihren guten Stil bewundert. In jeder Ecke und in jedem Möbel stecken Erinnerungen. Sicher, auch schrecklich schmerzhafte Erinnerungen. Es mag Leute geben, die in dieser Wohnung nichts weiter als einen Tatort sehen würden. Doch für sie ist es ihr Zuhause. Sie seufzt leise und nippt an der Kaffeetasse. Auch die wird sie vermissen. Da war sie noch im Studium, als sie diese hübsche Tasse auf dem Mauerpark-Flohmarkt entdeckt hat. Danach hat sie noch einige Zeit nach einer dazu passenden, zweiten gesucht, sie doch nie gefunden, und darum blieb es dieses einzelne Tässchen, aus dem sie immer dann ihren Kaffee trank, wenn sie alleine war. Für Besucher gab es die Ikea-Tassen, aber normalerweise kam keiner von ihren Gästen zum Kaffeetrinken. Sie seufzt erneut. Von denen wird sie nicht einen vermissen.

Der Drink ist ausgetrunken, der Joint aufgeraucht, die Haare an der warmen Luft bereits getrocknet, es ist an der Zeit. Die Schöne rafft sich auf und begibt sich in ein anderes, kleineres Zimmer, das so etwas ist wie ein begehbarer Kleiderschrank. In einem Regal hängen auf mehreren Kunstköpfen verschiedene

Perücken. Eine mit langen, glatten, schwarzen Haaren und Pony, ein blonder Bubikopf, rote Strähnen, braune Locken, ungefähr eine Frisur für jeden Tag der Woche. Auf der langen Seite des Raumes sind Kleiderstangen auf Regalwinkeln befestigt, an denen nur ein paar wenige Kleider hängen. Es wirkt, als wäre ein Mitbewohner ausgezogen. Die Frau schnappt sich aus einem herumstehenden Pappkarton eine Valentino-Tasche, den einzigen Markenartikel, den sie noch besitzt, und wirft wahllos einen Großteil der Unterwäsche, die sich in einer Schublade unterhalb der Perücken befindet, hinein. Den Inhalt einer kleinen Schmuckschatulle kippt sie ebenfalls in die Tasche aus. Darauf stopft sie die Sporthosen, noch mit Schildern vom Kaufhaus daran, ebenfalls ein paar Shirts, und zu guter Letzt ihre liebste Strickjacke. Der Sommer wird nicht ewig währen. Was fehlt noch? Ja, der Kulturbeutel. Sie eilt ins Bad, will gerade alle Pflegeartikel in das Täschchen stecken, da fällt ihr Blick auf ihr Spiegelbild. Sie muss sich ja selbst erst noch zurechtmachen.

Gute zwanzig Minuten später lässt sie sich erneut schnaufend in den Sessel sinken. Die Haare sind gekämmt und glattgeföhnt, sie trägt ein dezentes Makeup, nur die Augen etwas betont und einen Hauch von Rouge. Der seidene Kimono ist einem luftigen, hellblauen Kleid gewichen. Als einzigen Schmuck trägt sie eine silberne Brosche, in der Form eines Schmetterlings. Der hübsche Seidenfummel befindet sich nun zusammen mit dem ganzen Rest ihres Lebens in der Valentino-Tasche, die, noch geöffnet, auf dem Fußende des Bettes steht. Daneben liegt ein Brief, Absender ist das Amtsgericht Berlin Mitte.

Die junge, doch bei näherer Betrachtung auch irgendwie alt erscheinende Frau starrt eine Weile auf die Tasche, dann auf den Brief, dann sieht sie wieder aus dem Fenster, als wolle sie den Blick für immer einfangen. Dann irgendwann schaut sie sich wie suchend um, als ob sie noch irgendwas vergessen hätte. Das Gras! Einen Letzten kann sie sich noch bauen, aber das sind bestimmt noch fünf Gramm. Sie dreht sich eine Tüte mit nur ganz wenig Tabak darin, bloß nichts verschwenden. Mit dem Rest geht sie erst ins Bad, überlegt es sich dann doch anders, für die Toilette ist das viel zu schade. Sie will es gerade in der kleinen Reisetasche verstauen, da fällt ihr der Nachbar von einem Stockwerk tiefer ein. Das ist die beste Idee, der freut sich bestimmt. Um auch den Bourbon nicht unnötig verkommen zu lassen, und um sich auf ihre bevorstehende Reise noch ein bisschen gründlicher vorzubereiten, kippt sie die die Tasse bis obenhin voll davon und nimmt einen ordentlichen Schluck. Seufzt. Zündet den Joint an.

„Anna! Was für eine nette Überraschung!" Der Nachbar von unten ist sofort an der Tür, muss wohl gerade daran vorbeigelaufen sein, oder schon dahinter gestanden haben.
„Timo, hi!"
„Mirko. Aber macht nichts. Was kann ich für dich tun?"
Du, eigentlich gar nichts. Ich wollte dir das hier nur vorbeibringen." Sie hält ihm das Beutelchen mit dem herb duftenden Inhalt hin.
„Ja, krass nett von dir, aber ich hab gerade kein Bares hier."
„Nee du, lass mal gut sein, schenk ich dir."
Er stottert ihr noch ein „Danke" hinterher, aber da ist sie schon auf dem Treppenabsatz. „Ciao, Anna..."
Der Vermieter ist ein Arschloch, aber es gibt wahrscheinlich nur wenige Vermieter, über die das noch niemals jemand gesagt

hätte. Immerhin wohnt er im selben Haus. Nicht ganz, Anna muss zum Hintereingang aus ihrem Vorderhaus und den Innenhof überqueren, um zu ihm ins Hinterhaus zu gelangen. Dort gibt es sogar einen Aufzug. Sie drückt den obersten Klingelknopf, es dauert einen Augenblick, und eine Stimme ertönt über die Gegensprechanlage.

„Ja?"

„Ellrich hier. Ich wollte ihnen nur kurz den Schlüssel zu 3B bringen."

„Oh, das passt im Moment nicht gut. Können sie in zwei, drei Stunden wiederkommen?"

„Dann bin ich nicht mehr hier."

„Gut, kommen sie hoch. Sie wissen ja, einfach einsteigen, nichts machen." Die Tür des Fahrstuhls öffnet sich. Anna geht hinein, die Tür schließt sich, und als sie sich erneut öffnet, steht ein rundlicher Mann in Jogginghosen und mit freiem Oberkörper vor ihr. Das Brusthaar kringelt sich bis runter um seinen Bauchnabel.

„Tach. Was soll das heißen, sie wollen mir den Schlüssel bringen? Ihnen ist schon klar, dass sie eine dreimonatige Kündigungsfrist einzuhalten haben? Und die Schlüsselübergabe erfolgt dann ordnungsgemäß bei gemeinsamer Begehung, das Protokoll dazu haben sie selbst unterschrieben."

„Meine Güte, jetzt tun sie nur nicht so überrascht. Ich wette, sie haben längst ein kleines Album angelegt mit allen Zeitungsausschnitten zu meinem Fall. Und sich schön daran aufgegeilt, dass so etwas ausgerechnet in ihrer hochgeschätzten Immobilie passiert ist. Und geben sie es doch zu, ihr zweiter, wenn nicht erster Gedanke war die mögliche Wertsteigerung. Ist doch eine echte Sensation, das alles."

„Sie haben sie doch nicht mehr alle, Frollein. Hätte ich gewusst, was sie auf meinem Grund und Boden treiben, hätte ich sie unverzüglich und fristlos gekündigt. Sie sind Abschaum!" Bei dem Wort allerdings schäumt sich Speichel in seinen Mundwinkeln. Ihr ist das zu doof, sie gibt ihm den Schlüssel in die Hand und drückt auf den Knopf für „Erdgeschoss". „Glauben sie bloß nicht, dass sie auch nur einen Cent von ihrer Kau -", doch da ist sie schon auf dem Weg nach unten.

Am Späti um die Ecke kauft sie noch eine Stange Zigaretten, dann läuft sie die Treppe des Bahnhofs Schönhauser Allee hinunter zu ihrem Gleis. Erstes Ziel: Ostbahnhof. Die S-Bahn ist gerammelt voll, sie findet nur einen Stehplatz. Sofort bereut sie, nicht wenigstens für das erste Stück ein Taxi genommen zu haben. Die Bahn ist einfach nichts für sie. Zu viele Menschen, zu viel Lärm, viel zu viele Gerüche und sonstige Eindrücke. Zum Glück ist sie wenigstens nicht mehr ganz nüchtern, und der letzte, kräftig gebaute Joint hilft auch ein wenig dabei, das zu überstehen. Es sind nur ein paar Stationen.

Endlich im Ostbahnhof angekommen, kauft sie sich eine Fahrkarte für den Regionalzug und macht sich auf die Suche nach ihrem Gleis. Dann versichert sie sich, ob sie rechtzeitig angekommen ist, um ihren Zug noch zu erwischen, und ist selbst überrascht, fast stolz auf sich, denn sie ist noch knappe zehn Minuten vor der Zeit. Und das alles ohne Stress. Gut gemacht, Anna. Sie kramt eine Zigarette aus einer der zehn Schachteln in ihrem Gepäck hervor, zündet sie sich an und bewegt sich in Richtung der durch gelbe Linien auf dem Boden ausgewiesenen Raucherzone. Zieht ein paarmal daran, doch dann schnippt sie sie weg, pustet den Rauch aus und inhaliert stattdessen die Luft um sie herum. Berliner Luft. Die wird sie am allermeisten vermissen.

Der Zug rauscht heran, hält, Menschen steigen aus, andere ein, aber nicht so viele wie in der Straßenbahn zuvor. Es scheint genug Platz für alle zu geben, Anna sucht sich ein freies Abteil und freut sich schon auf eine ruhige Fahrt, da setzt sich ein Paar mit Kind direkt zu ihr. Sie atmet kurz aus, gerade eben nicht so heftig, dass die Leute es bemerken müssen, senkt den Blick und hebt ihn dann wieder, streckt ihren Oberkörper leicht, so dass sie einen besseren Ausblick über den Wagon hat, doch ihre Chancen stehen schlecht. Alles ist mittlerweile voll besetzt. Sie fühlt, wie sich ihr Herzschlag erhöht. Die besänftigende Wirkung der vertrauten Berliner Luft ist auf einmal wie verblasen und der Joint wirkt plötzlich alles andere als entspannend. Beklommenheit steigt in ihr auf, und sie will am liebsten ihre Tasche greifen und aus dem Zug springen, aber da schließen sich bereits die Türen und die Wagen rollen an. Kein Entkommen mehr.

Anna lässt sich, so gut es geht, in den starren, unbequemen Plastiksitz sinken, schlägt die Beine übereinander und legt die rechte Hand so über die linke, dass ihr rechter Daumen genau auf der Pulsader über ihrem linken Handgelenk zu liegen kommt. Scheinbar unbekümmert, fühlt sie ihren Puls. Die Ader hämmert unter ihrem Daumen. Sie atmet, bewusst langsam, tief ein, lang aus. Versucht, einen Punkt zu finden, den sie fokussieren könnte. Etwas, auf dem ihr Blick ruhen kann. Bloß irgendein Ruhepunkt. Irgendwas, das sie ablenken kann von dem ganzen Tohuwabohu, in dem sie ihre Mitte finden kann. Ach Quatsch, kommt ihr der Gedanke, das ganze Gerede von innerer Mitte, und der Bourbon meldet sich auch nochmal zu Wort: Ja, völliger Quatsch! Deine Mitte ist genauso selbstgemacht wie Kartoffelauflauf, und hält sich im Kühlschrank auch nicht viel länger. Hä? Sie schiebt den Gedanken weg und blickt aus dem Fenster, findet schließlich ihren Fokus in den vorbeirauschenden Bäumen entlang der Bahntrasse.

Allmählich dämmert ihr, dass sie das beste Abteil weit und breit erwischt hat. Während überall um sie herum laut telefoniert, gelacht und geblödelt wird, verhalten sich ihre Platznachbarn so still, als wären sie bei einer Beerdigung. Die Eltern scheinen nicht von dieser modernen Sorte zu sein, die ihr Kind als ebenbürtigen Verhandlungspartner ansehen und alles mit ihm durchdiskutieren, bis das Kind am Ende doch seinen Willen bekommt. Anna löst ihren Blick von den vorbeifliegenden Baumkronen und schaut sich die Leute an. Untere Mittelschicht, er wahrscheinlich Arbeiter, sie Hausfrau oder mit Halbtagsjob. Beide starren auf ihre Handys, das kleine Mädchen, sie mag fünf oder sechs sein, auf ihre Schmetterlingsbrosche. Als sie sich von Anna dabei ertappt fühlt, lächelt sie sie verlegen an. Anna lächelt zurück.

Da steht die Kleine auf, geht auf Anna zu und tippt mit ihrem winzigen Zeigefinger auf die Brosche. Der Vater schreitet direkt ein und herrscht das Kind an, sich sofort wieder hinzusetzen und die Frau nicht zu belästigen. Die Frau fühlt sich aber gar nicht belästigt und will das auch am liebsten gleich zum Besten geben, doch dann besinnt sie sich darauf, dass man sich nicht in Anderer Angelegenheiten mischen sollte. Die Eltern widmen sich wieder ihren Handys, Anna wendet sich erneut den Bäumen zu, die Kleine schaut bedröppelt zu Boden und spielt mit ihren Fingern. Nach einer Weile wird das Anna zu blöd, sie nimmt die Brosche ab und gibt sie dem Kind. Das reißt die

Augen auf und strahlt sie an, als hätte sie da Scheinwerfer eingebaut. Die Mutter des Mädchens widerspricht: „Das müssen sie nicht tun", doch Anna entgegnet nur „Ich möchte aber," und zu dem Kind: „Ich brauche die Brosche nicht mehr, du kannst sie behalten. Pass gut darauf auf, die gehört jetzt dir."

„Aber..." will der Vater noch dagegenhalten, doch Anna winkt mit einer Handbewegung ab.

„Nein, das ist in Ordnung. Ich brauche sie nicht mehr."

Sie und die Kleine lächeln sich an, dann schauen beide aus dem Fenster. Das Mädchen spielt mit der Brosche, Annas Augen ruhen wieder auf den grünen Wipfeln, es wird eine angenehme Fahrt. Der Weg führt durch die Wälder der Priegnitz, vorbei an Tümpeln und kleinen Seen, hält an Bahnhöfen kleiner Ortschaften. An einem dieser Bahnhöfe steigt die Familie aus, und das Mädchen, das die ganze Zeit über nicht ein Wort hervorgebracht hatte, strahlt Anna noch ein letztes Mal an und sagt „Danke". Anna würde sie am liebsten in die Arme nehmen, ihr ins Ohr flüstern, dass sie wertvoll ist und darum alles Schöne der Welt verdient. Stattdessen lächelt sie nur zurück.

Am nächsten Dorfbahnhof steigt auch sie aus. Bis zu ihrem Ziel sind es aber noch gute drei Kilometer. Es gibt einen Bus, doch der nächste käme erst in einer guten Stunde. Bis dahin ist sie auch zu Fuß längst da. Und wer weiß, wann sie ihren nächsten ausgedehnten Spaziergang unternehmen können wird. Hier draußen ist es lange nicht so heiß wie in der Stadt, noch dazu weht ein leichter Wind, Anna fragt sich, warum es überhaupt erst ein Gerichtsurteil brauchte, um sie hierher aufs Land zu locken.

Sie kramt ihr Handy aus einem Seitenfach ihrer Tasche und

ruft die Zieladresse in der Karte auf. Dreht sich halb im Kreis, bis der Pfeil über ihrem Standort in die richtige Richtung zeigt, zoomt raus - okay, im Grunde nur am nächsten Dorf vorbei und dann links. Sie steckt das Handy wieder ein und macht sich auf den Weg. Zum Glück hat sie ihre gut eingelaufenen Ballerinas an. Die Tasche könnte noch schwer genug werden.

Der Weg ist wirklich schön. Er führt vorbei an goldenen Weizenfeldern, die sich im Wind wiegen, an Wiesen, auf denen Kühe grasen, und überall an den Rändern stehen Klatschmohn und leuchtend blaue Kornblumen. Anna läuft mitten auf dem schmalen, fast unbefahrenen Landweg, mit ihrem knielangen, auf Taille geschnittenen Kleidchen in Hellblau passt sie wie gemalt in dieses Bild, und mit ihrem aufrechten, elegant anmutenden Gang macht sie die Straße zu ihrem Laufsteg. Auf einmal kommt ihr der Einfall, ein paar von den Blumen zu pflücken. Es kann doch nicht verboten sein, ein bisschen was von dieser Schönheit mitzunehmen? Die bunten Farben würden ihr bestimmt den Start erleichtern.

Gerade hat sie ein hübsches Sträußchen zusammengestellt, noch ein paar Weizenähren dazugetan, um es abzurunden, da kommt ein erstes Auto von hinten auf sie zugefahren. Sie geht weiter ihres Weges, diesmal am linken Straßenrand, der Wagen fährt langsam an ihr vorbei, hupt kurz und sie denkt schon, was, wegen der Blumen?, da hält er ein paar Meter vor ihr an. Die Rücklichter leuchten auf, das Fahrzeug kommt rückwärts auf sie zugerollt. Das Fenster auf der Fahrerseite wird heruntergelassen.

„Hey, schöne Frau, wenn sie nicht zufällig die alte Eiche da drüben besuchen wollen, müssen sie es noch ziemlich weit haben. Kann ich sie irgendwohin mitnehmen?"

„Nein, danke, ich laufe gerne." Sie geht weiter, den Blick nach vorne gerichtet, er rollt in seinem schwarzen Mercedes neben ihr her.

„Ich nehme sie wirklich gerne mit. Sie verbrennen sich sonst noch ihre zarte Haut." Anna sieht den Mann kurz an, kann in seinem Gesicht nicht einen einzigen Grund finden, darauf zu antworten, wendet sich ab und läuft unbeirrt weiter. Der Mercedesfahrer tritt aufs Gaspedal, ruft noch „Blöde Schlampe", dann braust er davon. Sie bleibt von nun am linken Wegesrand.

Allmählich tauchen vereinzelte Bauernhäuser auf, sie nähert sich dem Dorf. Da sind rot verklinkerte, moderne Häuser mit gepflasterten Hofeinfahrten und alte Fachwerkhäuser mit verwitterten Jägerzäunen davor, an denen gelbe und pfirsichfarbene Bauernrosen hoch emporwachsen. Hühner gackern in den Vorgärten entspannt vor sich hin, weiße Laken hängen zum Trocknen an Wäschespinnen. Alles wirkt ungemein friedlich und still. In der kleinen Ortschaft gibt es nicht viel, außer einer unscheinbaren Kirche, einem Krämerladen, der auch als Poststelle dient und fünf Straßenlaternen. Ein paar Omis schauen aus ihren Fenstern und begaffen den Fremdling, der durch ihren Ort spaziert. Kaum zweihundert Meter nach dem Ortsausgang kommt ihre Abbiegung. Der Weg ist von hohen Bäumen gesäumt, fast wie die Zufahrt zu einem Schloss. Anna hat im Internet herausgefunden, dass das hier früher eines der größten Kinderheime der DDR war. Von weitem kann sie es schon sehen. Tatsächlich, denkt sie, während sie dem Gebäude immer näher kommt, es hat was von diesen alten Berliner Oberschulen. Hier also haben sie die guten, anständigen DDR-

Bürger gezüchtet.

Sie erreicht den Vorplatz des symmetrisch angeordneten, schmucklosen Kastens und geht die breite Treppe zum Portal hinauf. Rechts daneben an der Mauer befindet sich eine Klingel mit einem kleinen Schild, darauf steht „Besucher" geschrieben. Sie drückt den Knopf, ein Sicherheitsmann kommt an die Tür, öffnet sie aber nicht. Er schaut sie nur fragend an, durch ein kleines Fenster in dieser riesigen, massiven Holztür. Sie fummelt eilig den Wisch vom Gericht aus ihrer Tasche und hält ihn hoch. Der Mann zeigt nur nach rechts und bedeutet ihr, in die Richtung zu gehen. Anna leistet dem Folge, geht halb um das Gebäude herum und kommt zu einem drei Meter hohen Zaun aus Metall. Wieder eine Klingel. Nach einer ganzen Weile dröhnt der Türöffner, und ein anderer Sicherheitsmann wartet an einer kleinen Pforte zum Nebengebäude. Das ist also ihr Trakt. Mit plötzlich ganz weichen Knien bewegt sie sich, wie von einem Seil gezogen, in seine Richtung. Zeigt auch ihm den Brief, und ihren Personalausweis. So, wie es in dem Brief gefordert wird.

„Anna Ellrich. Ich sollte -"

„Sollte!! Ganz genau, du solltest vor fünfundzwanzig Minuten hier sein. Dir ist schon klar, dass dit fast einen Haftbefehl jejeben hätte? Abendessen kannst du dir jedenfalls abschminken. So, aber nun komm erstmal rein." Er spricht in seine Handfunke: „Franziska, komm mal bitte an die Schleuse, Neuzugang", dann wendet er sich wieder Anna zu, „ick bin der Sven. Wir duzen uns hier.

„Dann bin ich Helena."

„Helena? Hier steht Anna Ellrich."

„Das mag ja sein, aber fremde Typen, die mich duzen, nennen

mich Helena."

Eine Tür im hinteren Bereich des Raums öffnet sich, eine untersetzte, kleine Frau mit dicker Brille kommt herein. Die dunklen Haare mit grauen Strähnen hat sie zum Zopf geflochten, sie trägt graue, verwaschene Schwesternbekleidung und Gummilatschen.

„Wen haben wir denn hier?

„Dit ist Lady Helena. Janz hoher Besuch heute."

„N'Abend Helena, ich bin Franziska, den Sven hast du ja schon kennengelernt, wir sind hier die beiden, mit denen du keinen Ärger haben willst. Einmal bitte hier entlang...", Anna folgt Franziska in einen komplett mit Fliesen ausgekleideten Nebenraum, Sven bleibt dicht hinter ihr, „und hier alles ablegen." Sie zögert. „Na das wird für dich ja wohl nicht das erste Mal sein. Ausziehen, heute noch." Anna zieht ihr Kleid aus, nach einem drohenden Blick der Schwester schließlich auch den BH und ihr Höschen. Franziska zieht sich einen Latexhandschuh über die rechte Hand.

„So, nun brav die Beine auseinander und nach vorne beugen." Die Frau stochert mit ihren spitzen Fingern in ihrer Vagina herum und sucht auch anal nach heimlichen Mitbringseln, und dabei geht sie nicht gerade zimperlich vor. Dann gibt sie Anna einen Plastikbecher und weist auf eine weitere Tür. „Da bitte eben rein für die Urinprobe, und dann gehst du hier", wobei sie auf eine Duschvorrichtung im selben Raum zeigt, „duschen. Gründlich, schlepp uns hier ja nichts rein. Anziehen wirst du heute erstmal das hier, deine persönlichen Sachen werden morgen erst noch von der Oberschwester durchgesehen und die entscheidet dann, was du behalten kannst." Anna sieht auf den kleinen Stapel Kleidung, der den Klamotten der Schwester ziemlich ähnlich sieht.

„Was ist mit den Blumen, darf ich die mit aufs Zimmer nehmen?"

„Keinerlei mitgebrachten persönlichen Gegenstände, dit ist so Vorschrift." Sven öffnet mit dem Fuß den Deckel eines Mülleimers und befördert die Blumen dort hinein. Anna verschwindet mit dem Urinbecher im WC. Wenigstens beim Duschen schaut Sven nicht zu, er hat höflicherweise den Raum verlassen. Doch Franziska lässt sie nicht eine Sekunde aus den Augen, steht da wie eine Wachsfigur, mit verschränkten Armen und beobachtet jede ihrer Bewegungen. Noch nie in ihrem Leben hat sich Anna so nackt gefühlt.

Nachdem Franziska sie dann noch um drei volle Kolben mit ihrem Blut erleichtert hat und die Aufnahmeprozedur endlich vorbei ist, führt sie Sven aus der „Schleuse", hinaus in ihr neues Zuhause. Anna kriegt das alles gar nicht mehr so richtig mit, ist völlig benommen, ihr Körper mag hier drin, in dieser absurden Situation sein, aber sie ist irgendwo anders. Die beiden gehen irgendwelche Gänge entlang, eine Treppe hinauf, kommen an unzähligen geschlossenen Türen vorbei, durch weitere Gänge, bis sie zu einer offenen Tür kommen.

„Bitte sehr. Mach et dir jemütlich. Franziska kommt nachher nochmal nach dir sehen." Die schwere Eisentür fällt krachend hinter Anna ins Schloss, sie steht mitten in der kleinen Zelle und schaut sich um. Gemütlich ist es hier nicht. Grauer Linoleum-Boden, grau lackierte Wände. Es riecht antiseptisch. In der Ecke steht ein schmales Bettgestell aus Metall mit einer Gummimatte anstelle einer Matratze darauf, das Fenster ist aus bruchsicherem, drahtverstärkten Glas und vergittert. Aber immerhin gibt es ein Fenster. Sie geht darauf zu, stellt zu ihrer

Freude fest, dass es sich sogar öffnen lässt, und sieht diese ben Felder, durch die sie eben noch gewandert ist. Alle Achtung, wer will schon ein Zimmer, wenn er eine Zelle mit dieser Aussicht haben kann? Anna kann ihrem Gesicht ein schwaches Lächeln abringen. So bleibt sie da am Fenster stehen, eine geschlagene Ewigkeit, bis ihre Beine müde werden. Schließlich setzt sie sich auf das, was ihr also ab jetzt als Schlafplatz dienen soll. Wie soll man denn auf sowas schlafen können? Sie muss an ihre Satin-Bettwäsche denken, und die dicken, weichen Kissen, aus denen sie manchmal den ganzen Tag nicht herauskam, so gemütlich waren die. Wenigstens die Zigaretten hätten sie ihr lassen können. Und was gäbe sie jetzt für einen kräftigen Drink und einen schönen, fetten Joint.

Mit einem Mal öffnet sich die Luke und Franziska steht vor ihr, mit einer Wasserflasche in der einen und einem kleinen Becher in der anderen Hand, in dem eine einzige, rote Pille liegt.

„Das Abendessen hast du ja leider verpasst, aber hier habe ich wenigstens etwas Wasser für dich. Und die nimmst du bitte."

„Was ist das? Den Scheiß nehme ich nicht."

„Das ist ein schöner Gruß vom Doktor, und muss ich etwa Sven erzählen, dass du mir hier Ärger machst? Mund auf." Anna schluckt die Pille, so schlimm wird's wohl nicht sein, wahrscheinlich hatte sie eh schon bessere Drogen. Franziska kontrolliert Annas Mundhöhle um sich zu versichern, dass sie die Tablette auch wirklich geschluckt hat.

„Das ist hier nicht das Hilton, schon klar, aber diese Maßnahme ist nur für den Anfang. Bis wir dich ein bisschen besser kennen und du zu den anderen verlegt werden kannst.

So weit alles klar? Frühstück ist um sechs, Mittagessen um halb eins, Abendessen um achtzehn Uhr, und wer zu spät kommt – aber das hast du ja schon mitbekommen. Du hast morgen Vormittag eine Verabredung mit dem Chefarzt, wir holen dich dann. Also, gute Nacht." Und weg ist sie. Anna nimmt das dünne Kissen vom Kopfende und legt es ans Fußende, so kann sie im Liegen aus dem Fenster schauen, in den immer noch blauen Himmel. Hier drinnen haben sie schon die Lichter ausgeschaltet, dort draußen würde ihr Tag gerade erst beginnen.

ZOMBIEPILLE

Ein Gong ertönt, die Zellentür wird aufgerissen und etwas, das der Krankenschwester vom gestrigen Abend ähnlich sieht, huscht vorbei. „Aufstehen, Frühstück!" Anna schreckt hoch, richtet sich auf, sieht sich um. Auf dem Flur scheinen Menschen zu sein, sie kann Geräusche von schlurfenden Pantoffeln hören. Wie lange kann sie wohl geschlafen haben? Eine Stunde, eine halbe vielleicht? Anna wusste vorher schon, dass die erste Nacht heftig werden könnte. Hat aber nicht versucht, sich eine Vorstellung davon zu machen. Sie wollte sich nicht unnötig verrückt machen, bevor das Unvermeidliche doch sowieso geschah. Weil es eben unvermeidlich war.

Die komische rote Pille hat nur kurz reingekickt, sie ein bisschen benebelt, hätte ihr vielleicht sogar ein Zeitfenster verschafft, um einzuschlafen. Aber um neunzehn, zwanzig Uhr, was mag das gewesen sein - einschlafen, Anna? Da hätte es schon die Elefantendosis gebraucht. Also ist sie die halbe Nacht im Kreis gelaufen, einem sehr kleinen Kreis. Hat auf dem Bettgestell gesessen und Ewigkeiten auf die stählerne Toilette in der Ecke, ohne Brille und Deckel gestarrt. Dann wieder am Fenster gestanden, das sich immerhin öffnen ließ, dem Mond dankbar für das bleiche Licht, das er in ihre Zelle warf, und zugleich voller Angst vor der ersten bewölkten Nacht hier drin.

Würde man sie hier je wieder rauslassen? Die könnten sie einfach vergessen und sie würde für immer in diesem muffigen Verlies verrotten. In der Ecke rechts über der Tür hängt eine

Kamera. Aber was wäre, wenn aus irgendeinem Grund die Klinik geschlossen würde, und gar niemand mehr hinter dem Bildschirm sitzen und sie beobachten würde, während sie elendig verhungert und verdurstet? Niemand würde sie vermissen, das würde gar keiner bemerken.

Irgendwie hat sie es dann zwischendurch geschafft, sich zu beruhigen. Hat, zuerst in Gedanken, schließlich laut zu sich selbst gesprochen und immer aufs Neue wiederholt: „Alles wird gut. Alles wird gut." Doch jedes Mal, wenn sie dachte, so weit zu sein und endlich schlafen zu können, kam aus irgendeinem der anderen Räume ein Jaulen. Ein lauter Schrei, aber mehr wie ein Wimmern. Es klang furchtbar gruselig, so als ob jemand große Schmerzen hätte. Oder wahnsinnig verzweifelt war. Das ging die ganze Nacht über immer wieder los. Und immer dann, wenn sie gerade die Augen schloss. Wie bestellt.

Anna schleppt sich an die Tür und schaut eine Weile hinaus in den Flur, nach und nach werden die Zombies in Schlafanzügen weniger, die an ihrer Tür vorbeischleichen. Sie lässt sich noch einmal auf die Gummimatte sinken. Nur noch ein paar Minuten ruhen.

Als sie ihre Augen wieder öffnet, steht eine Frau in denselben Baumwollhosen und so einem Shirt, wie sie es trägt, vor ihr. An ihre Brust ist ein Schild mit dem Namen „Hilde" geheftet. Ernsthaft? Schwester Hilde? Was für ein Klischee. Schwester Hilde scheint aber nett zu sein, nicht wie der Bullterrier von gestern.

„So, Schätzchen, nun aber mal raus aus den Federn. Der Doktor wartet auf dich."

Ohne Worte und ohne darüber nachzudenken, gehorcht Anna der Anweisung, steigt mit den Füßen in ihre Gummipantoffeln und folgt der älteren Frau auf den Gang hinaus. Einige der Türen, die gestern Abend noch verschlossen waren, stehen jetzt offen.

Sie gelangen zu einem großen, offenen Saal, von weichem Licht durchflutet, mit hohen Fenstern auf zwei Seiten. Hier ist sie bisher noch nicht gewesen. Oder hat sie das nur nicht mehr mitbekommen? Alles sieht aus wie in den Irrenanstalten, die sie aus Filmen kennt. Da stehen ein paar Tische, mit Stühlen drum herum, es gibt einen Fernseher, vor dem ein Sofa und einige Sessel stehen, und sogar eine Tischtennisplatte. Leute lungern herum, scheinbar mit sich selbst oder einfach gar nichts beschäftigt, Anna nimmt kaum Notiz von ihnen. Sie folgt dem breiten, wackelnden Hintern von Schwester Hilde quer durch den Saal und in einen weiteren Flur, der auf der anderen Seite von ihm ausgeht. Es riecht nach Desinfektionsmitteln.

Der Chefarzt erwartet Anna, hinter einem klotzigen, mondänen Schreibtisch sitzend, in einem Raum, der sich von allem, was sie bisher gesehen hat, stark abhebt. Hier hängen zarte Gardinen an den Fenstern, auf dem Boden liegt flauschiger Teppich, Bilder von lachenden Kindern stehen in silbernen Bilderrahmen auf einer antiken Kommode. Wahrscheinlich seine eigenen Kinder. Der Mann bedeutet ihr, auf einem der beiden Stühle gegenüber seines Tisches Platz zu nehmen.

„Guten Morgen, Anna. Ich bin Matthias. Wie geht es dir heute? Hast du dich schon ein wenig bei uns einleben können?"

„Helena."

Der Mann stutzt, schaut in die Akte, die wohl ihre sein muss.

„Stimmt, Sven hatte sowas notiert. Du hast anscheinend dagegen protestiert, dass wir uns hier duzen. Das allerdings hat die Klinikleitung so entschieden, dadurch soll es uns besser gelingen, Nähe und Vertrauen aufzubauen. Gut, aber wenn es dir so lieber ist, Helena." Sie nickt stumm.

„Also, Helena. Weißt du, welcher Tag heute ist?"

„Ähm - Dienstag?"

„Und das Datum?"

„Ich glaube, der Fünfzehnte."

„Der fünfzehnte Was?"

„Der fünfzehnte August, 2034."

„Gut. Ich nehme an, du weißt, warum du hier bist?"

Anna schaut verlegen auf ihre zappelnden Finger.

„Ich habe offensichtlich einen großen Fehler gemacht."

„Interessant. Du nennst das einen Fehler. Warum hast du dich für dieses Wort entschieden?"

„Weil ich hier drin gelandet bin. Dann war es ja wohl ein Fehler."

„Nun, du hast einen Mann – deinen Kunden, schwer verletzt. Der Mann wäre beinahe verblutet."

„Kein Wunder," murmelt sie leise, „bei dem, was der sich reingeknallt hatte."

„Du kannst dich also erinnern?"

„Nein, aber das war ja nicht das erste Mal."

„Was, du hast vorher schon Menschen verletzt?"

„Nein, ich meine die Situation.

Matthias sieht sie durch seine randlose Brille fragend an. Dann wirft er wieder einen Blick in die Akte.

„Nun, wenn ich das richtig verstehe, hast du mit diesen 'Situationen' ja gar nicht schlecht verdient. Und das wahrscheinlich auch noch steuerfrei? Ich sehe hier, dass dein Gutachten von Dr. Löwenberg erstellt wurde, einer europaweit bekannten Koryphäe, und auch dein Anwalt scheint ein richtiger Star-Anwalt zu sein. Um hier bei zu uns zu kommen, anstatt in Gefängnis, hast du also offenbar doch einiges sehr richtig gemacht."

„Damit hatte ich gar nichts zu tun." Anna rutscht nervös auf ihrem Stuhl hin und her. Matthias mustert sie mit unveränderter Miene.

„Helena, die Verantwortung abzugeben, wird dich hier drinnen nicht weiter bringen."

„Ich hab da gar nichts abgegeben. Das war der Kunde. Der hat den Anwalt bezahlt und auch den Gutachter bestellt."

„Der Kunde, den du lebensgefährlich verletzt hast??"
Ein Anflug von Gefühlsregung huscht für den Bruchteil einer Sekunde durch das hagere Gesicht des Psychiaters.

„Ja. Der auch keine Strafanzeige gestellt hat. Eigentlich war mir niemand wirklich böse. Und trotzdem bin ich hier. Also, irgendwas muss ich falsch gemacht haben."

Matthias kritzelt eifrig etwas auf ein Blatt Papier. Anna mustert ihn aufmerksam. Mit seinem Zehntagebart und dem lässigen T-Shirt im Used-Look will er anscheinend harmlos und nahbar wirken. Seine Körpersprache und Mimik drücken das genaue Gegenteil aus. So einer wie der wäre niemals als Freier zu ihr gekommen. Der ist eher der Typ braver Familienvater, der an den Wochenenden mit der heimlichen Geliebten durch die edelsten Swingerclubs tingelt. Während er angeblich auf irgendeinem Ärzte-Kongress ist. Oder steht er vielleicht auf Peitschen?

Ja, so einer braucht Schmerzen, um abzugehen. Bei dieser Vorstellung entspannt sich ihr Körper ein wenig. Der Mensch, der ihr Leben hier drinnen halbwegs angenehm gestalten oder zur Hölle machen kann, ist eben auch nur ein Mann. Mit dem wird sie schon fertig werden.

„So," Matthias legt den Stift beiseite und richtet seinen Blick wieder fest auf sie, „kommen wir doch mal auf das Resultat deiner Toxin-Untersuchung zu sprechen. Ich muss ehrlich zugeben, mit so einer bunten Palette im Blut hätte selbst ich Schwierigkeiten im Umgang mit der Realität. Die Schwester gibt dir nachher etwas zur Beruhigung, und das wirst du bitte brav nehmen. Letzte Nacht hast du den Wachdienst ja ganz schön auf Trab gehalten mit deinen Schreien. Das wollen wir doch heute lieber vermeiden. Du wirst sicher bald feststellen, dass es all das Zeug, das du da draußen geraucht, geschluckt oder durch die Nase gezogen hast, auch hier bei uns gibt. Nur, dass wir dich hier dabei erwischen, immer. Und das heißt dann Isolation für dich. Haben wir uns verstanden?"

Anna nickt stumm. Wann bitte hat sie geschrien? Sie hat Schreie gehört, aber das waren doch nicht ihre? Oder etwa doch?

„Gut, wenn du sonst keine weiteren Fragen hast," wobei er auf die Uhr an seinem Handgelenk schaut, „dann gehe ich jetzt zum Mittagstisch. Für dich müsste die Kantine in diesem Moment schließen; ich hoffe, du hast gut gefrühstückt? Ach, und eins noch: Sex ist nicht gestattet. Mit niemandem.

Nicht oral, auch nicht mit Händen oder mit Gegenständen; keinerlei Intimitäten. Denn auch das würde sonst sofortige Isolation bedeuten. Fass einfach niemanden an. Denkst du, du bekommst das hin?"

Dann schiebt er sie mit einer Hand auf ihrem Rücken sanft aus dem Zimmer und bedeutet Schwester Hilde mit einem knappen Wink, sich ihrer anzunehmen.

Die freundlich dreinschauende Schwester führt Anna zu dem, was wohl das Schwesternzimmer sein muss, durch ein breites Fenster neben der Tür kann sie eine Art Küchenzeile sehen, und an einem großen Tisch sitzen zwei Frauen in Schwesternbekleidung und trinken Kaffee.

„Warte kurz hier." Hilde verschwindet in dem Zimmer, und einen kurzen Augenblick später kommt sie mit Annas Valentino-Tasche zurück.

„Dein Handy und auch ein paar andere Sachen behalten wir fürs Erste noch ein, aber du wirst dich sicher über deine Zigaretten freuen. Bring die Sachen erstmal in dein Zimmer. Das findest du doch wieder? Und danach kannst du gerne wieder zu mir kommen und ich stelle dich Chrissy vor. Die kann dir dann hier alles zeigen."

Nach einer Weile, und nachdem sie endlich die Zelle von letzter Nacht gefunden und neun von ihren zehn Schachteln unter der Gummimatte verstaut hat, ohne jede Hoffnung, dass die nicht geklaut würden, findet sie Hilde in dem großen Saal wieder. In der Hand ein Zigarettenpäckchen und ein Feuerzeug.

„Chrissy, das ist Helena. Bist du so freundlich, sie hier bei uns willkommen zu heißen?" Und mit diesen Worten ist Hilde auch schon wieder verschwunden. Chrissy, die eben noch eingekringelt in einem der Fernsehsessel herumgegammelt hat, springt hoch, richtet sich kerzengerade vor Anna auf und grinst sie mit gespitzten Lippen an. Sie mag ein paar Jahre jünger sein als Anna, hat glatte, pechschwarze Haare bis runter zum Po, die Lippen grellrot übermalt und mit den dichten, falschen Wimpern passt ihr krass in Szene gesetztes Gesicht überhaupt nicht zu dem Longsleeve und den Turnhosen, die sie darunter trägt.

„So, so, Helena. Willkommen in unserer gar nicht so bescheidenen Hütte! Was darf ich dir als erstes zeigen? Unseren Vergnügungspark hier drüben," wobei sie auf die Tischtennisplatte zeigt, „das Kino hier, oder doch lieber gleich die Folterkammer, wo sie einem die Elektroschocks und all das Zeug verpassen?"

Anna ignoriert die Frage und hält die Zigaretten hoch.

„Okay, sehr gute Wahl." Chrissy wirbelt auf dem Absatz herum, nimmt Anna bei der Hand und zieht sie zu einer in die Glasfront des Saals eingelassenen Tür. Dabei winkt sie noch einem Sicherheitsmann zu, der stumm in der Ecke steht. „Nur fünf Minuten, ja?" Auf eine Antwort scheint sie aber nicht zu warten.

Die beiden ungleichen Frauen betreten einen kargen, gepflasterten Innenhof mit ein paar Sitzbänken und verdorrten Sträuchern in Kübeln. Das einzig Schöne daran ist der Blick durch den hohen Zaun in die zauberhafte Landschaft dort draußen. Auch hier lungern Leute herum, auf einer der Bänke sitzt jemand mit einem aufgeschlagenen Buch und glotzt gedankenverloren auf dessen Rückseite.

„Gibst du mir auch eine?" Anna reicht Chrissy die Schachtel

und das Feuerzeug, dann zündet auch sie sich eine an. Das hat sie jetzt dringend gebraucht. Sie inhaliert den Rauch genüsslich, die beiden schauen einander an.

„Und," fragt Chrissy, „wie hast du es angestellt?"

„Was angestellt?"

„Na, hier reinzukommen. Die meisten hier sind suizidal. Du musst es aber mindestens zwei Mal versucht haben, sonst nehmen sie dich nicht auf. Manche schneiden sich zwei Mal hintereinander die Pulsadern auf, nur um endlich hier rein zu kommen. Ich war nur einmal so blöd. Das kann nämlich auch ganz schön daneben gehen. Beim zweiten Mal hab ich Pillen genommen, die lassen sich nämlich so dosieren, dass du nicht gleich hopsgehst und, wenn du Glück hast, sie dir aber trotzdem glauben. Also, was war es bei dir?"

„Ich ... hab einen Mann verstümmelt. Ein Stückchen kürzer gemacht."

„Wie, du meinst verstümmelt - an seinem Stummel? Du bist nicht etwa die ... nicht die ...?" Sie springt auf, rennt zur Tür, reißt sie auf und brüllt in den Saal hinein: „Hey Leute, wir haben die Rasiermessernutte hier bei uns!!"

„Es war ein Zigarrenschneider."

Chrissy wirft ihren Kopf herum, starrt Anna mit riesigen Augen an und stampft mit großen Schritten zurück, wieder auf sie zu.

„Sag das nochmal."

„Es war ein Zigarrenschneider."

„Komm, gib mir noch eine. Kriegste nachher wieder, versprochen. Was bitte, ein Zigarrenschneider? So einer wie diese Clipper, mit denen man Zigarren kürzt?"

„Genau so einer."

Chrissy lacht laut los. „Weißt du, ganz ehrlich, ich war ganz schön sauer auf dich! Das war ja schließlich nicht dein Schwanz, jemand anderes hätte den vielleicht noch gebrauchen können. Also, ich liebe Schwänze! Oh, wenn die so schön fett und fleischig sind, voller dicker Adern darauf, und am besten noch beschnitten. Da kann ich gar nicht genug von kriegen, vorne, und hinten, und am besten beides gleichzeitig, und einen will ich dabei mit meinem Mund – ja, aber doch nicht *SO* beschnitten! Sag mal, wie *geht* sowas überhaupt? Die Dinger sind doch ganz klein, wie hast du das Ding von dem Typ da bloß rein bekommen?"

Nachdem Anna darauf nicht antwortet, gibt sie sich selbst die Erklärung. „Ach, dann war der wohl nicht so dolle. Gut, wahrscheinlich kein allzu großer Verlust für die Muschiwelt."

Anna wird die Unterhaltung zu absurd, selbst für einen Ort wie diesen. Seit dem Frühstück gestern Mittag, das lediglich aus Kaffee mit Bourbon bestanden hat, hat sie nichts mehr zu sich genommen. Einmal abgesehen von dem halben Liter Wasser, den Franziska ihr gebracht hatte.

„Ich könnte gerade töten für eine Banane", seufzt sie.

Wieder prustet Chrissy laut los. „Was willst du denn mit einer Banane? Ich kann dir gerne meinen Dildo leihen. Aber schön hinterher wieder sauber machen." Und lacht weiter.

„Im Ernst, ich habe Hunger. Und Durst. Gibt es hier irgendeine Möglichkeit, noch vor dem Abendessen was zu Beißen zu kriegen?"

Chrissy drückt ihre Zigarette in einem Bottich mit Sand aus und zeigt auf die Schachtel in Annas Hand. „Dafür sollten wir einiges bekommen. Und Wasser, Saft und irgendwelchen Tee gibt es da drüben in der Eventhalle."

Sie gehen wieder rein und nehmen sich von einer Theke in

dem großen Raum jede einen Plastikbecher, der mehr aussieht wie ein Zahnputzbecher, mit Orangensaft. Anna trinkt in einem Zug aus und füllt den Becher erneut bis zum Rand. Überaus dankbar für diese erste Stärkung, lässt sie sich gerne von Chrissy aus dem Saal und verschiedene Gänge entlang führen, bis sie zu einem Raum kommen, dessen Tür offen steht, und in dem sich vier Stockbetten und ein paar Kleiderschränke befinden. In der hintersten Ecke des Zimmers hockt ein von bleicher Haut überzogenes Häufchen Knochen auf dem unteren Teil eines Bettes.

„Helena, darf ich dir vorstellen, das ist Amy. Ihre Eltern nennen sie immer noch Artur, darum ist sie bei uns besser aufgehoben. Amy, stel dir vor, das ist die Rasiermesser-nutte! Aber wie sich rausgestellt hat, war das gar kein Rasiermesser, sondern so ein Zigarren-Clipper-Ding. Und sie heißt Helena. Helena, sag hallo zu unserer lieben Amy!"

„Hallo."

Amy schielt Anna aus riesengroßen Augenhöhlen an, halb verhangen von ihrem hellblonden, fettigen Spaghetti-Haar. Sie scheint weder von dem Besuch begeistert zu sein, noch Chrissys Faszination für Annas Fall zu teilen. Chrissy schwingt sich direkt neben sie aufs Bett, das Gespenst zieht die Knie noch enger an den kaum vorhandenen Körper.

„Amy, Amy, haben sie dich schon wieder an den Tropf gehängt?" Sie zupft an dem Schlauch, der an ihrem Arm baumelt. „Kann ich aber verstehen, dass du das dem Fraß hier drin vorziehst. Apropos; die gute Helena hier könnte etwas von deinem geheimen Schatz vertragen." Amy schaut sie erschrocken an. „Keine Sorge, die verrät nichts, die ist in

Ordnung. Nur auf dein Pimmelchen musst du Acht geben in ihrer Nähe. Oder vielleicht auch nicht?"

Ohne eine Antwort abzuwarten, hüpft Chrissy zu einem der Kleiderschränke, nimmt ein loses Bodenbrett heraus und kramt einen Schokoriegel hervor. Amy sieht ihr entgeistert dabei zu. Dann reißt sie Anna die Schachtel aus der Hand, nimmt vier Zigaretten heraus und hält beides Amy hin.

„Die für den?"

Auch das scheint eher eine rhetorische Frage zu sein. Sie schmeißt sich erneut neben Amy auf das Bett.

„Und, was wollen wir als Nächstes machen?"

„Ganz ehrlich, danke für alles, aber ich bin hundemüde. Kannst du mir noch zeigen, wo die Duschen sind? Dann würde ich mich gerne etwas zurückziehen."

„Na klar, na klar!" Chrissy springt auf und zieht Anna aus dem Raum, ohne Amy auch nur anzusehen.

Zurück in ihrer Zelle und endlich allein, checkt Anna erstmal den Inhalt ihrer Tasche und ob die Zigaretten noch da sind. Tatsächlich scheint niemand etwas angerührt zu haben, doch ihr Handy und der Schmuck sind natürlich nicht da. Immerhin, ihren liebsten Kimono haben sie ihr gelassen. Die Seide ist ganz verknittert. Anna will ihn irgendwo aufhängen, findet aber nichts und legt ihn über das Fußende des Bettgestells. Für einen Moment steht sie unschlüssig da, eigentlich wollte sie duschen gehen. Dann findet sie, dass sie gestern genug geduscht hat und befreit sich lediglich von der unbequemen Berufsbekleidung, um sich eins von ihren eigenen, weißen Achselshirts und eine Yogahose anzuziehen. Das fühlt sich schon etwas besser an. So etwas hätte sie zwar im echten

Leben niemals angezogen, aber wenigstens sind es ihre eigenen Sachen, und angenehm zu tragen. Ganz unten in der Tasche findet sie, zu ihrer größten Freude, auch noch ihre Ballerinas. Es gibt auf der Welt nichts Hässlicheres als diese Gartentreter. Sie stellt ihre leichten Schühchen ordentlich unter das Bett, knallt die Latschen in die Ecke der Zelle, dort wo das Klo steht, und reißt den Schokoriegel auf.

Barfuß am offenen Fenster stehend, gemütlich kauend, denkt sie über diesen seltsamen Tag nach. Über diese seltsamen Leute. Von denen der vielleicht sonderbarste wohl dieser Chefarzt war. Wie hieß er noch? Sie hat seinen Namen sofort vergessen, nachdem er ihn ihr genannt hatte. Aber sie hat ihn ganz genau beobachtet. Da war so ein wildes, nervöses Zucken in seinem Blick, der Mann stand offensichtlich unter heftigem Druck. Ganz bestimmt würde er selbst das auf die Arbeit in der Klinik und die Last der Verantwortung schieben, oder auf Stress mit oder Unlust der Gattin. Doch auf Anna hat es mehr so gewirkt, als käme dieser Druck bei ihm von innen. Als wäre der Mann ein Pulverfass, jederzeit bereit, hochzugehen. Sie beschließt, ihm nicht zu trauen.

Und Chrissy? Was hat die hier überhaupt zu suchen? Einmal abgesehen davon, dass sie offenbar eine krasse Macke hat im Bezug auf das männliche Fortpflanzungsorgan, scheint sie doch ganz gut klarzukommen? Jedenfalls tausend Mal besser als diese Amy, bei der ist ja klar, dass sie Hilfe braucht. Und was sollte das, ihr gleich von ihren schrägen Vorlieben zu erzählen? Viel Sex zu haben, macht sie nicht automatisch zu besten Freundinnen. Zumal die Gründe, Sex zu haben, wohl weiter nicht auseinander liegen können.

War es das, was Schwester Hilde sich dabei gedacht hat, sie an Chrissy zu verweisen? Dass die zwei Schlampen sich bestimmt gut verstehen würden? Anna zündet sich eine Zigarette an und pustet wütend den Rauch aus. Das kann ja noch heiter werden. Sie streckt den Arm durch das Gitter, in der Hoffnung, dass niemand den Qualm bemerkt; bestimmt ist es nicht erlaubt, hier drin zu rauchen. Was gäbe sie jetzt für ein schönes, kühles Glas Wein. Oder besser noch, einen Gin Tonic. Amy beamen sie voll weg, und sie darf nicht einmal was trinken. Das erscheint ihr ziemlich unfair.

„Anna Ellrich? Helena?" Anna lässt die Kippe fallen und fährt erschrocken herum. Der Mann muss sich angeschlichen haben, sie hat ihn nicht kommen gehört. „Das will ich jetzt mal nicht gesehen haben. Hallo, ich bin Werner. Matthias sagt, du bekommst ab heute diese hier," und er hält ihr ein Becherchen mit einer Pille darin hin. Und ebenfalls eine Flasche Wasser. „Matthias meint außerdem, dass du dich gar nicht so schlecht anstellst. Du könntest heute schon zu den anderen verlegt werden, wenn wir nicht gnadenlos überfüllt wären. Das muss hier also erstmal reichen, ich hoffe, du kommst damit klar."

Anna nimmt folgsam die Pille und mustert den Arzt, jedenfalls sieht er wie einer aus. Er muss kurz vor der Rente stehen, sein zotteliges Haar ist so weiß wie sein Vollbart, sie hat zwar keine Ahnung, wie Sigmund Freud im Alter ausgesehen hat, aber so ungefähr würde sie sich ihn wohl vorstellen. Ein klapperiges, altes Männlein mit einem Funken Güte im Gesicht. Nachdem sie das Zimmer mit den Stockbetten gesehen hat, findet sie ihre Notunterkunft überhaupt nicht so schlimm.

„Ja, danke, das geht in Ordnung."

„Gut. Es geht auch in Ordnung, dass du dich heute zunächst einmal etwas einfindest, doch ab morgen möchte ich, dass du dich einbringst und am Leben hier teilnimmst. Es gibt Gruppengespräche, denen du noch zugeteilt wirst, und Einzelgespräche, die du mit mir führst, oder auch mal mit den Kollegen. Matthias hast du ja schon kennengelernt. Außerdem würde es mich freuen, wenn du dir ein wenig Mühe gibst, Anschluss zu finden."

Anna denkt überhaupt nicht daran, sich hier drin neue Freunde zu suchen.

„Ja, in Ordnung, das werde ich."

„Gut. Wenn du den Gong hörst, gibt's Abendbrot. Schwester Hilde meinte, du hast noch nicht gegessen? Wo der Speisesaal ist, weißt du?"

„Ja, ich glaube, ich habe sowas gesehen, vorhin."

„Okay, Helena, wir sehen uns." Und weg ist er. Anna wartet eine Weile ab und vergewissert sich erst, dass niemand auf dem Flur ist, dann zündet sie sich am Fenster eine neue Zigarette an. Was für ein Schreck! Ihr wird plötzlich klar, wie sehr es mit der Privatsphäre nun vorbei ist.

Die Pille schlägt allmählich ein, und direkt auf ihren Magen. Anna wird schlecht und ihr Kopf fühlt sich an, wie in kilometerdicke Watte gewickelt. Dumpf, alle Wahrnehmung wird auf einmal fade. Sie lässt sich auf die Matte sinken, lehnt sich mit dem Rücken an die kühle Wand ihrer Zelle. Scheiße, haben die ihr echt ein Opiat oder sowas verpasst? Sie überlegt, ob sie nicht versuchen sollte, sich zu übergeben. Starrt auf die Toilette, die nur zwei Meter von ihr entfernt steht. Keine wirklich unüberwindbare Distanz. Was für Affenköppe, denkt sie sich, ich mag mir ja so allerhand eingeworfen haben, aber doch nicht diesen Dreck. Noch dazu - macht das Zeug nicht süchtig? Wobei sie sich kaum denken kann, warum überhaupt. Das ist kein schönes High, das ist einfach nur unterstes Down. Und selbst die zwei Meter zur Toilette erscheinen im Moment zu weit, um das wieder loszuwerden. Wahrscheinlich wäre es dafür ohnehin schon viel zu spät.

Irgendwann, die Zeit hat sie nicht mitbekommen, hat sich nicht aus ihrer Stellung bewegt, nichts gedacht, nur still dagesessen, ertönt der Gong. Es ist wohl an der Zeit, die hiesige Küche zu erkunden. Anna rafft sich mühsam auf, steigt wankend in ihre Ballerinas und denkt kurz darüber nach, ob sie ihren Kimono anziehen sollte. Eigentlich ist es dafür auch um diese Tageszeit noch viel zu warm. Andererseits: Er könnte geklaut werden. Sie wirft ihn sich also über, greift sich die Zigarettenschachtel und das Feuerzeug und geht hinaus auf den Gang, in die Richtung, in der sie die Kantine vermutet. Findet sie tatsächlich, und schaut sich darin um.

Erst jetzt, wenn auch nur wie durch dichten Nebel, fällt ihr auf, dass hier alle möglichen Geschlechter vertreten sind. Sie selbst mag in sowas wie einem Frauentrakt untergebracht sein, aber hier sind auch Männer zu sehen. Der Saal ist riesig, an allen Seiten und Türen stehen Wachleute, es wirkt ein bisschen wie in einem Gefängnis, mit den langen Tischen und Bänken, an denen vereinzelt traurige Gestalten sitzen. Anna bewegt sich auf die Essensausgabe zu. Davor stehen einige von diesen Zombies Schlange. Aber ist sie nicht selbst auch schon genau so ein Zombie? Mal schauen, was es zu essen gibt.

Okay, das ist hier offensichtlich nicht Ikea. Es gibt keine Auswahl an Vorspeisen, Hauptspeisen, Beilagen und Dessert. Nur das Tagesmenü. Und das besteht heute aus Nudeln mit Bolognese, wahlweise Tomatensoße, einem kleinen, grünen Salat und einem Apfel, wahlweise Pudding. Anna nimmt die Tomatensoße und den Apfel und begibt sich zu einem Tisch, an dem nicht viel los ist. Doch kaum, dass sie sich gesetzt und festgestellt hat, dass das Essen nach gar nichts schmeckt, kommt Chrissy mit ihrem Tablet angewatschelt. Muss das den sein?

„Ilona! Oder, nee, Alina?"

„Helena."

Anna überlegt, ob es an der Wirkung der Tablette oder am Koch liegt. Chrissy setzt sich schwungvoll direkt neben sie, die hölzerne Bank wackelt bedrohlich. Sie hält sich mit be den Händen am Tisch fest und fragt: „Gibt's hier irgendwo Salz? Das schmeckt beschissen."

Chrissy kramt aus einer Bauchtasche, die sie vorher nicht um hatte, einen Salzstreuer.

„Das machen die extra so, weil sie uns nicht hierhaben wollen. Aber da musst du einfach nur Chrissy fragen!"

Dieses überschwängliche, quirlige Wesen, das sich da ungefragt in ihre Mahlzeit drängt, hält tatsächlich den Schlüssel zur Genießbarkeit eben dieser in der Hand. Anna zwingt sich ein Lächeln auf und lässt sich bereitwillig das Salz geben. Vielleicht ist es doch gar nicht so verkehrt, hier Anschluss zu finden. Allein schon, um sich besser zurechtzufinden. Chrissy kennt sich offenbar aus.

Die beiden essen gemeinsam, Chrissy erzählt alles mögliche

Zeug, von dem Anna nicht die Hälfte mitbekommt. Erst bei dem Vorschlag, für eine Zigarette nach draußen zu gehen, schaltet ihr Gehirn sich kurz wieder ein.

„Sie haben dir ganz schön eine verpasst, was?", fragt Chrissy, als sie beide rauchend im Patio stehen.

„Uff, ja, das kann ich dir sagen. Ich bin nicht scharf darauf. Hatte schon bessere Drogen."

„Ja, ist nicht der geilste Trip, hatte ich auch schon. Du musst auf dich aufpassen, Süße. Tu denen nicht den Gefallen, darauf abzufahren. Denn dann schicken sie dich nach Hause, du bist drauf und bleibst drauf, und sie sind dich los. Das ist deren Taktik, glaub mir. Ich trete immer vorher ein bisschen kürzer, damit sie mich nicht für einen Junkie halten und mir diese Scheiße andrehen."

Anna hat gerade nicht einmal mehr ein Problem damit, dass Chrissy sie „Süße" nennt. Alles halb so wichtig. Und wer weiß, vielleicht könnte diese komische Person sogar eine ganz brauchbare Verbündete sein. Allerdings redet sie wahnsinnig viel. Anna lässt ihren Redeschwall zwei, vielleicht drei Zigarettenlängen auf sich ein plätschern, dann windet sie sich und fragt: „Kannst du mir vielleicht den Weg zu meiner Zelle zeigen? Ich komm grad nicht klar, und ich würde mich gerne hinlegen."

Heilfroh, wieder in ihrer Zelle und für sich zu sein, legt sich Anna ihrer Länge nach auf die Gummimatte, den Blick zum Fenster gerichtet. Sie fühlt sich bleischwer und müde, aber nicht müde genug, um zu schlafen. Ihre Gedanken kreisen lahm, im Schritttempo, um diesen Ort. Was geschieht hier? Was machen die mit ihr? Was haben die vor? Sie sehnt sich nach weit weg, nach ihrem Zuhause, ihrem Bett, ihrem Kiez, ihrer Freiheit.

Was war das für eine Freiheit? Meistens hat sie nur in der Wohnung gesessen, oder gelegen, und auf einen Anruf oder eine Nachricht gewartet. Immer auf Abruf. Und nicht jeder, der sich gemeldet hat, kam auch als Kunde infrage; immerhin konnte sie das selbst bestimmen, und manchmal hat sie schon anhand der Landesvorwahl, der Art der Ansprache oder des Profilbildes entschieden, gar nicht erst zu antworten. Insofern, ja, hat sie sich frei gefühlt. Sie musste nicht an der Oranienburger stehen und in jedes Auto steigen, das anhielt. Und außerdem war ihre Wohnung wunderschön, es gab gar keinen Grund, sie zu verlassen. Natürlich hätte sie in die Bars unten im Prenzelberg gehen können, aber, wie das im Leben so ist, Murphys Gesetz: In dem Moment, in dem sie sich einen Drink bestellt hätte, und zwar garantiert, wäre die Nachricht von einem − akzeptablen - Kunden gekommen, der jetzt und sofort seine Notdurft verrichten musste. Und dabei käme es ihm nicht auf die Frau an, sondern auf die spontane Verfügbarkeit. Geilheit kennt keine Geduld.

Irgendwie hat sie wohl gedacht, der Umzug in die Klapse würde keine allzu große Veränderung ausmachen. Sie hat auch vorher nicht wirklich über ihr Leben verfügt. Und als sie gerade denkt, dass das alles eigentlich nur halb so schlimm ist, steht plötzlich Franziska, die Schwester von gestern vor ihr, breit wie ein Panzer, und mit der roten Pille im Becher.

„Nein, wirklich, ich habe genug," lallt Anna, doch Franziska beharrt auf die Einnahme der abendlichen Dosis und kontrolliert auch, dass sie sie nicht in den Backen versteckt. Immerhin gibt es wieder einen halben Liter Wasser dazu. Von dem Zeug von vorhin ist ihr Mund staubtrocken. Franziska will gerade gehen und die Tür hinter sich schließen, da fällt es Anna ein: „Warte, bitte. Der Arzt ... Werner," zum Glück fällt ihr der Name ein, „der meinte, ich könnte eigentlich verlegt werden. Muss die Tür unbedingt zu sein?"

„Ach ja, das ist richtig. Doch auf diesem Trakt haben wir nachts die Türen geschlossen, das ist so Vorschrift. Hab keine Angst, das Mittel wird dich beruhigen." Und schon fällt die Tür krachend ins Schloss. Keine Angst? Nein, es ist nicht Angst, sondern Panik, die in ihr hochkriechen will. Nicht noch eine Nacht, bitte nicht noch eine Nacht in dieser verfickten Zelle. Doch es dauert keine zwanzig Minuten, da ist sie eingeschlafen. Das also ist die Elefantendosis.

„Mama, hallo."

Johna hält sich das Telefon mit einer Hand ans Ohr, mit der anderen fischt sie nach ihren Ohrsteckern. Als sie beide Hände wieder frei hat, nimmt sie aus ihrem Kleiderschrank eine schwarze Jeans und beginnt, sie über ihre verschwitzten Beine zu streifen. Was gar nicht so einfach ist. Dazu ein enganliegendes, schwarzes T-Shirt mit lauter weißen Punkten darauf. Sie betrachtet sich in der Spiegeltür des Schranks. Ob das zu rockig ist für den ersten Tag?

„Ja Mama, geht gleich los. - Nein, das weiß ich noch nicht."

Sie flitzt ins Badezimmer, stolpert dabei fast über einen der Kartons, die sich im Flur stapeln, dann nimmt sie eine Bürste von der Spiegelablage und beginnt, ihr kräftiges, dunkelbraunes Haar zu striegeln.

„Naja, was heißt eingelebt? Der Friseur und ich werden jedenfalls keine Freunde, der hat viel zu viel abgeschnitten."

Sie betrachtet missmutig den fransig durchgestuften Bob, der ohne das viele Gel, das ihr der Scherenvirtuose verpasst hatte, eher aussieht wie ein Helm. Am liebsten würde sie sich den Kopf rasieren.

„Ja, das Wichtigste ist ausgepackt. Klamotten, Bücher, ich habe auch schon wieder alle Tassen im Schrank. Den Rest mache ich nach und nach. Aber, du, ich muss langsam los..."

Den Satz scheint ihre Mutter jedoch gekonnt überhört zu haben. Johna verzieht die Mundwinkel, kratzt sich am Kopf und schaut sich in ihrer neuen Wohnung um. Hier ist noch einiges zu tun. Dabei hatte sie zwei Wochen eingeplant für den Umzug, und die Küche war zum Glück sogar schon da. Hätte sie die erst noch selbst einbauen müssen, wäre sie mit einem Monat kaum ausgekommen, aber zwei Wochen sollten für so einen kleinen Umzug doch ausreichen. Wenn man nicht, wie sie, alles auf den letzten Drücker macht.

„Natürlich fahre ich mit dem Motorrad. Wie soll ich denn sonst zur Arbeit kommen? Außerdem habe ich die schönste Strecke der Welt. Kaum Kurven, leider ... ja, leider, Mama. Kurven machen Spaß, wenn gerade kein nasses Laub drauf liegt ... Ja, das mit dem Stellplatz ist geklärt. Ich darf sie in seiner Garage parken, nur nicht darin anlassen. Und nicht seinen Rasenmäher zuparken. Aber Mama, echt jetzt, ich komme noch zu spät, an meinem ersten Arbeitstag. Können wir das nicht alles heute Abend besprechen, oder morgen? Oder am Wochenende?" Ihre Mutter ist eine liebe Frau, aber seit ihr Vater gestorben ist, scheint es fast so, als wäre sie wieder ein Kind geworden. Ihr Kind.

Kurz darauf ist sie endlich aus dem Haus, schiebt ihre 8oo-er BMW Roadster aus der Garage und vorsorglich auch aus der Hofeinfahrt, ehe sie den Motor startet. Der Vermieter wohnt unten im Haus, sie hat die Einliegerwohnung darüber. Das wäre normalerweise eine völlig inakzeptable Wohnsituation für sie, aber was ist heutzutage schon normal. Eigentlich hätte sie auch lieber in Berlin gewohnt als in diesem verschlafenen Spreewald-Kaff. Aber dann hätte sie vor der Wahl gestanden, in eine WG zu ziehen oder jeden Monat nach drei Wochen pleite zu sein. Man kann sich keinen Studienkredit *und* eine Wohnung in Berlin leisten, ganz egal, was man studiert hat. Wenigstens ist der Vermieter nett. Ein bisschen spießig und höchstwahrscheinlich AFD-Wähler, aber sicher keiner von der richtig überzeugten Sorte. Kein Neurechter oder so. Keine Deutschlandfahne am Haus. Und als sie ihm am Telefon gesagt hat, dass sie Ärztin ist, war die Wohnung im Grunde schon ihre. Ohne viel Palaver.

Johnas Weg ist nicht weit, sie cruist vielleicht fünf, sechs Kilometer über die Landstraße durch die Felder, das V sier geöffnet, nur mit einer Pilotenbrille zum Schutz ihrer Augen vor den paar Insekten, die es noch gibt. Davon gab es früher viel mehr, da musste man richtig aufpassen, nicht eins von diesen Geschossen ins Auge zu bekommen. Oder auch nur ins Gesicht. Je nach Geschwindigkeit, konnte das ganz schön weh tun. Insofern hat der Klimawandel auch seine charmante Seite. Sie genießt die warme Sommerluft, die durch ihr Shirt flattert, und freut sich über die herrliche Landschaft, die von nun an jeden Tag vor ihr liegen wird.

Die Klinik hat durchaus etwas Beeindruckendes. Oder Erdrückendes? Allein die Allee, die von der Landstraße weg zu ihr führt, hat etwas schier Protziges, mit den üppigen Eichen, die sich vom flachlandigen Rest der Umgebung so imposant abheben. Und der massige Klinkerbau, der aus den 1920-ern stammen mag und früher mal ein Waisenhaus war, strahlt in aller Deutlichkeit Zucht und Ordnung aus. Das also ist das „Zentrum für mentale Gesundheit", ihr neues berufliches Zuhause.
Sie drückt auf den Klingelknopf neben dem Messingschild mit der eingravierten Schrift „Besucher", und ein Wachmann kommt an das Portal. Anscheinend wird sie bereits erwartet,

denn er öffnet ohne Zögern die Pforte.

„Jablonski, guten Tag."

„Ja, ich weiß schon bescheid," entgegnet der Wachmann, „hier entlang bitte", und führt sie ein paar Korridore entlang, zum Büro ihres neuen Vorgesetzten.

Matthias legt unverzüglich, als sie das Sprechzimmer betritt, sein eingeübtes, steinernes Lächeln auf. Erhebt sich von seinem Schreibtisch, schüttelt ihr die Hand, bietet ihr einen Stuhl an.

„Du bist also die neue Kollegin aus Rostock, herzlich willkommen! Johna, richtig? Ich bin Matthias, freut mich sehr. Wir können die Verstärkung hier dringend gebrauchen. Hat alles gut geklappt mit dem Umzug? Schon ein bisschen eingelebt in der Gegend hier? Nun, viel los ist ja nicht... Du wohnst ganz in der Nähe, oder?"

„Ich bin ja gerade erst angekommen. Es ist nicht Rostock, so viel kann ich schon mal sagen."

Die beiden lachen sich an, der Smalltalk wäre also geschafft.

„Nein, ganz im Ernst, es ist toll, dich hierzuhaben. Wir haben eine derart fatale Überbelegung im Moment und immer wieder kommen neue rein, wir wissen schon gar nicht mehr, wohin mit denen. Diese zusätzliche Kapazität, die Stelle bewilligt zu bekommen, die du jetzt besetzt, war ein langer, harter Kampf."

„Ich weiß. In Rostock waren wir auch immer wieder überbelegt. Dort ist meine Stelle trotzdem gestrichen worden, weil einfach kein Geld da ist. Ich bin also auch ganz froh, hier sein zu dürfen."

Hätte sie das doch nur nicht gesagt.

„Ja, es ist leider so," erklärt Matthias mit ernster Miene, „dass sich die Situation in den letzten Jahren gewaltig verändert hat. Aber das System kommt da nicht hinterher. Und wir schon mal gar nicht. Denk nur nicht, das wäre hier bei uns in der Geschlossenen anders. Auch hier versuchen sie mit allen Tricks, reinzukommen."

„Wer versucht, hier reinzukommen? Johna runzelt die Stirn.

„Nun, ich würde sie als Hypochonder bezeichnen. Es gibt ja auch schon ein paar Studien, die diese neuere Art der Hypochondrie belegen. Seit diesem Achtsamkeits-Hype, der nach Corona ausgebrochen ist, weiß plötzlich jeder, der einen schlechten Tag hat, genauestens über seine depressive Störung bescheid. Und die Leute reden sich das so lange ein, sich selbst oder gegenseitig, in den sozialen Medien, bis sie es tatsächlich glauben und meinen, im normalen Leben nicht mehr klarzukommen. Du musst hier wirklich aufpassen, was du dir erzählen lässt. Wir haben hier echte Patienten zu versorgen und können es uns einfach nicht leisten, uns auch noch um Realitätsflüchtlinge zu kümmern. Wir sind kein Hotel für Leute, die nicht arbeiten wollen, um es einmal ganz deutlich zu sagen."

Johna überlegt einen Moment, ehe sie antwortet.

„Verstehe ich das richtig? Es geht demnach nicht nur darum, Patienten zu behandeln, sondern auch die Streu vom Weizen zu trennen?"

Matthias' Grinsen ist auf einen Schlag zurück.

„Man sagte mir schon, dass du in Rostock für eine gewisse Eigensinnigkeit bekannt warst. Natürlich müssen wir jeden, der eingewiesen wird, zunächst als Patienten behandeln. Ich möchte ja auch nur, dass du wachsam bist und dir keine Störungen andrehen lässt, die in Wahrheit keine sind. Auch und besonders zum Wohle derer, die ernsthaft krank sind. Aber komm, lass mich dich erstmal ein wenig herumführen."

Er verkneift sich die Hand auf dem Rücken der Kollegin und sie begleitet ihn auf den Gang. Dort wartet Schwester Hilde schon darauf, sich dem Rundgang anzuschließen. Sie begrüßt Johna freundlich, und die drei machen sich auf den Weg in den Gemeinschaftssaal. Der Saal ist locker dreimal so groß wie der, den sie ihn Rostock haben. Überhaupt erscheint hier alles irgendwie anders, und viel größer. Auch, dass sich hier alle duzen, ist für Johna neu. Und dass sie dem Wärter an der Pforte angekündigt war, Hilde da schon Spalier stand; dieses ganze Begrüßungskommitee riecht von vorne bis hinten nach einer sehr straffen Organisation. Dass sie hier schon bald irgendwo anecken wird, ist also bereits vorprogrammiert.

Die Drei umstellen eine dickliche Frau, Mitte Zwanzig, die eingesunken an einem der Tische kauert. Sie trägt ein Ärmelloses Shirt und kurze Hosen, ihre Arme und Beine weisen unzählige, linienförmige Narben auf. Die meisten sind schon hell, einige noch frisch und rot. Matthias kramt aus einem Stapel Akten, die er im Arm hält, ihre heraus und wendet sich zuerst an die Krankenschwester: „Hilde, bitte denk gleich noch daran, Johna die Akten der ihr zugeteilten Patienten zu geben. Johna, darf ich vorstellen, das ist eine deiner neuen Patientinnen, - ähm ... ja genau, Babette."

Dann richtet er seinen Blick auf Babette, die nur vor sich auf den leeren Tisch starrt.

„Guten Morgen, Babette. Wie geht es dir heute?"

Die junge Frau macht keinerlei Anstalten, zu reagieren.

„Babette, das hat aber schonmal besser geklappt. Sag uns doch bitte, auf einer Skala von Eins bis Zehn, wie geht es dir heute?"

Matthias greift nach einem der anderen Stühle, zieht ihn zu sich heran und setzt sich direkt neben sie. Da erst schaut sie ganz langsam zu ihm auf.

„Und, Babette...?"

„Ich denke, so'ne Drei."

„Und warum nur drei? Was bedrückt dich heute?"

„Ich bin einfach nur müde."

Der Arzt stellt sich wieder zu den Kolleginnen, kritzelt etwas in Babettes Patientenakte, dann gibt er Johna zu verstehen: „Wir haben hier eine akute depressive Borderline-Störung, die Patientin musste zunächst vor sich selbst in Sicherheit gebracht werden und bekommt im Moment noch Tavor. Gut, Babette, dann hab noch einen schönen Tag. Kopf hoch."

Johna fragt sich, wie jemand, der so oft den Namen einer Patientin ausspricht, ihn eben noch vergessen haben kann. Sie weiß, dass das ein Manipulationstrick ist. Wenn man sein Gegenüber andauernd bei dessen Vornamen anspricht, immer wieder Sätze mit seinem Namen beginnen lässt, dringt man besser zu ihm durch. Kann besser auf ihn einwirken. Oder ihn sogar manipulieren, wenn man diese Absicht denn hegen würde. Aber bei Matthias wirkt das eher wie eine Übung. Vielleicht, weil er sich die Namen seiner Patienten nicht merken kann.

Als nächstes gesellen sie sich zu Jason, einem höchstens Zwanzigjährigen, Matthias findet schnell seine Akte und fragt auch ihn nach seinem Befinden, auf einer Skala von Eins bis Zehn. Jason sitzt im Rollstuhl, querschnittsgelähmt, und ist, wie Johna sofort erfahren wird, mit dem Fahrzeug seines Vaters gegen einen Baum gefahren, in der Absicht, sich selbst zu töten. Und später, im Krankenhaus, hat er es gleich noch einmal versucht, mit der Scherbe einer zerbrochenen Blumenvase. Bekommt im Moment noch Tavor, zu seiner eigenen Sicherheit. Dass Jason das möglicherweise alles mit anhören kann, scheint Matthias nicht großartig zu stören. Und dem bis über beide Ohren sedierten Jungen ist noch weniger von einer Antwort zu entlocken, als es bei Babette der Fall war.

Sie klappern noch ein gutes Dutzend weiterer Patientinnen und Patienten ab, fast überall zeigt sich das gleiche Bild. Selbst zugefügte Verletzungen verschiedenster Sorte, dramatische Krankheitsverläufe, traurige Gestalten mit hohlen Blicken. Sie lungern vor dem Fernseher herum, anscheinend, ohne wirklich das Programm zu verfolgen, liegen in den Gruppenzimmern auf ihren Betten, alle Viere von sich gestreckt, der Hitze und der Langeweile ausharrend. Tavor scheint hier ein echter Renner zu sein. Die Notizen in den Akten schreibt Matthias sogar mit einem Kugelschreiber mit der Aufschrift des Herstellers nieder. Das Mittel ist Johna nicht neu, das gab es in Rostock natürlich auch, ist manchmal das Einzige, das hilft, um überhaupt an einen Patienten ranzukommen. Man muss die manchmal nur irgendwie erstmal runterholen. Und das hilft. Aber nur für ein paar Tage. Und dann so bald wie möglich ausschleichen, denn das Zeug macht sehr schnell total süchtig. Johna wundert sich: Sind die alle erst seit ein paar Tagen hier? Was ist hier los?

Während sie sich noch fragt, ob sie die Patientenakten wohl nach Hause mitnehmen dürfen wird, denn das könnte eine interessante Lektüre werden, gelangt das Kollegentrio schließlich auch an die Zelle von Anna. Ganz hinten am Ende der Isolierstation, rechte Tür. Sie ist für heute die Letzte auf der Liste für die Visite. Anna liegt dösend auf ihrer Gummimatte, ebenfalls alle Viere von sich gestreckt, um der Hitze möglichst viel Fläche zum Abweichen zu geben, bekleidet nur mit einem Achselshirt und einem sehr knappen Slip. Matthias kramt ihre Akte hervor und wirft einen kurzen Blick hinein.

„Guten Morgen, Helena, du hast Besuch, könntest du dir bitte etwas Angemesseneres anziehen?" Anna regt sich nicht.

„Helena?" Schwester Hilde nimmt Annas Handgelenk und fühlt ihren Puls, schaut dabei auf die Zeiger ihrer Armbanduhr. Nickt Matthias zu, alles in Ordnung. Der erklärt, während er ungeniert und ausgiebig Annas halbnackten Körper betrachtet: „Hier haben wir einen recht ungewöhnlichen Fall. Das ist Anna, sie will aber Helena genannt werden. Sie kam unter Anderem mit einer PTBS-Diagnose zu uns, aber aus ihr werden wir noch nicht so richtig schlau. Dafür ist es auch noch zu früh. Johna blitzt ihn aus ihren braunen Augen an.

„Lass mich raten, sie bekommt im Moment noch Tavor?" Matthias ignoriert den skeptischen Unterton ihrer Frage.

„Zu ihrer eigenen Sicherheit, und der ihrer Mitpatienten. Weißt du, welchen Umständen wir ihren Aufenthalt hier bei uns zu verdanken haben? Bestimmt hast du die Nachrichten gesehen. Das ist die Prostituierte, die in Berlin ihren Kunden im Genitalbereich schwer verletzt hat. Als die Rettung vor Ort eintraf, soll sie wohl nicht ansprechbar gewesen sein, und sie hat auch selbst nicht den Notdienst gerufen. Das war der Kunde, nachdem er, bereits halb verblutet, zum Glück doch noch rechtzeitig aus einer anscheinend längeren Ohnmacht aufgewacht ist. Wäre es nach ihr gegangen, wäre der Mann nicht mehr am Leben.

Einer dieser Top-Anwälte hat ihr dann ein Gutachten von Dr. Löwenberg beschafft, nach dem sie zum Tatzeitpunkt nicht im Besitz ihrer geistigen Kräfte war und aus der Gesamtsituation ein schweres Trauma davongetragen hat. Wenn du mich fragst, ist das Täter-Opfer-Umkehr auf höchstem Niveau. Die Patientin weigert sich allerdings bisher hartnäckig, sich in irgendeiner Weise mit der Realität zu beschäftigen. Da haben wir wohl noch einen langen Weg vor uns. Ach, Hilde, würdest du bitte dafür sorgen, dass sie zu den Gesprächsrunden geht?" Hilde nickt brav.

„Hmm."

„Darf ich fragen," fragt Johna den Chef, „warum die Unterbringung in dieser Zelle? Und warum Tavor?"

„Nun, in dieser Zelle muss sie derzeit noch bleiben, weil wir überbelegt sind. Und in der ersten Nacht gab es deswegen, laut Vermerk der Nachtwache, wohl ein ganz schönes Drama. Ich muss dir doch nicht erklären, dass wir mit hysterischen Zuständen nicht arbeiten können. Um zu dem Patienten durchdringen zu können, müssen wir ihn erstmal ruhigstellen."

Hilde, die gute Krankenschwester, die anscheinend immer im richtigen Moment genau weiß, was zu tun ist, kommt Johna zuvor und nimmt ihr die Worte aus dem Mund:

„Oder die Patientin." Johna schenkt ihr ein dankbares Lächeln und schlägt vor, die Frau doch besser wieder in Ruhe zu lassen. Wäre es nach ihr gegangen, hätte das ganze Gespräch unter vier Augen stattgefunden, und ganz bestimmt nicht in Annas Gegenwart.

Als die Drei wieder gegangen sind, öffnet Anna für einen Moment halb die Augen um zu schauen, wer da bei ihr ist. Da waren doch Stimmen? Sie glaubt, dass sie Stimmen gehört hat. Die haben über sie geredet. Aber sie hat nicht verstanden, was die sagen. Ist nur ab und zu aufgetaucht und hat einen Fetzen mitbekommen. Das klang nicht besonders nett, was sie über sie gesagt haben. Wieder blickt sie durch einen kleinen Sehschlitz und erkennt schemenhaft die Umrisse der Zelle, in der sie sich befindet. Haben die gesagt, sie muss für immer hier bleiben?, fragt sie sich, doch im selben Moment fällt sie auch schon wieder in ein tiefes, schwarzes Loch.

„Helena? ... Helena..?" Es braucht eine ganze Weile, ehe Annas Augenlider ihrer inständigen Bitte folgen, sich endlich einen kleinen Spalt zu heben. Da vor ihr steht eine kleine, graue Gestalt, die ein bisschen was von einem Gartenzwerg hat. Nur zotteliger. Vielleicht einer von Aschenputtels Grubenarbeitern. Aber sie ist bestimmt nicht das Aschenputtel. Denn sie liegt auf einer verdammten Lummi... – nein, Fummi – nein auch nicht – ja genau, Gummimatte.

„Hallo, Helena. Wie geht's dir heute?" Anna dreht ihm anstelle einer Antwort ihren klitschnassen Rücken zu. Sie hat sich eingepisst. Werner geht zwei Schritte raus auf den Flur und ruft nach der Schwester.

„Hilde, kannst du gleich mal bitte kommen und Helena helfen, sich sauber zu machen?" Hilde kommt, betrachtet Annas Missgeschick und nickt stumm, dann verschwindet sie wieder. Werner macht ein paar Notizen in Annas Akte. Als Hilde zurück ist, mit einem Wischeimer und –Mob, einem Handtuch und der selben baumwollenen Klinikbekleidung, die es auch am ersten Tag gab, informiert er sie: „Ich werde das nachher noch mit Matthias besprechen, aber wir gehen jetzt hier mit der Dosis erstmal runter." Er hält ihr die Akte hin und zeigt mit dem Finger auf seine Notizen.

„Ist gut, notiere ich so am Brett im Schwesternzimmer."

„Danke, Hilde. Und kannst du mir sagen, ob sie heute schon gegessen hat?"

„Beim Mittagessen hab ich sie gesehen. Ob sie gegessen hat, das weiß ich nicht, aber ich nehme es mal an."

„Gut, aber trinkt sie genug? Bei der Hitze sollten wir da wirklich ein Auge drauf haben."

„Ich stell ihr gleich nochmal Wasser hin."

„In Ordnung, danke."

Werner geht, um seinen Rundgang fortzusetzen, und Hilde macht sich daran, Annas schlaffen Körper im Bett aufzurichten. Sie ist eine kräftige Frau, aber nicht mehr die Jüngste. Und Anna ist nicht nur leichenschlaff, sondern überdies nass und glitschig. Ohne ihr Zutun wird das eine unmögliche Aufgabe.

„Helena, du musst jetzt wach werden. Wir müssen dich waschen gehen." Sie packt sie bei den Schultern und schüttelt sie leicht. Anna öffnet die Augen und blickt die Schwester scheel an. Dann wischt sie sich mit der Handfläche den laufenden Sabber von den Mundwinkeln.

„Chrissy? Wie siehst du denn aus?"

„Ich bin's doch, Schwester Hilde. Wir haben hier leider ein kleines Malheur und sollten dich lieber mal sauber machen." Anna versucht, sich zu konzentrieren.

Wie lange wird sie wohl geschlafen haben? Ein paar Tage, eine Woche? Chrissy ist ab und zu vorbeigekommen, hat am Fenster geraucht, einmal hat sie ihr sogar die Haare gebürstet, vor allem aber hat sie geredet. Und meistens über Sex. Anna hat versucht, ihr zuzuhören, nicht, weil Chrissys Themen sie so interessieren, sondern um herauszufinden, ob das alles echt passiert. Doch da waren immer wieder diese schwarzen Löcher, die haben sie einfach verschluckt. Und wenn sie dann wieder aufgetaucht ist, hat Chrissy plötzlich von etwas ganz anderem geredet. So waren die letzten Tage ein einziges, langes Band von schwarzen Löchern, mit ein paar kurzen, halbwachen Augenblicken, in denen sie jedes Mal vollkommen orientierungslos war. Ihr wachster Moment war wohl der, nachdem beim Mittagessen ihr Kopf auf den Plastikteller mit geschmacksbefreitem Kartoffelbrei und Erbsen-und-Möhrengemüse gefallen war. Gott, war das peinlich. Chrissy fand das natürlich toll. Aber wenigstens hat sie sie, nach einem ausgiebigen Lachanfall, in ihre Zelle gebracht und ihr sogar das Gesicht gewaschen.

Und jetzt steht sie also unter der offenen Dusche im großen Waschraum und diese Fremde schrubbt ihren nackten Körper mit Seife ab. Das ist so würdelos. Und obwohl alle freundlich zu ihr sind, kommt es ihr vor wie eine Bestrafung. Jedoch kann sie überhaupt nicht verstehen, warum. Wo sie sich doch alle Mühe gegeben hat, ganz vernünftig zu sein. Sie war doch ganz vernünftig? Und jetzt kann sie gar nichts mehr. Nicht mehr aufrecht sitzend mit Messer und Gabel essen, nicht klar denken, nicht richtig sprechen, nicht einmal mehr alleine duschen. Ist eingesperrt in einem nutzlosen Körper und hinter dicken Mauern aus Nebel, und immer wieder versunken in diesen Scheißlöchern. Die machen ihr am meisten Angst.
Hilde wickelt sie in ein großes Handtuch und beginnt, sie trocken zu rubbeln, Anna kommen die Tränen.
„Danke," schluchzt sie, „wie heißen sie noch?"
„Du. Ich bin die Hilde. Sehr gerne, kein Problem."
„Das ist mir wirklich sehr unangenehm."
„Das muss es nicht, sowas kann schon mal passieren. So, und jetzt zieh das hier an, dann bring ich dich erstmal zu den Anderen. Ich glaube sogar, da ist ein Bett für dich frei geworden, aber dass muss ich erst noch mit dem Chef

besprechen."

Die Schwester hilft Anna in die Klamotten und führt sie dann in den Gemeinschaftssaal, wo Chrissy sie gleich bemerkt und sie mit einer ausladenden Armbewegung zu sich herüberwinkt. Sie hat sich den größten und kuscheligsten Sessel vor dem Fernseher gesichert und rutscht auf die Seite, um Anna Platz zu machen. Hilde bringt Wasser, die beiden machen es sich im Sessel gemütlich es dauert nicht lange, bis Anna wieder eingeschlafen ist. Mit dem Kopf auf Chrissys Schulter.

„Ey, du sabberst! Komm, Schlafmütze, wir gehen Eine rauchen." Lange kann sie nicht geschlafen haben, als Chrissy plötzlich und unsanft ihren Kopf beiseite stößt und sich mit dem Ärmel von Annas Shirt die Schulter abwischt. Sie schaut sich desorientiert um, dann Chrissy an.

„Kommst du?" Chrissy ist schon aufgesprungen und steht abwartend vor ihr. Sie hält eine Schachtel Zigaretten in der Hand. Erst als ihr Blick darauf fällt, begreift Anna die Frage und folgt ihr stumm nach draußen auf den Hof. Sie rauchen, Chrissy schnattert. Das meiste hört Anna gar nicht.

„Hey, in dem Zimmer neben meinem ist ein Platz frei geworden! Kann sein, dass sie dich heute verlegen. Dann wärst du meine Nachbarin! Wie wär das? Du könntest aber auch mal langsam aufhören, so eine Schlaftablette zu sein. Wir könnten richtig Spaß haben, wir zwei!" Ob es an den Neuigkeiten liegt oder an der, selbst für Chrissy besonders aufgedrehten Stimmlage, auf einmal hat sie Annas Aufmerksamkeit.

„Die Zelle ist scheiße. Vor allem das Bett. Aber da hab ich wenigstens meine Ruhe. Können die mir nicht einfach das freie Bett in meine Zelle stellen?"

„Das sind Doppelbetten, Dummerchen. Irgendwer müsste dir

dann trotzdem Gesellschaft leisten. Und ich wäre ganz sicher nicht diejenige." Sie lacht. „Du wirst schon sehen, ab heute wird alles besser. Du wirst dich noch richtig wohl fühlen hier bei uns. Am Ende willst du gar nicht mehr weg!" Wieder lacht sie laut los und wirft ihre lange Mähne zurück. Anna versucht, ihren schlappen Gesichtsmuskeln ein Lächeln abzuringen. Woher nimmt die Frau nur diesen - ... ähm, Optimismus?

Das alles wird Anna zu viel, sie will sich nur noch irgendwo hinlegen. Ohne ein Wort, nur mit einer müden Handbewegung, verabschiedet sie sich aus der einseitigen Konversation und findet zum Glück den Sessel immer noch unbesetzt vor. Der ist so breit, dass sie es sich darauf in Embryonalhaltung wunderbar bequem machen kann. In der Nähe steht sogar ein Ventilator und bläst ein wenig heiße Luft zu ihr rüber. Das ist keine wirkliche Abkühlung, aber immerhin kriegt sie das mit, sie kann es spüren. Wie eine sanfte Berührung durch die Hand der Realität, so als wollte sie ihr sagen, dass sie immer noch da ist.

Sie schläft nicht, aber wach ist sie auch nicht. Sieht die fickenden Zebras auf dem vergitterten Bildschirm vor ihr an der Wand, schaut ihnen zu, nimmt sie aber gar nicht wirklich wahr. Hört die abfällige Bemerkung, mit der Chrissy sie im Vorbeigehen bedenkt, versteht aber nicht den Grund dafür. Und immer wieder diese Löcher.

Einmal, als sie sich aus einem solchen Loch wieder befreien kann, steht plötzlich Schwester Franziska vor ihr, breitbeinig und mit verschränkten Armen. Irgendwas will sie anscheinend von ihr, und sie wirkt ausgesprochen ungeduldig dabei. Anna überkommt das unsichere Gefühl, schon wieder etwas falsch gemacht zu haben.

„So, junge Dame, jetzt ist aber mal genug mit Faulenzen. Zeit für das Gruppengespräch. Wir legen hier großen Wert darauf, dass unsere Patienten ordentlich mitarbeiten."

„Was soll ich arbeiten?" Anna richtet sich halb auf, sieht Franziska kurz an und lässt den bleischweren Kopf wieder sinken. Sie fühlt sich krank, so als hätte sie eine schlimme Grippe, die vor allem ihr Gehirn befallen hat, und überhaupt nicht arbeitsfähig.

„An deiner Heilung sollst du mitarbeiten. Und das bedeutet auch, dass du an den Gruppengesprächen teilnimmst. Also, auf, auf." Die Schwester packt Anna bei den Oberarmen und zieht sie aus dem Sessel, Anna leistet keinen Widerstand. Sie folgt Franziska, während die noch ein paar weitere Patienten einsammelt und lässt sich mit ihnen vor ihr hertreiben, wie Schweine ins Schlachthaus. Das Schlachthaus, in diesem Fall, ist ein großer Raum, in dem Anna vorher noch nicht war. Zumindest nicht, soweit sie sich erinnern kann. In dem Saal gibt es eine Sitzecke, bestehend aus zwei Sofas und einem Tischchen, und in der Mitte des Raumes sind etwa ein Dutzend Stühle in einem Kreis aufgestellt. Anna möchte sich am liebsten auf eines der Sofas setzen, noch lieber, dort hinlegen, aber alle anderen verteilen sich auf die Stühle. Darum beschließt sie, es ihnen gleichzutun, und nimmt auf einem der brettharten Kunststoffsitze Platz. Besser nicht auffallen.

Aber der Plan scheitert in dem Moment, als Chrissy ihren rechten Platznachbarn mit einem ziemlich unsanften Schubs von seinem Stuhl befördert und sich neben sie pflanzt. War ja klar, dass man sie beide zusammen in eine Gruppe stecken würde. In einen Topf. Was für ein Topf mag das wohl sein? Die Anonymen Analgestörten? Oder die Abgefuckten Allgemeinversager? Die aggressive Annexion des Sitzplatzes durch Chrissy scheint jedenfalls die Aufmerksamkeit von Werner auch auf Anna zu lenken. Danke, Chrissy.

Werner, der neben Johna sitzt und ihr eben noch ein paar erklärende Hinweise zu geben schien, sieht auf einmal zu den beiden rüber, mustert Chrissy abwartend, bis er ihre gesteigerte Aufmerksamkeit von Anna ablenken kann, schaut sich dann stumm in der Runde um, die allmählich ruhiger wird. Dann richtet er seinen Blick wieder auf Chrissy, und schließlich auf Anna. Bitte nicht. Sie hatte wirklich gehofft, erstmal nur zuhören zu dürfen.

„Helena, schön, dass du heute an unserer Runde teilnimmst. Leute, bitte begrüßt Helena, die erst seit ein paar Tagen hier bei uns ist, besonders freundlich. Ihr wisst, das erste Mal war für keinen von euch einfach." Ein paar der anderen rollen leicht die Köpfe und murmeln ein unbeteiligtes „Hallo, Helena."

„Helena, in dieser Gruppe sprechen wir immer über ganz unterschiedliche Dinge, doch zuerst möchte ich nur von dir wissen; wie geht es dir heute, auf einer Skala von Eins bis Zehn?" Anna schweigt ihn hohl an, weiß überhaupt nicht, was sie darauf antworten soll.

„Helena, hast du meine Frage verstanden?"

„Ja, ich weiß nur nicht... Eine Vier..?"

„Fragst du mich das?"

„Nein, ich denke, so ungefähr Vier."

„Und warum empfindest du das so?"

„Weil... uff, ich vermisse mein Bett. Und alles juckt so."

„Was juckt so?"

„Na... in der Bikinizone." Chrissy bricht in schallendes Gelächter aus und klopft Anna dabei so heftig auf die Schulter, dass die fast vom Stuhl kippt. Sogar bei der dicken Babette scheint das als ein ziemlich guter Witz angekommen zu sein – warum auch immer – sie lächelt. Anna hat sie vorher noch nie lächeln gesehen. Der zottelige Arzt blickt sie über seine Hornbrille hinweg fragend an.

„Du hast wohl zu lange den Zebras beim Bumsen zugeguckt?", fragt Chrissy kichernd, doch da unterbricht Werner sie gleich: „Chrissy, wie oft muss ich dir das noch sagen? Gruppengespräch heißt nicht, dass die ganze Gruppe auf einmal spricht. Du bist später dran." Dann wendet er sich wieder Anna zu.

„Nur eine Vier also, weil es dich in der Bikinizone juckt? Warum fällt gerade das für dich so schwer ins Gewicht?"
Anna seufzt schwer, nicht wissend, wie sie aus dieser Nummer je wieder raus kommen soll. Sie nimmt all ihre Konzentrationsfähigkeit zusammen und bemüht sich, mutig zu kontern.

„Ich habe keine Ahnung, was meine Bikinizone wiegt, aber es juckt. Weil ich mich seit Tagen da unten nicht rasieren darf. Und ich schlafe auf einer Plastikpritsche, darauf schwitzt man wie verrückt, und das macht es nicht besser." Okay, das mag in Wahrheit etwas länger gedauert haben, aber: Puh, sie hat den ganzen Saft - ...Ähm, Satz, geschafft...
Wahrscheinlich sogar in genau diesen, oder sehr ähnlich klingenden Worten.

Werner ergänzt Annas Patientenakte um die neugewonnenen Erkenntnisse, welche auch immer das sein mögen. Dann tauscht er kurz ein paar geflüsterte Worte mit Johna aus und die beiden nicken sich zu.

„Gut, Helena, danke, und was dein Bett angeht, habe ich gute Nachrichten für dich. Du bekommst gleich im Anschluss einen anderen Schlafplatz zugewiesen. Alles Weitere klären wir dann erstmal im Einzelgespräch." Anna nickt stumm, dankbar, anscheinend zunächst einmal vom Haken zu sein. Das Zepter wird im Uhrzeigersinn weitergereicht; die Frage des Tages ist: Wie hast du dich vor, oder zum Beginn der Eskalation gefühlt? Ob Werner dieses Wort benutzt hat, da ist sich Anna nicht so sicher. Aber er hat in umständlichen Worten genau das beschrieben, eine emotionale Eskalation. Den Ausnahmezustand, dem sie wohl allesamt ihren Aufenthalt in diesem Mausoleum zu verdanken haben dürften. Und wenn es das Einzige ist – derartige Erfahrungen haben sie vielleicht alle gemeinsam.

Anna hört den Geschichten nur halb zu, und hat immer wieder mit diesen Löchern zu kämpfen, die sie so magisch anziehen, in denen sie aber ums Verrecken nicht versinken will. Löcher, die sie zwar nie sehen kann, bevor es zu spät ist, die sie aber stark im Verdacht hat, kreisrund zu sein. So, wie dieser Stuhlkreis. So rund wie die Uhr dort drüben an der Wand, deren Zeiger sich nicht von der Fünf weg in Richtung Abendessen bewegen wollen.

Nun ist es allerdings so, dass Anna sich die Unendlichkeit ungefähr als einen Kreis vorstellt. Sie hat schon oft über die Unendlichkeit nachgedacht, jedoch meistens unter der Einwirkung von ganz anderen Substanzen. Und im Zusammenhang mit diesem Stuhlkreis möchte sie lieber nicht darüber nachdenken. Sie hat den Stuhlkreis schon im Kindergarten gehasst. Der Gedanke, für immer und ewig in so einem Kreis gefangen zu sein, ist ihr alles andere als behaglich. Sie schiebt ihn beiseite und versucht, sich auf den aktuellen Redner, drei Plätze links von ihr, zu konzentrieren.

Der Kerl ist wirklich eine gelungene Ablenkung, und vor allem ist an ihm rein gar nichts rund. Die schmale Bohnenstange ist auch im Sitzen noch riesig, muss um die zwei Meter groß sein und steckt in einem Anzug in verwaschenem Schwarz, der ihm locker zwei Nummern zu weit ist, dafür an den Armen und Beinen viel zu kurz. Um den weißen Hemdkragen trägt er eine Fliege, und sieht damit nicht einmal lächerlich aus. Sogar irgendwie niedlich, findet Anna. Seinen Namen hat sie nicht mitbekommen, aber er scheint lustige Geschichten auf Lager zu haben. Erzählt irgendwas von seiner Verlobten, einer Tochter des Königshauses auf Commodore B. Einem Planeten außerhalb unseres Sonnensystems, seinen Ausführungen nach, mit dem er allein und nur aufgrund einer Teilchenverschränkung in Verbindung steht, und das bereits seit seiner Zeugung, die im Moment des Ausbruchs einer gewaltigen Supernova, genau auf der Linie zwischen Erde und Commodore B geschah

Anna ahnt zwar, dass dies wohl eine ziemlich traurige Geschichte ist, zumal der Liebende seine ihm Zugesprochene seiner Rede zufolge nur durch einen Herzstillstand erreichen kann. Und der muss unbedingt mittels eines Stromschlages erfolgen. Doch sie kann sich nicht dagegen wehren, das alles auch irgendwie amüsant zu finden. Chrissy bemerkt ihr Grinsen und springt gleich auf den Zug mit auf.

„Wegen dem", flüstert sie ihr lautstark zu, „hatten wir tagelang die Elektriker hier. Die Steckdosen im Waschraum sind verschwunden, jetzt kann sich keiner mehr die Haare föhnen. Alle Defibrillatoren sind hinter Schloss und Riegel verbannt und mein Vibrator darf auch nicht mehr vibrieren, haha – als ob man sich mit Batterien wegmachen könnte. Aber er hat ja bald Geburtstag, wir sammeln schon und schmuggeln ihm dann einen Generator hier rein, damit er endlich zu seiner Prinzessin kommt." Sie erntet einen rasiermesserscharfen Blick von Werner, kichert und grinst, anstelle einer Entschuldigung, den Arzt mit ihren dicken, gespitzten Lippen frech an.

Der räuspert sich nur und gibt dann den Stab weiter an Marta. Marta ist neben Werner die Älteste in der Runde, alle anderen sind höchstens Mitte Dreißig, sie mag gut und gerne Mitte Fünfzig sein. Hätte Werner nicht das Wort an, und damit Annas Augenmerk auf sie gerichtet, hätte sie sie womöglich übersehen. Die Anderen sind alle irgendwie schrill. Nicht so schrill wie Chrissy, freilich, oder der halb außerirdische Junge in dem komischen Anzug. Aber die neue Ärztin in ihrem Rocker-Outfit, mit der breiten Gürtelschnalle und Lederboots mitten im Hochsommer, Werner, der sich Bart und Kopfhaar mit der Gartenschere zu schneiden scheint, die dicke Babette in pinkfarbenen Stretch-Hotpants an ihrer Belastungsgrenze; die würden alle auch in einer größeren Gruppe noch auffallen.

Dabei war Marta, irgendwann einmal, wahrscheinlich sogar eine besonders schöne Frau. Hinter ihren verhärteten Gesichtszügen liegt, erst bei näherer Betrachtung erkennbar, immer noch eine gewisse Eleganz, betont durch ihre hohen Wangenknochen und die fast, aber eben nur fast perfekte Symmetrie ihres Profils. Sie scheint ganz der Typ „harte Schale, weicher Kern" zu sein – etwas, das bei manchen Männern zu Recht als Mogelpackung verstanden werden dürfte, von den meisten Frauen wohl eher als eine Notwendigkeit angesehen wird. Marta scheint zu den Frauen zu gehören die es geschafft haben, um ihren weiblichen Kern eine männliche Schale aufgebaut zu haben. Aber die Schale macht sie bestimmt nicht unsichtbar. Was sie unsichtbar macht, muss eine unfassbare Traurigkeit sein. Während Anna ihr zuhört, hat sie das Gefühl, diese Traurigkeit selbst schon gespürt zu haben. Sie sogar genau zu kennen.

„Was soll ich sagen. Ich kann hier nur alles daran setzen, euch davon zu überzeugen, dass ich... was? Geheilt bin? Damit ihr mich endlich gehen lasst. Und mir meinen freien Willen lasst. Und ich meine das ganz ohne Wertung oder Vorwurf, aber diese übereifrige Sozialarbeiterin hatte in meinen Augen nicht das Recht, mir das *Leben zu retten*. Das war keine *Rettung*, sondern einfach nur übergriffig, und eine Einmischung in Angelegenheiten, die ihn schlicht nichts angehen. Ja, darüber bin ich wütend."

„Okay," antwortet ihr Werner über die dicke Hornbrille hinweg, „das ist doch schonmal was. Wenn du wütend bist, dein Ziel nicht erreicht zu haben, war dir dieses Ziel doch allem Anschein nach sehr wichtig. So wichtig, dass du es ja gleich im Anschluss nochmal versucht hast, noch auf der Intensivstation. Ich sehe da einen sehr starken Willen. Im Prinzip ist es doch ganz egal, welches Ziel du verfolgst. Hauptsache, du hast ein Ziel. Jetzt müssen wir nur noch schauen, dass wir andere Ziele für dich finden."

So weggetreten und vorwiegend teilnahmslos Anna auch sein mag, in diesem Moment empfindet sie Mitgefühl mit der Frau.

Sie kennt das so, so gut; wenn Männer dir sagen „Gut, das gefällt dir nicht - dann sorgen wir halt dafür, dass es dir gefällt." Wenn der Wille nicht da ist, wird er eben erzwungen. Das alte Lied von der mehr oder weniger zivilisierten Dominanz. Und sie fragt sich, wie sie es je im Leben schaffen soll, einen Arzt ernst zu nehmen, der keine bessere Antwort zu haben scheint als: Toll, dein Wille, dich umzubringen, ist echt stark.

Entgegen ihrer Befürchtungen bezüglich der Unendlichkeit des Kreises findet dieser Stuhlkreis irgendwann sein Ende und Werner fordert Anna auf, nach Schwester Franziska zu suchen, die zwar gerade erst ihre Schicht angetreten haben dürfte, aber vielleicht schon bescheid weiß wegen ihrer Verlegung. Anna findet Franziska, die aber keine Ahnung hat und sich erstmal schlaumachen muss. Warten vor dem Schwesterzimmer. Die Zeiger der Uhr, die Anna durch das Fenster zu dem Raum sehen kann, rücken nun bedrohlich auf das Abendessen zu. Und ihr Magen knurrt ungeduldig. Franziska steht da und quatscht mit ihren Kollegen, scheint es nicht besonders eilig zu haben. Erst in dem Moment, als Anna sich gerade auf den Boden gesetzt hat, weil ihr die Beine zu schwer wurden, steckt sie ihren Kopf durch die Tür und sagt zu ihr: „Gut, Helena, du kannst deine Sachen aus dem Schutzraum holen, dann komm bitte wieder hierher und ich zeige dir deinen neuen Platz."

Anna geht zügig zu ihrer frisch desinfiziert riechenden, ehemaligen Zelle und stopft in die Valentino-Tasche, was nicht ohnehin darin geblieben ist – von den ursprünglich neun Zigarettenschachteln sind immerhin noch drei da, nicht mehr unter der Matratze, aber in der Tasche. Das war bestimmt die arme Hilde, als sie die Spuren ihres feuchten Missgeschicks beseitigen musste. Und wer auch immer die anderen sechs wahrscheinlich nach und nach direkt unter ihrem Hintern weggefischt haben wird, während sie schlief, denn sie hat den meisten Teil der letzten Tage verschlafen, war wenigstens so großzügig, ihr ein paar übrig zu lassen. Dabei fällt ihr ein, wenn Chrissy sie mal auf eine Zigarette eingeladen hat, war das zufällig genau ihre Marke. Das bleibt also wohl quasi in der Familie. Aber ist in diesem Moment total egal. Nur schnell zurück zum Schwestern-zimmer und hoffentlich noch rechtzeitig vor dem Abendessen herausfinden, wo sie ab heute ihre Nächte verbringen wird.

Anders als für den Oberarzt ist offenbar für Franziska die Essenszeit ein Termin, zu dem sie zu erscheinen hat, darum beeilt sie sich, glücklicherweise, Anna ihr neues Bett zu zeigen. Es ist die untere Etage eines Stockbettes in einem karg eingerichteten Zimmer mit vier Betten der selben Sorte und außerdem einem paar doppeltüriger Schränke, so wie auch in dem Zimmer von Amy. Anna blickt sich kurz um, stellt ihre Tasche auf dem Bett ab. Das alles erinnert sie an die früheren Klassenausflüge ins Jugend-Landschulheim. Keine unbedingt blumigen Erinnerungen.

„So, nun komm, es Zeit fürs Abendbrot, alles Weitere erklären dir deine Zimmergenossinnen." Anna folgt ihr nur allzu gern. Egal, ob die auch schon unter Erich Honecker gedient hat. Wie es durchaus irgendwie den Anschein macht. Aber wo die hin geht, da gibt es was zu Essen. Und nachdem sie das Frühstück in der Zelle und das Mittagessen am spärlich gedeckten Tisch, auf der Bank liegend, verpennt hat, ist es wirklich höchste Zeit, dass sie etwas in den Bauch bekommt. Als sie mit ihrem Tablett am mittlerweile gewohnten Tisch ankommt, erwartet Chrissy sie bereits. Sie ist noch zappeliger als sonst und winkt Anna heran, um ihr aufgeregt zuzuflüstern: „Schau mal, wer sich da gleich am zweiten Tag Ärger einhandelt!" Und sie zeigt ungeniert mit dem Finger auf Johna. „Die Neue macht hier einen auf Robin Hood, sich mit uns diesen Fraß reinzuziehen, anstatt mit den feinen Herrschaften zu speisen. Matzi wird ausflippen, wenn er das mitkriegt!"

„Wer ist Matzi?"

„Na, Matthias. Der Chefseelenklempner."

„Und was soll daran so schlimm sein, sie kann doch essen, wo sie will?"

„Niemand macht hier, was er will, außer den richtig Irren. Dieses ganze Geduze, diese Gleichmacherei, ist dir das nicht aufgefallen? Das machen sie nur, weil sie in deinen Kopf rein wollen. Aber mit uns wollen sie eigentlich gar nichts zu tun haben, die haben mordsmäßig Angst, sich anzustecken. Klappt natürlich nicht so richtig, weil in unsere Köpfe kommen sie eh nicht, und angesteckt haben sie sich trotzdem schon lange. Aber die Neue scheint schlau zu sein, mit der Nummer fickt sie bestimmt ein paar Köpfe." Und da ist sie wieder, die berühmte Chrissy-Lache. Was redet sie nur immer für einen Unsinn?

„Also, auf mich macht sie einen ganz sympathischen Eindruck.

„Hah! Siehste? Dich hat sie schon kopfgefickt. Ich sag doch, die ist gut."

„Ich hätte jedenfalls lieber sie als Therapeutin, als diesen Gartenzwerg. Ich glaub, der hat eine ganz schöne Macke."

Anna stopft sich eine große, verkochte Broccoli-Knosse in den

Mund. Sie beobachtet Johna, die sich an einem der anderen Tische mit ein paar Patienten unterhält. Die Frau hat schon auf den ersten Blick mit ihrem Polka-Dot-Shirt bei ihr gepunktet. Sie selbst hatte bis vor Kurzem noch einen Haufen ganz ähnlicher Klamotten im Schrank. Jetzt fällt ihr auf, dass sie tatsächlich interessiert zu sein scheint. Außer Chrissy hat sie hier drin noch keinen Menschen gesehen, der sich für irgendetwas oder irgendwen interessiert. Und diese Frau hört offenbar sehr aufmerksam zu, aber viel mehr noch, sie reagiert auch. Manchmal zwischendurch sogar mit einem herzhaften Lachen; die Unterhaltung scheint lustig zu sein.

Ein paar Kartoffeln und eine Zigarette mit Chrissy später, und dank eines erstaunlich wachen Augenblicks, findet Anna ihr neues Schlaflager wieder, lässt sich von einer Zimmergenossin ihren Schrank zuweisen, wirft die Tasche hinein und sich aufs Bett. Das war wirklich genug Aufregung für einen Tag. Für die Bettdecke ist es in dem Zimmer viel zu warm, darum legt sie sich darauf und streift stattdessen den seidenen Kimono über ihren Körper, der zum Glück immer noch da ist. Wenn sie die Augen schließt und den geschmeidigen Stoff auf ihrer Haut fühlt, ist es fast wie zu Hause. Es riecht sogar nach ihrem Lieblingsduft von Narciso Rodriguez.

Anna weiß nicht, ob es am vertrauten Duft ihres Parfums liegt, an der weichen Seide oder daran, dass ihr vollgepisster Leib heute von einer Krankenschwester gewaschen werden musste, aber ihr schießen plötzlich die Tränen in die Augen. Ihre Glieder verkrampfen sich und beginnen, wie wild zu zittern. Sie schluchzt, heftig, und kann das nicht unterdrücken. Sie weiß, dass da auch noch andere Frauen im Zimmer sind und will niemanden stören, noch viel weniger will sie Franziska auf den Plan rufen, mit ihren scheiß Pillen. Aber sie kann sich nicht beruhigen. Die Tränen fließen in Bächen aus ihren Augen und sie jault wie ein angeschossener Hund.

Auf einmal erschrickt sie; jemand hat sich neben sie auf ihr Bett gesetzt. Die Person schiebt ihre Hand unter ihre Schultern und hievt sie hoch, zieht sie zu sich heran. Dann schlingt sie beide Arme um sie und hält sie fest, wiegt sie sanft hin und her.

„Schhhhh... Schhhhh... Alles ist gut. Alles ist gut, weine nur, es ist okay." Die Frau streichelt ihr zärtlich den Kopf, wie eine Mutter ihr Kind streichelt. Anna wehrt sich nicht, auch wenn sie das Gefühl hat, dass es das nur noch schlimmer macht. Noch heftiger weinend und schluchzend, vergräbt sie sich in der Umarmung dieser unbekannten Frau. Erst als ihrem Heulkrampf schlicht die Kraft ausgeht und sie sich mit einem Zipfel des Kimonos halbwegs die Augen trocknen kann, erkennt sie: Es ist Marta, die sie tröstend in ihren Armen wiegt.

„Schhhhh..." Und sie flüstert:

„Danke..."

DIAGNOSTITION

Es ist stockdüster im Zimmer, Anna braucht eine Weile, bis sich ihre Augen an das Dunkel gewöhnt haben und sie eine Gestalt ausmachen kann, die da hinten in der Ecke steht. Es ist nicht die Ecke ihres Schlafzimmers in Berlin, aber es sieht dem ein bisschen ähnlich. Eine bodenlange, weiße Gardine flattert im Wind, der durch ein geöffnetes Fenster weht, und gibt hier und da ein milchiges Mondlicht frei, das auf die seltsame Gestalt fällt. Es ist ein Mann, weiß, groß, vollkommen nackt, sehr muskulös, mit Glatze, und auch sonst anscheinend nirgendwo behaart. Er sieht kalt aus, so als wäre kein Blut in ihm. Anna kann seine Augen nicht sehen, aber sie spürt seinen festen Blick auf ihr. Er steht da, regungslos wie eine Statue, und scheint sie einfach nur unentwegt anzustarren.

Sie will sich aufrichten, doch es ist, als wäre ihr Kopf gar nicht mit dem Rest ihres Körpers verbunden und hätte keine Kontrolle über ihn. Ihre Muskeln gehorchen ihr nicht, sie kann sich kein Stück bewegen. Da, ganz allmählich, setzt er sich in Bewegung, auf sie zu. Ganz langsam, wie schwebend. Für einen kurzen Moment flackern im Mondlicht seine eisblauen Augen auf, wie sie sie bedrohlich fixieren. Er hat den Schatten der Zimmerecke verlassen und steht am Fußende ihres Bettes, stumm wie ein Stein, und von ihm geht eine beängstigende Kälte aus. Anna will fliehen, doch sie ist wie gelähmt. Warum bloß sagt der nichts? Was will er von ihr?

Plötzlich springt er auf ihr Bett und ist mit nur drei großen, stampfenden Sätzen direkt über ihr; breitbeinig, mit ihrem Kopf zwischen seinen Füßen steht er über ihr. Sie fühlt, wie seine schiere Masse rechts und links von ihr in der Matratze versinkt, sie mit ihr hinuntergezogen wird. Und sogleich geht er in die Hocke und lässt sich in voller Pracht auf ihr Gesicht plumpsen – etwa so, wie man sich aufs Klo setzt, wenn man es eilig hat. Sein Arschloch trifft auf ihren Mund, und seine Eier ihre Nase. Sie versucht, ihr Gesicht wegzudrehen, bekommt keine Luft mehr. Er ist zu schwer, und reibt seinen Hintern an ihrem ganzen Gesicht.

Auf einmal gewinnt sie endlich die Kontrolle über ihre Arme zurück, kann ihre Hände heben und gegen seine Arschbacken stemmen, sodass er ein Stück in die Höhe fährt. Aber er kommt sofort zurück, seinen dick angeschwollenen Schwanz mit einer Hand nach unten gedrückt, um ihn erbarmungslos in ihren Mund zu rammen. Wie ein Hai, der in seine Beute eintaucht. Mit voller Wucht, bis tief in ihren Rachen, und dabei dreht er ihn noch hin und her und stopft ihn immer tiefer hinein, und starrt sie die ganze Zeit aus diesen kalten, stahlblauen Augen an. Dazu drückt er die andere Hand auf ihre Stirn, sodass es kein Entkommen gibt.

Anna reißt ihre Augen auf, ringt nach Luft. Was für ein abgefuckter Traum. Sie sieht sich um, da stehen lauter Stockbetten mit schlafenden Frauen darin - sie ist wohl immer noch in der Klapse und der Typ war nicht real. Aber sie braucht einige Minuten, um sich darüber völlig sicher zu sein. Noch länger dauert es, den Traum aus ihrem Kopf zu bekommen. Den ganzen Tag über begleitet er sie, ist irgendwie immer da, spukt in ihrem Kopf herum, zusammen mit diesem Gefühl von

Panik.

Im Therapiegespräch am Nachmittag mit Werner erzählt sie ihm schließlich davon. Der hört aufmerksam zu, macht sich seine Notizen und fragt sie dann:

„Hattest du vorher schon mal ähnliche Träume?"

„Ganz ehrlich, keine Ahnung."

„Warum, keine Ahnung?"

„Ich schätze, weil ich normalerweise genug zu kiffen im Haus hatte, um mir solche Träume nicht antun zu müssen. Ich denke, das THC verliert ganz einfach gerade seine Wirkung."

„Würdest du sagen, du hast gekifft, um deine Träume abzuschalten?"

„Wohl eher die Realität. Dass man von seinen Träumen nichts mitbekommt, ist nur ein angenehmer Nebeneffekt."

„Nun, wie es scheint, holt die Realität einen am Ende doch immer wieder ein. Kommen wir zurück zu diesem Traum, den du hattest. Wie hat sich das für dich angefühlt?"

„Ähm... Machtlos. Ausgeliefert. Ja, ich hab mich ausgeliefert gefühlt."

„Und wie hat sich das für dich angefühlt? Hast du vielleicht Erregung verspürt?"

„Ähm. Nein?"

„Ist das eine Frage an mich?"

„Nein. Ich habe keine Erregung verspürt. Ich hatte Angst."

„Gut, das ist gut. Das ist ein Anfang, damit können wir arbeiten. Wir werden noch herausfinden, woher diese Angst kommt, und womöglich auch die von ihr abgeleitete Aggression." Anna versucht, ein freundlicheres Gesicht aufzusetzen. Ihr war gar nicht klar, dass sie in irgendeiner Weise aggressiv wirkt. Es mag ja sein, dass sie eine nicht zu verachtende Wut in sich trägt. Aber es war noch nie ihre Art, diese Wut an anderen auszulassen. Nicht einmal, sie in irgendeiner Form zu zeigen. Was, um alles in der Welt, kann dieser Zottelkopf durch die Hornbrille seines Psychologiestudiums in ihr lesen, das sie sonst so geschickt vor der Welt verbergen konnte? Oder rät der einfach nur aufs Geratewohl? Oder, kommt er vielleicht nur auf diese Idee mit der Aggression, weil sie laut Aktenlage einen Mann ein Stückchen kürzer gemacht hat? Sie mustert ihn, milde lächelnd, innerlich krampfhaft bemüht, seine Fassade zu durchdringen, ohne ihre eigene dabei aufzugeben.

„Warum schaust du mich jetzt so verführerisch an?" Ein eiskalter Schreck durchfährt sie. „Verführerisch" war ganz genau überhaupt nicht der Eindruck, den sie auf ihn machen wollte. Aus gefühlt fünftausend Gründen: Natürlich hat sie nicht die geringste Lust, die Lust von so einem alten Sack auf sich zu ziehen. Zum Anderen soll der Mann ihr schließlich helfen. Wird er das tun, wenn er sich von ihr verarscht fühlt? Denn so könnte ein „verführerisches" Lächeln ja durchaus auch verstanden werden. Und außerdem geht es ihr furchtbar auf die Nerven, dass ihre Freundlichkeit andauernd mit Geilheit verwechselt wird. Denn geil ist sie in diesem Moment ganz bestimmt nicht. Und eigentlich will sie auch nicht mehr freundlich sein. Denn da ist es wieder:
Das Gefühl, ausgeliefert zu sein.
„Da war wohl der Wunsch der Opi des Gedanken..."
Okay, ja, jetzt ist sie aggressiv, und es ist ihr selber klar. Wut steigt in ihr auf, mächtige, kochende Wut. Sie fühlt sich wie ein wildes Tier, eingesperrt in einem viel zu engen Käfig. Aber

sofort schießt ihr das Bild von Franziska mit ihren Pillenbecherchen in den Kopf. Und am allerwenigsten Lust hat sie darauf, wieder derart heftig sediert zu werden. Also schluckt sie den Zorn runter, und versucht, irgendwie die Situation zu retten.

„Sorry. Ich meine... ich weiß nicht, wie ich geguckt hab. Aber so war das ganz sicher nicht gemeint. Bestimmt nicht. Ich wollte nur... freundlich sein."

„Oh, zu mir musst du nicht freundlich sein. Es würde schon genügen, wenn du nur ehrlich wärst."

Und schon die nächste Unterstellung. Nun ist sie also aggressiv, und noch dazu unehrlich? Sie windet sich in Hoffnungslosigkeit.

„Ich versuche ja, ehrlich zu sein. Vielleicht fällt es mir schwer, weil du ein Mann bist..?"

„Stellst du diese Frage mir?"

„Nein, mir selber. Vielleicht habe ich es in meinem Beruf verlernt, ehrlich zu Männern zu sein. Ich meine, das ist ja auch nicht unbedingt das, was meine Gäste bestellt haben."

„Also, um das gleich mal klarzustellen," - Werner richtet sich in seinem Bürostuhl auf, „wir werden uns hier nicht über deine Arbeit unterhalten. Es geht hier um dich, nicht das, was du getan hast. Und ich bin mir sicher, du bist ohnehin viel mehr als das. Wie ich hier deinen Unterlagen entnehme, hast du doch zum Beispiel Journalismus studiert."

„Philosophie. Und dann Journalismus und Germanistik. Aber das sind doch auch Dinge, die ich getan habe. Und geht es nicht auch darum, was all diese Dinge mit mir gemacht haben?"

„Nun, vor allem geht es darum, warum du tust, was du tust. Warum, zum Beispiel, hast du dich für den Wechsel im Studium entschieden?"

„Na, weil ich verstanden hatte, dass sich mit der Philosophie kein Geld verdienen lässt, und ich lieber etwas Praktisches machen wollte."

„Das war doch gar kein so schlechter Ansatz. Du scheinst dir deine Ziele formuliert zu haben. Warum hast du dich dann später für diesen anderen Beruf entschieden? Ich sehe hier nicht, dass dich irgendjemand gezwungen hätte. Das war doch deine freie Entscheidung?" Anna lacht. Das war bestimmt diplomatisch unklug, platzt aber einfach aus ihr raus, bevor sie es zurückhalten kann.

„Niemand macht sowas freiwillig. Niemand. In meinem Fall war die KI dran schuld."

„Wie bitte, KI? Künstliche Intelligenz?"

„Ja. Keiner bezahlt mehr für Texte. Ist leider so."

„Und da gab es keine anderen Möglichkeiten? Du bist doch offensichtlich ein kluges Mädchen. Warum ausgerechnet dieser Job? Ist es dir wichtig, das Gefühl zu haben, etwas Besonderes zu sein? Die große Philosophin, womöglich eine reisende Journalistin in Krisengebieten, oder die bühnenreife Edelhure? Und wenn alles scheitert, dann wenigstens ein Opfer der KI?" Anna reibt sich die Schläfen. Tränen drängen sich mit aller Macht in die Tränenkanäle, sie kann sie bezwingen, aber nur unter Entstehung heftiger Kopfschmerzen. Der Typ wird sie nie im Leben verstehen. Und selbst wenn er es könnte, ihr fehlt die Kraft, ihm alles zu erklären. Außerdem geht ihn das gar nichts an. Wie ihre beste Freundin mitten im gemeinsamen Studium aus der gemeinsamen Wohnung ausgezogen ist und alles hingeschmissen hat, wegen einem Macker, mit dem sie zwar nur kurze Zeit zusammen war, sich aber extrem verändert hat.

Wie sie dann nach einer günstigeren Wohnung für sich allein gesucht hat, es in Berlin aber nun einmal keine günstigen Wohnungen gibt, und schließlich unzählige, teils katastrophale Experimente mit Untermietern durchge-standen hat, bis eben einer dieser Mitbewohner sehr viel mehr für Sex zu zahlen bereit war, als für die Miete des Zimmers, das er bei ihr für die Zeit eines geschäftlichen Aufenthalts in Berlin angemietet hatte. Ab da war irgendwie klar, dass Gäste umso besser zahlen, je kürzer sie bleiben. Am besten nur eine Stunde.

Zu der Zeit war sie mit der Vorbereitung auf ihre letzten Prüfungen weit hinterher und wusste auch bereits, wie schlecht ihre Chancen neuerdings auf dem Arbeitsmarkt standen; ihre Motivation, in letzter Minute das Studium abzubrechen, lag dagegen auf einem Höchststand. Und dann kam dieser Erfolgsmensch, auf Frankfurt oder so, sie kann sich nicht einmal mehr an seinen Namen erinnern, und sagt ihr 'nein, du schaffst das, so, wie du aussiehst, musst du doch keine Geldsorgen haben', und auf einmal war es mit den ewigen Problemen vorbei. Und sie hat sogar das unsinnige Studium trotz Allem durchgezogen.

Damals hat sie nicht geahnt, dass sie sich auf diesem Wege ein völlig neues Problem einbrocken würde: Werner. Sie gibt es auf, ihre hervorbrechenden Tränen zurückzudrängen. Dann gibt das halt wieder eine von diesen Dreckspillen. Hauptsache, sie entkommt der Inquisition. Zumindest für den Moment.

Wieder in die Zivilgesellschaft entlassen, ist sie froh, bald schon Chrissy zu entdecken, und steuert direkt auf sie zu.

„Hast du eine Zigarette für mich?"

„Ey, klar. Lass uns rauchen gehen."

Draußen im Hof steht auch Marta, die Frau, die sie letzte Nacht getröstet hat. Am liebsten würde sie zu ihr gehen und sich bedanken, aber ihre Augen sind ja schon wieder verheult. Was muss das bloß für einen Eindruck machen. Sie dreht sich weg, in der Hoffnung, dass sie sie noch nicht gesehen hat. Aber natürlich ist sie auch von hinten gut zu erkennen, denn sie trägt ihren geliebten Kimono. Und Marta kommt schon zu den beiden rüber.

Sie muss bemerkt haben, wie Anna sich weggedreht hat, und spricht sie direkt darauf an.

„Na, du, wer hat dich diesmal zum Heulen gebracht?" Anna lacht und wischt sich mit einer Hand über die Augen. Chrissy pflichtet Marta bei, „Ja wirklich, Helena, du siehst richtig scheiße aus! Hattest wohl ein Date mit Wönni?"

„Man, ich sag's euch, der Arsch sollte maximal dringend in Therapie gehen." sie lacht, seufzend, und wischt sich eine letzte Träne aus dem Gesicht. Marta steckt sich eine neue Zigarette in den Mund, Chrissy gibt ihr Feuer. Die drei rauchen, schweigend. Dann wendet sich Anna Marta zu: „Hey, sorry nochmal für gestern Abend. Ich stand wohl ein bisschen neben der Spur. Ich weiß selber nicht, was mit mir los war." Marta schlägt einen Arm um ihre Schultern.

„Alles gut. Ich denke, das musste einfach mal raus. Voll okay."

„Danke."

Chrissy ist schon manchmal merkwürdig, noch merkwürdiger als die ganz normal merkwürdige Chrissy. Normalerweise müsste sie jetzt laut dazwischen schnattern und fragen: „Was, was? Was war los??", aber sie hält die Klappe. Scheint sowas wie einen empathischen Moment zu haben. Vielleicht erkennt sie auch, dass dies nicht ihre Baustelle ist. Baustellen scheinen sowieso nicht ihr Ding zu sein. Sie steht da, und hält sich ausnahmsweise mal zurück. Während Anna sich kein Stück gegen die halbe Umarmung von Marta wehrt. Im Gegenteil. Sie fühlt so etwas wie Mutter. Mutter - ein Wort, ein Gefühl, das ihr bekannt vorkommt. Aber wie seit Langem vergessen. „Mutter"; was bedeutet das überhaupt? 'Bemuttern', sich kümmern, jemanden umsorgen? Oder ist es die Verbindung, eine gänzlich von der Natur erschaffene, reine Kraft, zwischen Mutter und Kind, die kein Mensch, keine Macht auf der Welt und keine Naturgewalt je trennen könnte?

Anna kann ganz genau, ganz tief, spüren, dass Marta eine Mutter ist. Nicht ihre, freilich. Doch in diesem Moment hat sie gar kein Problem damit, diese Mutterliebe auch durch sich strömen zu lassen. Es ist ein bisschen, wie einem Kälbchen die Milch zu klauen. Aber es tut sehr gut.

Marta nimmt ihren Arm wieder von Annas Schulter, Chrissy kichert, die Drei ziehen gedankenverloren an ihren Zigaretten. Nehmen den Duft der hochschwangeren Eichen an der nahegelegenen Allee wahr. Des Klatschmohns, der Kornblumen, der Freiheit. Irgendwie ist jetzt schon klar: Sie sind offiziell die Lümmel von der letzten Bank.

Plötzlich meldet sich Chrissy wieder zu Wort: „Boah, dich haben sie aber auch wirklich mal so richtig gefickt."

„Was meinst du?"

„Ach, nichts. Vergiss es." Marta wirft Chrissy einen fragenden Blick zu. „Was? Was weißt du, was Helena nicht weiß?"

„Gar nichts weiß ich." Anna richtet sie auf, schnippt ihre Kippe weg und fragt sie direkt: „Was?"

Chrissy dreht sich halb weg, atmet lang und schwer aus, holt wieder Luft und hebt an: „Ich habe Matzi reden gehört, mit Wönni. Und da hab ich mir schon so ungefähr gedacht, du hast hier echt die Arschkarte. Sorry. Ich konnte irgendwie nichts sagen."

„Ja, aber was? Was konntest du nicht sagen?"

„Gar nichts, Babe, vergiss es. Vergiss das sofort wieder. Echt. Nichts passiert, okay?"

„Chrissy, lass den Scheiß. Was hast du gehört?"

„Gar nichts. Die haben nur dumm rumgelabert."

„Was haben die gelabert?" Chrissy räuspert sich verlegen.

„Nichts Nettes jedenfalls. Die scheinen beide irgendwie der Meinung zu sein, dass dein Gutachten, dem du den Aufenthalt in dieser wunderbaren Institution zu verdanken hast, ein Fake ist. Matzi meinte sogar, du hättest es wohl dem Onkel Doktor besorgt, damit er dir eine gute Note gibt. Und irgendwas wie, dass du eine narzisstische Nymphomanin wärst oder so ähnlich. Echt uncool."

„Ach du Scheiße..." Marta streichelt Annas Arm. „Das ist übel." Chrissy stimmt ihr zu: „Ja, richtig übel. Wenn die sich einmal ein Bild von dir gemacht haben, dann reden die dir das so lange ein, bis du es selber glaubst. Du musst echt auf dich aufpassen. Vielleicht ist es ganz gut, dass du jetzt Bescheid weißt. Sorry, ich hätte dir das sofort sagen sollen."

„Ist schon gut, du hast es mir ja jetzt gesagt. Danke." Sie umarmen sich, alle drei, bleiben in der Umarmung, schweigend. Dann auf einmal platzt es lachend aus Marta: „Mädels, ich weiß ja nicht, wie's euch geht, aber finde, wir sollten uns von dieser beknackten Diagnostion nicht fertig machen lassen! Wozu haben wir denn eine Stirn? Keiner kann so einfach, mir nichts, dir nichts, unsere Köpfe ficken!" Anna lacht mit. Marta hat ja so Recht. Egal, was die von ihr denken. Sie hat schon ganz anderen Kalibern die Stirn geboten.

Die nächsten Wochen ziehen sich hin wie Kaugummi. Es ist tröstlich, immer wieder von Marta versuchsweise aufgebaut und von Chrissy in dieser ihrer fulminanten Art belästigt zu werden, funktioniert aber nur halb, weil Werner ihr immer mal wieder die beinahe-letale Dosis verpasst. Die meiste Zeit des Tages hängt ihr Kopf ungefähr zwei, drei Meter neben ihr. Ihrem Hals... Ihrem... Irgendwas. Scheissegal.

Das geht auch eine Zeitlang gut – beschissene Mahlzeiten zwar, aber gemeinsam eingenommen, mit dem Salzstreuer aus Chrissys Bauchtasche schmeckt alles fast wie Michelin. Man muss es sich nur richtig angestrengt vorstellen. Nachts sitzt sie manchmal noch lange mit Marta auf der Bettkante und sie flüstern sich die Gedanken über den Tag zu, grinsen, lachen stumm in sich hinein, über Wönni, Matzi, Chrissy, Franzi, Sven und die ganze Bagage. Schleichen sich heimlich raus auf die Gänge, um an irgendeinem Fenster, das sich öffnen lässt, zu rauchen. Am Tage sorgt immer wieder Chrissy für schauerlich-schöne Abwechslung, und das am allerliebsten mit unglaublich amourösen Geschichten, die wahrscheinlich noch weniger stattgefunden haben, als ihre Zuhörerinnen ihnen glauben. Dennoch sind sie allemal besser als das Nachmittagsprogramm im Fernsehen, und das Beste ist noch: Chrissy scheint überhaupt nicht zu erwarten, dass man ihr unbedingt zuhört.

Anna taumelt durch die Tage, die Nächte, die Wochen. Stuhlkreise, Pillen, Therapiegespräche und wieder Pillen. Alle paar Stunden eine neue Dröhnung. Immer auf der Hut, nicht aufzufallen, um bloß nicht wieder hochdosiert zu werden. Wenn sie zum Einzelgespräch mit Werner gerufen wird, zieht sie sich jedes Mal vorher um, damit der sich nicht durch ihren schönen Kimono sexuell provoziert fühlt, und achtet auch ansonsten besonders darauf, nicht allzu weiblich zu erscheinen.

Was natürlich so gut wie unmöglich ist. Selbst in einem Kartoffelsack wäre sie immer noch ausgesprochen hübsch.

Was mehr und mehr zu einem echten Problem wird. Wenn Werner mal wieder ihre Wange tätschelt, und seine Hand dabei nach Urin und Pommes riecht. Wenn er direkt vor ihrer Nase auf der Schreibtischkante sitzt, sie von oben herab anlächelt und ihr unterstellt, geheime Gedanken zu hegen, deren Erforschung sie systematisch blockiert. Wenn er sie wieder und wieder auffordert, sich ihm endlich zu öffnen, und dabei gierig ihr Dekolletee angafft. Zwischen Brechreiz und Weinkrämpfen verspürt sie bei diesen Sitzungen nur einen einzigen, lodernden Wunsch, nämlich den nach einer Ganzkörperstirn. Und sie beginnt allmählich, darüber zu grübeln, wie sie es wohl anstellen könnte, zu Johna wechseln zu dürfen.

Tag um Tag vergeht, und ein Tag ist wie der andere. Stunde um Stunde, Fragen um Fragen, immer von einer Pille zur nächsten. Zebras im Fernsehen, Wönni in seinem Element, Chrissy in ihrer seltsam lieblichen Akrobatik. Marta hat sich in letzter Zeit immer mehr zurückgezogen, und Anna kann nicht nachvollziehen, was sie wohl falsch gemacht haben könnte. Was Anna nicht weiß: Marta hat einfach nur keine Lust auf Chrissys ständiges Gerede von Schwänzen, multiplen Penetrationen und literweise Sperma, das aus mindestens jedem dritten ihrer Sätze trieft.

Auch Anna ist davon eine Zeitlang ziemlich genervt gewesen, hat sich dann aber nach dem ungefähr zwanzigsten „Was laberst du?" dazu durchgerungen, sie einfach zu ignorieren. Ein Akt, der ihr heute ganz besonders gut gelingt. Denn heute ist der große Tag. Die Eltern kommen zu Besuch.

Wönni hat schon sowas wie den Versuch unternommen, sie darauf vorzubereiten. Hat sie ausgefragt über ihre Gefühle, wenn sie an ihren Vater denkt, an ihre Mutter oder ihren Bruder. Dumme Spiele mit ihr gespielt, wie dass sie ihren Familienmitgliedern Tiere oder Farben zuordnen sollte. Das dümmste aber waren noch die Rollenspiele, bei denen er sie war, und sie in die Rollen ihrer Eltern und ihres Bruders schlüpfen sollte. Wer sich sowas ausdenkt, findet sie, gehört ganz klar auf die andere Seite des Schreibtisches.

Sie hat sich dann einen Spaß daraus gemacht und die perfekte Neckermann-Katalog-Familie aus der Schublade geholt, und es hat sogar eine ganze Weile gedauert, bis er dahinter kam und tierisch auf die Palme gegangen ist. Lange Leitung, kurze Zündschnur. Damit hat Anna aber gar kein Problem. Wenn Werner wütend wird, wirkt er auf sie einfach nur pathetisch. In solchen Momenten hat sie überhaupt keine Angst mehr vor ihm. Und je mehr sie ihn nervt, desto schneller kommt sie, wer weiß, vielleicht, zu Johna.

Die ist heute morgen dran mit dem Rundgang, und zu Annas freudigster Überraschung weiß sie sogar über den anstehenden Elternbesuch Bescheid.

„Guten Morgen, Helena! Wie geht's dir? Ich hab gehört, heute ist ein besonders wichtiger Tag für dich. Freust du dich? Bist du aufgeregt? Bist du okay?"

„Auf einer Skala von eins bis zehn? Geht so." Oh je. Hoffentlich hat sie das jetzt nicht in den falschen Hals gekriegt. Johna setzt sich direkt neben sie und legt die Hand auf ihren Oberarm.

„Erzähl." Anna zögert.

„Ich weiß nicht so wirklich, was da auf mich zukommt. Wir haben uns sehr lange nicht gesehen, und ich weiß nicht, wie sie mich jetzt ansehen werden. Was sie von mir erwarten, was ich von ihnen erwarten soll. Ich versuche, es einfach auf zukommen zu lassen, aber ganz ehrlich? Ich habe eine scheiß Angst."

„Du Arme. Das kann ich total gut verstehen. Aber Werner wird die ganze Zeit dabei bleiben, du musst das nicht alleine machen."

„Oh, das sind ja tolle Nachrichten!" Sie lacht, um nicht zu weinen.

„Hey, du schaffst das. Aber möchtest du lieber noch was zur Beruhigung haben vorher? Ich kann Hilde Bescheid sagen."

„Nein, danke. Ich krieg das schon hin."

„Ganz bestimmt. Und wenn du irgendwas brauchst, melde dich."

„Danke."

Woher sogar Chrissy schon von dem Besuch weiß, entzieht sich gänzlich Annas Kenntnis. Kaum, dass Johna weitergezogen ist, kommt sie auch schon angetänzelt und fragt ganz aufgeregt: „Kommt dein Bruder auch? Sieht der gut aus? Gibst du ihm meine Nummer? Ich meine, jetzt im Moment bin ich ja schlecht erreichbar, aber für später?"

„Gott, Chrissy! Das ist mein kleiner Bruder!"

„Ja, aber wenn ihr die selben leiblichen Eltern habt, dann sieht der bestimmt richtig lecker aus! Du teilst wohl nicht gerne, was?"

„Ach Chrissy, lass mich einfach in Ruhe. Ich weiß nicht mal, ob er dabei sein wird. Und mich nervt schon genug, dass meine Eltern kommen."

„Ja, scheiße. Da hab ich mehr Glück. Meine kommen nie zu Besuch."

„Oh Mist, sorry, das tut mir leid. Das hatte ich nicht auf dem Schirm." Chrissy lacht sich schlapp, und kann sogar Anna ein wenig damit anstecken.

„Babe, alles gut. Scheiß auf meine Eltern. Und scheiß auf deine. Die gehen auch wieder. Und danach habe ich eine richtig geile Überraschung für dich. Dann wird die Welt wieder ganz und gar wunderbar sein, glaub mir. Chrissy hat die Lösung für alle Probleme." Anna dreht sich schmunzelnd weg. Irgendwie gehört Chrissy doch hierhin. Und ist wahrscheinlich das Beste, das einem hier drin passieren kann.

Den Raum, in den Werner sie führt, hat sie zuvor noch nie gesehen. Er ist anders als alles als der Rest der Klinik, und nachdem sie ziemlich weit dorthin gegangen sind, ahnt sie auch, im offenen Bereich zu sein. Für einen Moment überlegt sie, ob das nicht ein geeigneter Zeitpunkt für eine Flucht wäre. Leider schlecht bis überhaupt nicht vorbereitet. Eigentlich gar nicht. Es wäre dumm, in diesem Kimono zu fliehen. Jeder, der sie in der Aufmachung auf der Landstraße sehen würde, würde sie genau hierhin zurück verfrachten.

An einem runden Tisch mit blauer Tischdecke und einem lächerlichen Plastikblumengesteck darauf sitzen bereits ihre Eltern. Es riecht nach Kaffee. Tatsächlich stehen dort richtige Tassen, aus Porzellan, mit Kaffee darin. Den Duft hatte sie zuletzt vor drei Wochen in der Nase, als sie noch in Freiheit war. Ihr Bruder Torben ist nicht gekommen. Als Werner und sie den Raum betreten, springt Mutter gleich auf. Vater bleibt sitzen. Erst als Werner ihm die Hand reicht, erhebt er sich knapp. Anna kommt es vor, als wäre er seit ihrer letzten Begegnung reichlich gealtert. Und als wäre ihre Mutter noch ein bisschen dicker, als sie immer schon war.

„Anna! Schön, dich zu sehen. Du, ich habe dir einen Kuchen gebacken, ich dachte, den kannst du dir vielleicht mit den anderen Patienten teilen, aber den haben sie wohl in die Küche geschickt, der wird dann nachher von dort ausgegeben. Also, wenn ich das richtig verstanden habe." Sie schaut Werner fragend an, der seinerseits versichert, nochmal nachzufragen, und dass schon alles seinen rechten Gang gehen würde. Sie setzen sich gemeinsam an den Tisch.

Werner begrüßt die Besucher: „Herr und Frau Ellrich, schön, dass sie es einrichten konnten. Wenn ich richtig informiert bin, haben sie den weiten Weg von Hannover auf sich genommen?"

„Algermissen", berichtigt ihn der Vater. „Das ist ein Ort in der Nähe von Hannover."

„Ah, schön. Ich hoffe, sie haben uns gut finden können?"

„Ja, danke", antwortet Mama brav. „Anna, du bist dünn geworden? Du bist doch nicht etwa immer noch vegan? Wir haben uns schon überlegt, wie du das nun anstellen willst. Du kannst ja nicht erwarten, dass sie hier extra für dich eine Extrawurst braten. Oder vegane Schnitzel. „

„Jaaa, Mama, ich bin immer noch vegan. Aber mach dir bloß keine Sorgen, hier drinnen kann man gar nicht verhungern. Denn wenn die Beilagen nicht ausreichen, gibt es immer noch intravenöse Nahrung. Alles gut. Wie geht's euch denn so?"

„Ach, weißt du, bei uns ist eigentlich alles wie immer. Abgesehen davon, dass dein Vater demnächst am Rücken -"

„Lass das, Corinna, ich lasse mich nicht operieren." Vater meldet sich zum ersten Mal zu Wort.

„...Na jedenfalls müsste er sich operieren lassen. Sagt auch Dr. Weizenwinkel. Die Spritzen bringen ja gar nichts mehr. Sagst du doch auch immer?!" Sie sieht ihren Mann auffordernd an.

„Jedenfalls ist bei uns alles wie immer. Du kennst uns ja. Torben lässt dir liebe Grüße ausrichten, er konnte leider nicht mitkommen. Wäre er natürlich gerne, aber er steckt mal wieder bis oben hin in Arbeit. Wir hatten ja gehofft, dass das nach dem tollen Masterabschluss erstmal besser werden würde, aber jetzt kommt er erst recht nicht mehr zur Ruhe. Wir sind uns auch noch nicht sicher, ob die Firma wirklich das Richtige für ihn ist. Aber das hast du schon mitbekommen, oder? Dass er jetzt bei dieser Chiphersteller-Firma so einen guten Posten bekommen hat? Und das direkt von der Uni weg! Einfach klasse. Vielleicht könnt ihr ja mal telefonieren. Er würde sich bestimmt über deinen Anruf freuen. Du darfst doch ab und zu telefonieren? Jetzt, wo die drei Wochen Beobachtungszeit um sind...?" Sie wendet sich Werner zu. Der nickt stumm und macht sich Notizen.

„Was würden sie denn sagen, Herr Doktor, macht sie denn schon irgendwelche Fortschritte?"

„Das müssen sie schon Helena selbst fragen. Ich kann das bisher nicht beurteilen."

„Moment. Helena?? Sie wissen schon, dass wir die Eltern von Anna Ellrich sind...?" Auch der Vater runzelt plötzlich die Stirn.

„Nun, ja, das weiß ich, doch ihre Tochter besteht darauf, Helena genannt zu werden. Das ist wohl sowas wie ihr Künstlername. Stimmt das, Helena?"

„Von mir aus. Ja, sowas in der Art."

„Was ist das denn jetzt schon wieder für ein Quatsch? Jürgen, sag du doch auch mal was!" Die Mutter greift verzweifelt nach Vaters Knie.

„Es tut mir leid, ich hatte angenommen, das wäre ihnen bekannt. Wussten sie denn über Helenas, beziehungsweise Annas Tätigkeit Bescheid?" Da auf einmal regt sich Jürgen.

„Aus der Zeitung haben wir es erfahren. Wir hatten keine Ahnung. Aus der Zeitung vom Nachbarn. War eine schöne Überraschung."

„Das war für sie als Eltern ganz sicher nicht einfach. Hatten sie denn bisher schon einmal Gelegenheit, gemeinsam über alles zu sprechen? Etwa im Untersuchungsgefängnis?"

„Da konnten wir sie leider nicht besuchen. Mein Mann hatte schlimme Malaisen mit dem Rücken und konnte nicht fahren, aber dass ich alleine so weit fahre, mag er auch nicht haben. Bei zwei Verhandlungstagen konnte ich allerdings dabei sein, da hat mich mein Sohn dann nach Berlin gebracht.

Es ist ja auch nicht so, dass wir nicht nachgefragt hätten, aber es schien eben immer alles in Ordnung zu sein. Zumindest hat sie uns das immer erzählt. Mit dem Studium, dass sie das alles gut bewältigt - wir dachten, alles sei gut. Das war für uns alle ein ganz schöner Schock. Wir sagen ja auch unserem Sohn schon immer, er sollte vielleicht auch mal über eine Therapie nachdenken. Das alles muss ihn ja auch ganz schön mitgenommen haben, wenn ausgerechnet seine Schwester so..." Sie kramt ein Taschentuch aus dem Rucksack, den sie für den Tagesausflug zu ihrer misslichen Tochter gepackt hat, und schnäuzt sich dramatisch die Nase.

Anna gibt sich alle Mühe, auf ihrem Stuhl nicht zappelig zu werden, und sie wünscht sich, sie hätte die Beruhigungspille von Johna angenommen. Als sie damals in der Untersuchungshaft saß, hat sie tatsächlich gehofft, ihre Mutter würde sie wenigstens ein Mal besuchen. Aber sie kam nicht. Nicht einmal angerufen hat sie. Dass Jürgen nicht kam, war klar. Der hatte seine Vaterrolle längst an den Nagel gehängt. Corinna ihre Mutterrolle auch, aber sie schien doch wenigstens manchmal noch den Schein aufrecht erhalten zu wollen. Und das wäre im Gefängnis auch schon gut genug gewesen. Egal, wie unehrlich und verkrampft.

Doch jetzt sitzen diese Leute, die vorgeben, ihre Eltern zu sein, vor ihr, reden über sie, mit Wönni, dem notgeilen, alten Wixer, und haben sie nicht einmal gefragt, wie es ihr geht? Okay, das kann sie vielleicht auch nicht erwarten. Sie hat schon richtig Scheiße gebaut, das ist ihr klar, und sie ist hier auch nicht bei einem netten Familientreffen. Mit psychotherapeutischer Begleitung.

Aber dass Corinna das Haus übernommen und Jürgen in die Einliegerwohnung verbannt hat, quasi als Trennung ohne die Aufmerksamkeit der Nachbarn, das gehört hier wohl auch nicht hin. Seine unzähligen kleinen Heimlichkeiten, ihre seltsamen, dafür exzessiv betriebenen Hobbies, dieses ganze unerträglich verstohlene Getue, und vor allem die knallharten, klaren Grenzlinien, die durch diese Familie verlaufen. Hier jetzt einen auf Bilderbuchfamilie zu machen, und sie ist der komische Affe im Zoo; das geht ihr gehörig gegen den Strich. Und sie liebt ihren kleinen Bruder, aber dass Corinna ihm die ganze Zeit, immer schon, Zucker in den Arsch bläst und ihr immer nur vorhält, dass sie es niemals zu etwas bringen wird, es sich immer zu leicht macht und sowieso nichts taugt, ist gerade in diesem Moment nicht hilfreich. Galle steigt süß-säuerlich in ihrer Speiseröhre auf, sie muss würgen und sich mächtig beherrschen, nicht vor der versammelten Mannschaft mitten auf den Tisch zu kotzen.

„Anna", richtet sich Corinna an ihre Tochter, „du weißt, wir hätten dich besucht. Aber das war für uns auch alles irgendwie... unbegreiflich. Wir haben ja gewusst, dass du da in Berlin ab und zu mal auf 'ne Party gehst, die Nächte durchmachst... und wir hätten ja auch vielleicht gar nichts gesagt, wenn du dich entscheidest, dich an Männer zu verkaufen. Aber du hättest doch mit uns reden können..?"

„Ach ja? Wann hätte ich denn mit euch reden sollen? Etwa, als mir mein Studienkredit gekündigt wurde und Torben mit Affenpocken im Krankenhaus war? Als Sofia abgehauen ist und mich mit der fetten Miete alleingelassen hat, und deine liebe Freundin Therese gerade mal wieder Ehetrouble hatte? Sag mir, wann?"

Werner sieht sich genötigt, einzuschreiten.

„Okay, ich sehe hier, dass Helena es anscheinend so empfindet, dass sie vernachlässigt wird. Herr und Frau... ähm, Ellrich, machen sie sich da bitte keine allzu großen Sorgen. Ihre Familie ist ja gründlich überprüft worden, im Zuge des anhängigen Verfahrens. Sie trifft da gar keine Schuld. So eine Opferrolle einzunehmen, ist bei narzisstischen Störungen jedoch gar nichts ungewöhnliches, und ich bin überzeugt, wir werden da einen guten Weg finden, zusammen mit Helena. Im Moment, das muss ich leider sagen, verweigert sie noch die Mitarbeit, aber das wird sich schon noch finden, nicht wahr, Helena?" Und er wirft ihr einen seiner ekelhaften Blicke zu.

Die Mutter streicht mit der flachen Hand nervös über die Tischdecke, als würde s e unsichtbare Krümel wegwischen.

„Mensch, Jürgen, nun sag du doch auch mal was."

„Was soll ich dazu groß sagen? Ich weiß ehrlich nicht, was das alles hier überhaupt soll. Was ich hier soll. Die weite Fahrt, den Ausfall im Betrieb, das hätte ich mir alles sparen können. Wir haben unsere Tochter, Anna, anständig erzogen, und es ihr nie an etwas fehlen lassen. Wenn diese Frau hier beschlossen hat, sich Helena zu nennen, in der Gegend rumzuhuren, Drogen zu nehmen und Gewalttaten zu begehen, dann will ich nichts mit ihr zu tun haben. Ich kenne keine Helena."

„Aber, Jürgen, das kannst du doch so nicht sagen..!"

„Und wie ich das sagen kann. Und noch was, ich kann auch draußen auf dich warten." Er kramt aus seiner Brusttasche eine Schachtel Zigaretten und steckt sich eine davon in den Mundwinkel, steht auf und verlässt den Raum, wobei er sich einzig von dem Arzt mit einem knappen Nicken verabschiedet. Anna hat er die ganze Zeit über nicht einmal angesehen.

„Aber, Jürgen...!" Doch da ist die Tür schon hinter ihm zugefallen. „Ich weiß gar nicht, was ich sagen soll, das tut mir natürlich furchtbar leid. Er meint das ganz sicher nicht so. Aber das alles nimmt ihn eben auch wirklich sehr mit."

„Ist schon gut," beschwichtigt sie Werner, „ich kann die Belastung gut nachvollziehen. Das ist sicherlich für die ganze Familie eine schwierige Situation."

Anna spürt, wie ihre Halsschlagader heftig zu pochen beginnt. Sie versucht, dem Gespräch der beiden zu folgen, kann aber keinen klaren Gedanken mehr fassen und versteht nicht, was die sagen. Sie fühlt plötzlich eine glühende, schmerzende Hitze in sich aufsteigen, als würde ihr ganzer Körper in Flammen aufgehen. Werner und Corinna reden und reden, sie vernimmt nur dumpfe, gluckernde Geräusche. Als Werner dann auf einmal sie anspricht, beginnt ihr Kopf, sich unwillkürlich zu schütteln. Sie krallt sich mit beiden Händen in das Tischtuch, als wollte sie sich daran festklammern. Werner wiederholt, was auch immer er gefragt haben mag. Da springt sie auf einmal mit einem gewaltigen Satz vom Stuhl auf, die Tischdecke immer noch in beiden Händen, wobei die Kaffeetassen und

Plastikblumen direkt auf Werner und Corinna zufliegen. Für ein paar Sekunden hält sie inne, schaut verdutzt auf die beiden Bekleckerten, die sie ebenso verdutzt anstarren, dann schlägt sie beide Handflächen auf ihr Gesicht und hebt zu einem markerschütternden, wilden Schrei an.

Werner hechtet auf sie zu, packt sie kräftig bei den Schultern, will sie beruhigen, doch sie schreit und schreit nur immer weiter. Darum lässt er von ihr ab, greift nach seinem Handy und spielt eine Sprachnachricht in den Bereitschaftschat der Klinik: „Notfall in Besucherraum drei, eilt." Wenige Sekunden darauf platzen ein Wärter und ein Pfleger in das Zimmer, greifen sich Anna, die sich mit Fäusten und Tritten wehrt, und drücken ihr eine Spritze in den Arm. Da ist Werner schon wieder bei Corinna, um sich freundlich von ihr zu verabschieden und ihr noch einmal zu versichern, dass schon alles wieder gut werde. Anna ist sofort ausgeknockt und kriegt gar nicht mehr mit, wie sie im Rollstuhl über die Gänge geschoben wird. Auch nicht, wie Chrissy ihr nachruft: „Hey, Dummkopf, was hast du jetzt schon wieder angestellt? Hast wohl die Überraschung vergessen?"

Am Abend des selben Tages brütet Johna im Licht einer Schreibtischlampe über Patientenakten. In den ersten paar Wochen am neuen Arbeitsplatz hatte sie sich noch nicht getraut, danach zu fragen. Heute hat sie es gewagt, sie einfach mit nach Hause zunehmen. Ohne zu fragen. Nicht alle auf einmal, denn die Akten liegen in offenen Fächern, also würde das sicher irgendwem auffallen und dumme Fragen nach sich ziehen. Aber die von Anna ist dabei. Am Nachmittag hat Werner sie gefragt, ob sie die Patientin übernehmen würde, und sie hat sich gerne dazu bereit erklärt.

Aus den Berichten lässt sich nicht schließen, dass Werner es gut mit ihr gemeint hat, ihr diese Patientin zu übergeben. Wahrscheinlich hat eh sich vielmehr einen Problemfall vom Hals geschafft. Johna überlegt sich, was mit der ihr hier vorliegenden Diagnose nicht stimmt. Nicht stimmen kann. Gut, der Zwischenfall beim Elterngespräch mag ziemlich heftig gewesen sein, aber davor hat sie einen alles andere als aggressiven Eindruck gemacht. Auf sie hat sie eher verstört gewirkt, und niedergeschlagen. Und dafür, dass es die erste Begegnung mit den Eltern seit diesem Vorfall mit dem verletzten Mann war, hat sie einen ausgesprochen ruhigen Eindruck gemacht. Ja, da ist natürlich die Geschichte mit dem verletzten Mann. Aber was Matthias und Werner hier notiert haben, passt vorne und hinten nicht zusammen.

Wie gerne wäre sie heute dabei gewesen. Von Werner stehen nur wenige Infos zu dem Treffen im Bericht. Dass Vater und Tochter nicht miteinander kommunizieren, der Vater vorzeitig abgebrochen hat. Dass sie auf ihre Mutter und den Bruder mit Wut reagiert und die Opferrolle einnimmt. Und dass es zur Eskalation kam, sie sediert werden musste. Das war's.

Insgesamt liest sich die Akte so, dass Anna, die Helena genannt werden will, nymphoman ist, narzisstisch, äußerst aggressiv, gewaltbereit und wenig kooperativ. Wenn man den Notizen und den Eindrücken ihrer beiden Kollegen Glauben schenken will, hat sie hier also eine ganze Menge Arbeit vor sich. Und Anna noch eine schwere Zeit. Aber Johna glaubt nicht alles, was sie liest.

Als Anna wieder zu sich kommt, ist das erste, das sie wahrnimmt, die feuchte, stickige Luft. Sie will ein Fenster öffnen, doch da ist nur eine kleine Luke ganz oben in der Wand, ohne Fenstergriff. Die Wände sind mit Gummipolstern ausstaffiert und sie spürt, dass sie auch auf einer Gummioberfläche liegt. Erst jetzt wird ihr klar, dass sie an Händen und Füßen mit breiten Manschetten fixiert ist. Sie zerrt und rüttelt an den Fesseln, doch das ist natürlich völlig zwecklos. Wie hilfesuchend schaut sie sich nach der Tür der Zelle um, was ebenso zwecklos ist. Die schwere Stahltür ist verschlossen, und dort ist niemand, der ihr helfen könnte.

Im Moment wirkt noch die letzte Beruhigungsspritze, die sie bekommen hat, und sie schläft gleich wieder ein. Aber als sie erneut aufwacht und feststellt, tatsächlich immer noch in dieser Gummizelle zu sein, an eine Pritsche gefesselt, steigt ziemlich schlagartig die Angst in ihr auf. Sie beginnt, zu rufen, „Hallo? Hallo? Ist da jemand?", doch niemand antwortet.

Wie lange sie wohl schon hier drin ist? Sie hat keine Ahnung, welcher Tag heute ist, nicht einmal, welche Tageszeit. Durch die Luke fällt ein bisschen Licht in die Zelle, aber es könnte ebenso gut Vormittag wie Nachmittag sein. Wieder ruft sie um Hilfe, und immer wieder. Keine Reaktion. Und wieder beschleicht sie die Angst, wie auch schon in der ersten Nacht in der Isolationszelle, vergessen zu werden und für immer darin zu verschimmeln. Da oben in der Ecke hängt, wie auch schon in der ersten, dem „Schutzraum", eine Kamera. Doch wie kann sie sicher sein, dass am anderen Ende irgendjemand auf den Bildschirm sieht? Merkt, dass sie wach ist, oder wenn sie zur Toilette muss?

Oder längst am Verdursten ist?

Schließlich besinnt sie sich darauf, dass sich diese Befürchtung ja schon einmal nicht erfüllt hat, und fängt an, sich selbst besänftigend zuzureden. „Alles wird gut. Du kommst hier wieder raus. Du kommst hier wieder raus." Mantraartig wiederholt sie diesen Satz, und allmählich fühlt sie, wie sich ihre Atmung verlangsamt und der Puls beruhigt. Auch ihre Gedanken, die eben noch wie vernebelt waren, werden langsam klarer. Zuerst hat sie gar nicht verstanden, warum sie gefesselt und eingesperrt ist, jedoch nach und nach kommt die Erinnerung zurück.

Natürlich, der Elternbesuch. Die fliegenden Kaffeetassen. Das ist wohl nicht so gut gelaufen. Ihre linke Brust schmerzt. Der Wärter hat sie ganz schön hart angefasst. Sie hat das Gefühl, da könnten ein paar Rippen angeknackst sein. Das war aber auch wirklich ein ungleicher Kampf. Zwei ausgewachsene Kerle auf so ein Fliegengewicht wie sie zu schicken. Nur wegen zerbrochenem Porzellan. Okay, so auszurasten war sicher nicht ihre beste Idee. Sonst wäre sie wohl kaum hier so festgeschnallt. Wahrscheinlich hat sie sich verhalten wie eine Geisteskranke. Das sollte man natürlich besser lassen, wenn sich eine Gummizelle in näherer Umgebung befindet, denn sonst befindet man sich selbst bald in einer.

Ist sie jetzt also geisteskrank? So richtig klar denken kann sie jedenfalls nicht. Aber das mag an dem Zeug liegen, das die ihr gespritzt haben. Sie überlegt angestrengt, wie wohl eine normales, geistig gesundes Verhalten in so einer Situation ausgesehen hätte. Oder ob irgendjemand sich in dieser Lage normal hätte verhalten können. Wenn man eh eingesperrt ist, komplett ausgeliefert, und da drei Leute um einen herum sitzen, die einen alle für ein Monster halten. Für eine Verbrecherin, eine Versagerin - eine Enttäuschung.

Als Kind hätte sie sich noch brav in die Ecke gestellt und gewartet, bis sie wieder hervortreten und sich für ihr Fehlverhalten entschuldigen durfte, um danach wieder zumindest ein geduldetes Mitglied der Familie zu sein. Nun ist sie halt ein Mal ausgeflippt. Zur falschen Zeit am falschen Ort, aber das war einfach höchste Zeit. Vielleicht hätten Jürgen und Corinna sich einen besseren Ort und eine bessere Zeit aussuchen sollen, um auf ihr rumzuhacken und sie kleinzumachen. Nicht diesen Ort, und nicht in Gegenwart von Wönni. Und dabei wollte sie das gar nicht. Es ist nur eben so passiert. Aber all das würde Wönni garantiert für Ausreden halten. Sie ist hier drin, also ist sie das Problem. Nicht ihre Eltern. Die sind selbst die Opfer.

Sie schmort noch einige Stunden in ihrem eigenen Saft aus Wut, Verzweiflung und dem Gefühl, dass die Welt ein schrecklich ungerechter Ort ist, bis endlich ein Schlüssel in der Tür knackt. Franziska. Noch nie zuvor hat sich Anna so sehr gefreut, dieses bullige Gesicht der Schwester zu sehen.

„Na, haben wir uns wieder beruhigt?"

„Ich bin die Ruhe in Person. Und wenn ich endlich aufs Klo könnte, wäre ich sogar zahm wie ein Lämmchen."

„Was glaubst du wohl, wie froh ich bin, dass du wieder alleine aufs Klo darfst. Denkst ja wohl nicht, dass mir das Spaß macht, dir die Bettpfannen unterzuschieben?"

„Was, Bettpfannen? Wie lange bin ich schon hier?"

„Das hast du wohl nicht mitgekriegt, hm? Zwei Tage. Musst ja ganz schön Aufsehen erregt haben. Wäre es nach Werner gegangen, hättest du glatt hier einziehen können." Die Schwester löst die Fesseln, Anna reibt sich ihre Handgelenke.

„So, dann lass dir nicht zu viel Zeit auf der Toilette, die anderen sind schon beim Abendessen. Hier links, den Gang runter. Findest du schon." Damit ist sie auch schon wieder auf und davon, und Anna eiert aus der Zelle, dankbar, zumindest halbwegs wieder Herrin über ihren Körper zu sein.

In der Kantine vollführt Chrissy einen wahren Freudentanz, als sie Anna hereinkommen sieht.

„Gibt's das? Was machst du denn hier? Ich dachte, dich hätten sie weggesperrt? Ich meine, so richtig weggesperrt, und den Schlüssel weggeworfen! Hast wohl das Ticket für den Kurzurlaub gezogen? So schnell lassen sie selten jemanden raus. Wönni steht anscheinend auf dich, kann das sein?" Sie fällt Anna überschwänglich um den Hals. Die weicht irritiert zurück und kümmert sich lieber erstmal darum, etwas zu Essen zu organisieren, bevor das Labor schließt. So nennen sie hier die Küche. Vermutlich, weil dort die Grenzen des Ungenießbaren erforscht werden.

Zurück am Tisch, will Chrissy gleich wissen: „Und, erzähl, was war los? War's schlimm?"

„Nee, alles gut. War wie Bällebad, nur ohne Bälle. Und hier, hab ich was verpasst?"

„Du hast nicht das Geringste verpasst, meine Liebe. Und da hast du großes Glück gehabt! Denn beinahe hätte ich die

Überraschung, die ich für uns besorgt habe, mit jemand anderem geteilt Wer weiß, mit Amy oder so. Gut, insofern haben wir beide Glück gehabt, dass sie dich gerade noch rechtzeitig rausgelassen haben. Weil das mit Amy sicher nicht halb so lustig wäre. Weißt du noch; Überraschung? Ich hab dir doch eine Überraschung versprochen!"

Anna hat keine Ahnung, was Chrissy von ihr will, darum spielt sie mit: „Oh, da bin ich aber gespannt." Eigentlich will sie gerade am liebsten allein sein, irgendwo, nur möglichst weit weg von hier.

„Warts nur ab, Süße, das wird irre lustig!"

Mitten in der Nacht rüttelt jemand unsacht an ihrer Schulter. Es ist Chrissy, die ihr stumm, aber nachdrücklich bedeutet, aufzustehen und ihr zu folgen. Anna zögert erst, reibt sich die Augen, alle um sie herum scheinen zu schlafen. Außer Chrissy, die ist wie immer hellwach. Was soll's. Sie steht auf und will schon in ihre Ballerinas steigen, doch Chrissy macht eine abwehrende Handbewegung, darum folgt sie ihr barfuß.

Auf dem dunklen Gang ist niemand zu sehen, die beiden hangeln sich von einer der unverschlossenen Türen zur nächsten, immer bereit, bei Sichtkontakt mit einem Wärter oder Pfleger in einem der Schlafräume zu verschwinden. Das geht nur gut, bis sie in den großen Tagessaal gelangen. Her könnten sie sich in der Finsternis vielleicht noch unter einem der Tische verstecken, würden aber sofort entdeckt werden, wenn einer das Licht einschaltet. Chrissy scheint zu überlegen, ob sie sich in den großen Sessel kauern sollten. Hat sie überhaupt einen Plan? Doch während Anna schon den Rückzug antreten will, nimmt Chrissy sie plötzlich entschlossen an die

Hand und zieht sie quer durch den Saal zum gegenüberliegenden Ausgang – zu dem Gang, der am Schwesternzimmer vorbei führt. Anna reißt ihre Hand aus Chrissys Griff.

„Spinnst du?!"

„Pssst. Vertrau mir." Sie öffnet leise, einen Spalt breit, die Tür zu dem Korridor und vergewissert sich, dass niemand zu sehen ist, dann zieht sie Anna hinter sich her, mitten in das Kontrollzentrum der Klinik. Sie tippeln auf nackten Füßen durch den Flur, schleichen sich langsam, tief geduckt, unter dem breiten Fenster zum hell erleuchteten Schwesternzimmer her, und sobald sie es hinter sich haben, flitzen beide los, so schnell es geht, direkt zum Speisesaal. Sie erreichen ihn unentdeckt, keuchend, leise kichernd. Chrissy versucht, die Tür zum „Labor" zu öffnen, aber die ist natürlich verschlossen. Vor der Essensausgabe ist ein Rollgitter heruntergelassen, ohne Schloss und Riegel. Sie springt auf den Tresen und macht sich daran zu schaffen, versucht, es hochzuschieben. Doch das Metall quietscht ohrenbetäubend, die Zwei zucken zusammen, halten inne. Niemand kommt. Chrissy hüpft wieder von der Theke und sie begeben sich zusammen in die dunkelste Ecke des Raums, um sich dort auf dem Boden niederzulassen. Chrissy freut sich: „Hui, was für ein Abenteuer! Aber jetzt schau, es kommt noch viel besser." Und sie fischt aus der Seitentasche ihres Morgenmantels eine Flasche.

„Verdammt, ist das Tequila?!"

„Na klar, Süße, was denkst du denn?"

„Das gibt's doch nicht. Ja, ich gebe zu, die Überraschung ist dir gelungen. Wow!" Stolz nickend, kramt Chrissy aus ihrer anderen Manteltasche noch zwei Pillenbecherchen hervor,

Zigaretten und ein Feuerzeug, breitet alles zwischen ihnen auf den Fliesen aus und verkündet: „So, jetzt wird gefeiert!"

Sie stoßen an, stürzen den ersten Schuss sofort ihre Kehlen hinunter, füllen die Becher gleich wieder auf.

„Darf ich?" Anna zeigt auf die Zigaretten.

„Natürlich! Heute soll es uns an nichts fehlen." Anna zündet sich eine an, Chrissy tut es ihr gleich. Sie trinken die Becher aus, schütten wieder nach.

„Oh, das tut so gut. Ich weiß gar nicht, wie ich dir dafür danken soll. Und auch noch Tequila. Sehr stilvoll. Das ist einfach perfekt. Sag mal, wie hast du das bloß angestellt? Ist bestimmt nicht einfach, so eine große Flasche hier rein zu schmuggeln?"

„Na, ich hab die bestimmt nicht in meiner Muschi hier reingeschleppt!" Sie lacht. „Ich kenn da so einen, aus der Offenen. Der kann alles mögliche besorgen. Und ich bin besonders gut darin, es ihm zu besorgen. Ich hab dem komplett den Verstand rausgelutscht, weißt du? Mein Mund ist nämlich sowas wie... du kennst doch diese Geräte, mit denen man Dinge einschweißt... so ein Vakuumdingsbums. Da flippen die alle aus. Also wenn du mal irgendwas brauchst, sag nur Bescheid, Chrissy besorgt s ihm, und er besorgt dir, was immer das Herz begehrt."

„Nee, danke, lass gut sein, ich will doch nicht, dass du dem einen bläst. Also, jedenfalls nicht für mich."

„Oh, keine Sorge, ich mach das gerne. Du weißt doch, ich liebe Schwänze!"

„Du stehst auf Blasen?"

„Na klar, ich steh auf alles, was dick und hart ist."

„Aber im Mund?"

„Ja klar, am liebsten in allen Löchern gleichzeitig! Aber was stört dich am Blasen?" Sie kippt noch mehr Tequila in die Becher. Anna trinkt, überlegt kurz.

„Smegma." Chrissy biegt sich vor Lachen.

„Wie bitte, Smegma? Haben sich deine Kunden nicht gewaschen?"

„Die meisten schon. Aber du würdest dich wundern, wie viele Männer anscheinend noch nie im Leben unter ihre Vorhaut geschaut haben. Was sich da alles sammelt... Und dann halten sie ihren Pimmel kurz unter Wasser, vielleicht, wenn du Glück hast, aber am besten noch vor dem Pinkeln, weil sie gehört haben, dass man sich vorher wäscht. Und dann schieben sie dir das Ding in den Mund, damit es endlich einmal richtig sauber wird."

„Oh je, du Arme," prustet Chrissy los, „konntest du in deiner Anzeige, oder auf deiner Seite oder was auch immer, nicht einfach sagen: Nur beschnittene, reinliche Männer?"

„Haha, ja, das hätte ich mal machen sollen!" Die Zwei zünden sich jede noch eine Zigarette an, nehmen gemeinsam noch einen Shot.

„Aber ehrlich, selbst wenn die einigermaßen sauber sind. Prostatasaft finde ich jetzt auch nicht gerade lecker. So glibberig und schleimig, mir kommt es jetzt noch hoch bei dem Gedanken. Wenn so einer, der davon viel produziert, weißt du es bereits, wenn er ihn auspackt und der Schwanz bereits Fäden zieht. Dann weißt du schon, dass du gleich kräftig daran saugen wirst, damit das schlaffe, schrumpelige Ding einigermaßen hart wird, und dabei nur dafür sorgst, dass immer mehr davon in deinen Mund läuft. Und durch deine Bewegung auch noch schön aufschäumst, und danach hast du immer diesen dicken, schaumigen Schleim im Hals, denn du musst ja zwischendurch auch mal schlucken, wenn du es ihm nicht auf den Schwanz spucken willst. Ich bin jedes Mal sofort kotzen gegangen, sobald der Typ zur Tür raus war."

„Oh man, Süße, dann bist du echt im falschen Beruf. Oder hattest einfach die falschen Kerle."

„Nun, das kann man sich ja nicht immer so aussuchen."

„Und deswegen hast du dem Typen den Schwanz abgehackt?"

„Nicht abgehackt. Abgeschnitten. Und auch nur ein kleines Stück. Also, naja, die Eichel. Aber eigentlich war das auch eher ein Unfall."

„Ach so, und ich dachte schon, du wärst so'ne richtge Männerhasserin."

„Ich hasse Männer nicht. Ich halte sie nur für Idioten."

„Natürlich sind sie Idioten! Aber sie können so tolle Sachen mit einem anstellen..."

„Ach ja, was denn für Sachen? Blasen, lecken, ficken? Langweilig."

„Mein Gott, sei doch nicht so negativ. Ficken macht Spaß! Vor allem, wenn er so richtig dirty ist. Wenn's richtig zur Sache geht." Anna runzelt die Stirn.

„Sag mal, kommst du dabei?"

„Ja klar, andauernd! Was für eine Frage?" Anna hat da so ihre Zweifel. So, wie Chrissy über Sex redet, kommt sie ihr vor wie ein Taubstummer, der in der Disco versucht, zur Musik zu tanzen. Sie selbst war früher auch mal so. Oder so ähnlich. Als sie immer noch erwartet hat, dass eines Tages ein Mann kommen und sie zum Orgasmus bringen würde. Bis sie es eines schönen Nachmittages, völlig unverhofft, ganz allein geschafft hat, und das Thema plötzlich uninteressant war. Und sie ist sich fast sicher, dass die gute Chrissy noch niemals einen Orgasmus hatte. Aber das behält sie lieber für sich. Stattdessen lenkt sie ab, indem sie noch einmal diese großartige Aktion mit dem Tequila lobt. Sie stoßen erneut an, kippen sich den feinen Schnaps rein, rauchen, drücken die Kippen unbekümmert auf dem Boden aus, sind für einen Moment vollkommen frei. Und sturzbetrunken. Chrissy hat tatsächlich auch noch andere Themen auf Lager, erzählt von Reisen, die sie als Groupie verschiedener Bands unternommen hat, von den vielen Malen, die sie so richtig doll verliebt war, und von ihrem leiblichen Vater, der sie verlassen hat, bevor sie geboren wurde. Sie reden über alles mögliche, nur nicht über diesen Ort.

Bis sie auf einen Schlag daran erinnert werden, unter wessen Dach sie ihre kleine Party veranstalten. Grelles Licht wird eingeschaltet, vier Wärter stürmen den Saal. Anna erschrickt, Chrissy hält die fast leere Flasche hoch und ruft: „Hey Jungs, wollt ihr mit uns feiern? Ich hoffe aber, ihr habt euch vorher anständig die Schwänze gewaschen. Unsere liebe Helena achtet sehr auf ihre Mundhygiene." Wieder zuckt Anna zusammen. Aber die Jungs feiern ihre eigene Party. Sie stürzen sich, allen voran Sven, der der Anführer der Bande zu sein scheint, auf die Frauen und zerren sie von ihren Sitzplätzen auf dem Fußboden. Wie Polizisten, die eine Sitzblockade auflösen, packen sie, je zwei, Anna und Chrissy und tragen sie, mit den Füßen voran, hinaus in Richtung Schwesternzimmer, vor dem bereits Franziska und ein Pfleger warten, mit dicken Spritzen in den Händen. Chrissy zappelt wie wild, aber Anna hat die Spritze in Franziskas Hand bemerkt und will lieber versuchen, dieser zu entkommen.

„Oh nein, nur bitte das nicht. Ich werde mich auch ganz artig benehmen. Außerdem verträgt sich das bestimmt nicht gut mit Alkohol, oder?" Chrissy lacht, was Anna in diesem Moment nicht hilfreich erscheint. Doch ihr Lachen verstummt schnell – denn da hat sie auch schon die Nadel im Arm und sinkt in einem Rollstuhl in sich zusammen. Anna hält ganz still, wehrt sich nicht gegen diese alberne Affenschaukel, in der sie zwischen den beiden Wärtern hängt wie auf einem Gynäkologenstuhl, schaut nur Franziska mit flehendem Blick an. Gibt keinen Laut von sich, denn sie ahnt, dass ihr jedes weitere Wort zum Verhängnis werden könnte.

„Nun lasst sie schon runter." Die Wärter geben ihre Beine frei, so dass sie wieder zum Stehen kommt, halten sie aber immer noch an beiden Armen fest umklammert. Das ist vielleicht auch besser so, denn sonst würde sie garantiert bedrohlich schwanken. Was auch nicht unbedingt einen positiven Eindruck auf Schwester Rabiata machen dürfte.

„Okay, wenn du meinst, das geht auch ohne? Von mir aus." Dann wendet sie sich wieder an die Wärter:

„Schutzraum Sieben und Neun sind frei. Vergesst nicht, das gleich noch ins Protokoll einzutragen. Na dann, gute Nacht, Helena."

Fuck... Nicht schon wieder. Die schwere Eisentür fällt hinter ihr ins Schloss und sie findet sich in genau so einer Betonkiste wieder, wie schon in ihrer ersten Nacht in diesem Gruselkabinett. Eine Tür fällt zu, ähnlich wie die, die erst ein paar Stunden vorher wieder aufgegangen war. Die Tür zu ihrer Gummizelle. Und jetzt hockt sie, noch in der Nacht des selben Tages, wieder auf einer Gummipritsche, und vor ihr nichts als ein stählernes Pissbecken und grob verputzte Wände, gekleidet in grau und diesen ätzenden Geruch nach Desinfektionsmitteln. Das ist, könnte man meinen, maximal schiefgelaufen. Obwohl, irgendwie war es das wert.

Ein paar Minuten lang denkt sie noch nach, über den lustigen Ausflug mit ihrer seltsamen neuen Freundin, darüber, wie sie es geschafft hat, sich gegen Franziska durchzusetzen; ist ein bisschen stolz auf sich. Dann sickert sie bald in den Schlaf, den nur ein guter Tequila einem bescheren kann. Besinnungslos. Aber beinahe selig.

So verschläft sie, wie ihr morgens ein Plastiktablett mit Wasser, einer Scheibe trockenen Graubrots, Wurst und Käse gebracht wird. Für Anna also eh nur Wasser und Brot, da hat sie nicht viel verpasst. Später kommt Hilde, mit dem ebenso untauglichen Mittagessen, dafür mit einer Tablette und der üblichen Mundraumkontrolle, da wird sie für den Moment erstmal halbwegs wach. Schläft aber schon bald wieder ein und verpennt auch noch den halben Nachmittag. Bis sie irgendwann von Chrissy geweckt wird, die aus der Zelle gegenüber ruft und wissen will, ob sie noch da ist.

„Hey, Tequila-Queen! Na klar bin ich da. Etwas dicke Birne. Und du?"

„Alles gut, aber ich könnte töten für eine Zigarette!" Die beiden lachen.

„Das war echt eine coole Aktion. Aber was glaubst du, wie lange die uns hier drin lassen?"

„Keine Ahnung. Wenn es nach Matzi geht, mach dich auf einen längeren Aufenthalt gefasst. Der kann mit Spaß nichts anfangen. Vielleicht haben wir Glück, und Wönni legt ein gutes Wort für uns ein. Dann sind wir vielleicht schon in ein paar

Tagen wieder raus. Wönni ist viel zu faul, um streng zu sein."

„Aber ist er dann nicht auch zu faul für ein gutes Wort?"

Schweigen. Auf einmal ist es so still, dass Anna ihren eigenen Puls hören kann. War es das wirklich wert? So sitzen sie eine Weile nur da, eine jede zusammengekauert auf ihrer Gummimatte, in ihrer Zelle. Bis Chrissy sich wieder meldet und vorschlägt: „Wir könnten doch 'Ich sehe was, das du nicht siehst' spielen! Ich sehe was, das du nicht siehst, und das ist... grau!" Und da ist sie auch schon wieder, diese unverkennbare Chrissy-Lache. Sie vertreibt beinahe die dunklen Wolken über den beiden Frauen. Auch die Sorge über die Dauer des eingesperrt Seins. Anna spielt mit, und ihr Kimono hat allerhand Farben zu bieten, die Chrissy alle nicht sehen kann. Aber obwohl Chrissy genau weiß, dass Anna ihren Kimono im Visier hat, tippt sie jedes Mal auf Gegenstände, die sich ganz bestimmt nicht in der Zelle befinden. Also macht es Anna umgekehrt genauso. Und im Nu fliegen grüne Elefanten, kleine gelbe Autos, rosa Pinguine, eine Schwester Franziska in lilafarbenem Liebestöter und ein blauer Pizzabote durch die beiden Zellen. Die Zwei blödeln und lachen und lassen sich dabei auch nicht von den verzweifelt klingenden Rufen nach Ruhe aus irgendwelcher anderen Zellen stören.

Bis Franziska kommt, mit dem Abendessen. Jetzt reicht es Anna.

„Franziska, bitte, ich habe den ganzen Tag noch nichts gegessen, weil das alles nicht vegan ist. Nicht einmal vegetarisch!"

„Oh, entschuldige, ich gehe sofort zum Küchenchef und sage ihm, er soll dir doch bitte ein Kichererbsen-Schnitzel machen.

Also wirklich. Na, dann tust du eben die Bolognese runter machen, und isst die Nudeln. Das ist doch kein Hotel hier." Sie geht, Anna schmeißt ihr den Teller hinterher, trifft aber nur die bereits wieder verschlossene Tür.

„Chrissy, ich sehe was, das du nicht siehst, und das ist braun mit gelblichen Kringeln. Und es läuft an meiner Tür runter." Schallendes Gelächter aus der Zelle gegenüber.

„Süße, du bist nicht die einzige, die hier drin Hunger schieben muss. Mir haben sie meine Bauchtasche abgenommen. Keine Ziggies, aber was fast noch schlimmer ist, kein Salz. Das kann man einfach nicht essen." So vergeht der Abend, mit Lachen und Lästern, bis zur nächsten Pille, und ist danach auch schon bald gelaufen.

Kurz nach Sonnenaufgang, am nächsten Morgen, öffnet Schwester Hilde die Zellentür, in der Hand ein Tablett. Sie wirft einen kurzen Blick auf die Sauerei, die Anna angerichtet hat, dann fragt sie nur: „Na, das war wohl nicht nach deinem Geschmack?"

„Es tut mir leid, da habe ich überreagiert. Ich wollte das auch schon wegmachen, aber ich habe nichts hier, nur die drei Blätter Klopapier da." Sie zeigt auf die fast leere Rolle neben der Toilette. „Ich bin vegan, und das ist kein schlauer Spruch oder so. Ich kann das nicht essen."

„Nun komm man wieder runter. Schau, was ich hier für dich habe." Sie nähert sich mit dem Tablett, darauf Saft, Wasser und eine große Schüssel mit frischem Obst, Müsli, Nüssen und Joghurt.

„Oh, Hilde, das ist so, so lieb von dir, danke, vielen Dank – aber der Joghurt..?"

„Soja. Keine Sorge. Guten Appetit." Und sie schenkt ihr ein warmes Lächeln. Was für ein wunderschöner Morgen, in Zelle Sieben. Anna will schon richtig reinhauen, denn sie hat großen Hunger, doch dann beschließt sie, ihr Frühstück in aller Ruhe zu genießen. Das mag ja kein Hotel sein, aber dieses Frühstück ist besser als die meisten „interkontinentalen" Geschmacks-verirrungen, die sie sonst in Hotels dargeboten bekommen hat. Und hier hat man seine Ruhe. Gut, über das Ambiente ließe sich streiten. Aber sie kaut vergnügt auf den knackigen Nüssen und dem saftigen Obst, und weder der graue Putz an den Wänden, noch das gammelnde Fleisch, das an der Tür klebt, könnte sie dabei stören.

Der Tag wird allerdings noch viel besser, als Hilde ein zweites Mal ihren Kopf durch die Tür steckt.

„Na, satt geworden? Du bist frei, kannst duschen gehen. Und hast danach ein Gespräch. Melde dich bei mir, wenn du fertig bist, okay?" Sie geht, und die Tür bleibt tatsächlich offen. Sogleich kommt auch Chrissy angehüpft.

„Hey, wie geil ist das denn? Komm, wir gehen jetzt als Allererstes eine rauchen!"

„Nee, ich soll duschen, und hab dann einen Termin. Ich will nicht gleich schon wieder Ärger kriegen."

„In Ordnung, du Spießer. Wir sehen uns später." Und schon ist sie auf und davon, nur schnell raus aus dem Isolationstrakt. Anna braucht noch einen Moment. Das war es also schon? Sie hatte sich bereits ausgemalt, eine geschlagene Woche hier drin verbringen zu müssen. Wobei das vielleicht gar nicht so schlimm gewesen wäre. Wirklich isoliert war sie schließlich nicht. Als Bestrafung hat das jedenfalls nicht funktioniert. Kein

Grund, in Zukunft auf Tequila zu verzichten. Da hätte der Kater von gestern eher für herhalten können.

Frisch geduscht, in sauberen Klamotten, Kimono und ihren Ballerinas, begibt sie sich weisungsgemäß zu Hilde, die im großen Saal damit beschäftigt ist, die Getränketheke aufzufüllen.

„Wo soll ich hin?"

„Ah, warte, ich sag kurz Bescheid." Sie greift nach ihrem Handy und tippt eine Nachricht in den Klinik-Chat: „Helena für Johna, bereit."

„Herbringen, danke."

„Gut, dann komm mal mit." Hilde führt Anna zu einem der Büros zwischen Schwesternzimmer und Kantine, in dem Gang, wo auch die Sprechzimmer von Werner und Matthias liegen. Dieses Büro ist aber um einiges kleiner, und auch eher spartanisch eingerichtet. Hinter einem billigen Schreibtisch aus Sperrholz sitzt Johna, die mit ihrer frechen Kurzhaarfrisur und einer luftigen Schluppenbluse heute mal wieder geschickt aus dem hiesigen Rahmen fällt. Sie steht auf, und reicht Anna über den Tisch hinweg die Hand.

„Helena, wie schön, guten Morgen. Setz dich doch." Anna folgt ihrer Bitte.

„Wie geht es dir?"

„Gut, danke."

„Ich habe gehört, es gab Probleme mit dem Essen?"

„Nein, alles gut. Das heißt, heute war alles gut. Gestern bin ich ein bisschen ausgerastet, aber dafür habe ich mich schon entschuldigt."

„Du musst dich nicht entschuldigen. Ich verstehe das. Hab

eben schon mit Hilde gesprochen, sie wird das mit der Küche klären für die Zukunft. Aber wie geht es dir sonst? Ganz allgemein?"

„Ganz ehrlich, ich weiß es nicht. Mal was von der Heisenbergschen Unschärferelation gehört? Man kann einen Zustand nicht beobachten, ohne ihn dabei auch zu verändern. Ich weiß nicht, ob das alles hier irgendeinen Sinn macht. Während ihr mich beobachtet, analysiert, habe ich den Eindruck, dass es mir nur immer schlechter geht."

„Nun, es tut mir leid, das zu hören. Aber wir beide kennen uns doch noch gar nicht. Wie wäre es, wir lernen uns vielleicht erstmal kennen? Ich habe keine Ahnung, wer du bist, und habe nicht vor, dich zu analysieren. Doch vielleicht kann ich dir helfen. Und dazu würde ich schon auch gerne ein bisschen mehr von dir erfahren. Zum Beispiel, darf ich das fragen, warum möchtest du Helena genannt werden?"

„Ach, das hat sich einfach so ergeben. Als ich hier ankam, hat mich dieser Kerl am Eingang geduzt, und da fand ich es besser, wenn er mich Helena nennt. Jetzt nennen mich halt alle so."

„Und ist das sowas wie dein Künstlername? Ein Alias?"

„Ja, von mir aus. Männer, die mich duzen, nennen mich eben Helena. Oder sie sind meine Freunde, dann können sie mich Anna nennen."

„Verstehe, dann ist das so etwas, wie ein Schutz?"

„Ja, so ähnlich wie eine Perücke. Das geht doch keinen Fremden was an, wer man wirklich ist."

„Gut, das kann ich nachvollziehen. Es ist zwar hier im Haus gewünscht, dass sich alle duzen, aber wenn du möchtest, können wir uns hier in den Einzelgesprächen auch siezen. Ich würde verstehen, wenn du dich auf die Weise sicherer fühlen würdest."

„Nein, das ist schon okay, und du kannst mich auch gerne Anna nennen."

„Ganz, wie du möchtest. Mir ist wichtig, dass du dich wohl fühlst. Helena ist aber auch ein besonders schöner Name. Wie kamst du auf den? Die schöne Helena?"

„Kann sein," schmunzelt Anna, „vielleicht war es die. Die Geraubte..."

„Sehr geliebt, begehrt und beneidet, aber ja, geraubt wurde sie, und mit ihr ganz Troja ins Unglück gestürzt. Und ihr eigenes Glück hat sie nie gefunden, oder? Eine wirklich tragische Geschichte."

„Das ging ja schon mit ihrer Zeugung los, als Zeus sich für einen Menschen ausgab, um ihre Mutter flachzulegen."

„Ja, man könnte sagen, sie war ein Kind der Täuschung. War das bei dir auch so; ist dein Vater in deinen Augen nicht der, der er vorgibt, zu sein?"

„Das sind wohl meine beiden Eltern nicht. Aber wer ist das schon?"

„Möchtest du darüber reden? Ich habe mitbekommen, dass der Besuch deiner Eltern nicht besonders glücklich verlaufen ist..."

„Ich weiß nicht. Im Moment weiß ich noch gar nicht, was ich darüber denken, geschweige denn *sagen* soll. Ich habe dazu noch gar kein Gefühl auf Lager."

„Das ist ja auch alles noch recht frisch. Und du hast anscheinend auch erstmal Gelegenheit gefunden, dich ordentlich abzulenken. Mit Tequila, richtig?"

„Ähm, ja. Sorry. Kommt nicht wieder vor."

„Was, nächstes Mal sagst du einfach nein, zu einer Flasche

Tequila?" Da muss selbst Anna lachen.

„Okay, das kommt nie wieder vor, wenn sich die Gelegenheit nie wieder bietet."

„Schon besser. Schau, Anna: Ich habe mich dafür eingesetzt, dass du und Chrissy heute schon rauskommt. Das wäre sonst wahrscheinlich anders gelaufen. Ich möchte jetzt keinen Dank von dir dafür, aber ich würde mich freuen, wenn wir hier eine vertrauensvolle Basis aufbauen können. Ab jetzt hast du es nämlich mit mir zu tun, und mir ist dabei ganz besonders wichtig, dass du weißt; du kannst mitbestimmen. Wir müssen auch nicht unbedingt reden. Wir können malen, tanzen, alles Mögliche machen - laut schreien, wenn du magst. Dafür müssten wir dann allerdings in die Gummizelle gehen. Das ist momentan der am besten schallisolierte Raum im ganzen Gebäude, leider. Aber auch das wäre eine Möglichkeit. Okay? Du gestaltest das hier selber mit."

Wer ist diese Frau? Die hat sich die ganze Zeit über keinerlei Notizen gemacht, nicht einmal in die vor ihr liegende Akte geschaut. Sie scheint zuzuhören, vielleicht sogar einiges zu verstehen. Ein kleiner Funken Hoffnung beginnt, in Anna aufzukeimen. War sie es auch, die sie vorgestern aus der Gummizelle befreit hat? Wönni hätte sie ganz sicher darin verrotten lassen. Dann hat sie es also geschafft, und der Alte ist nicht mehr zuständig für sie?

Für einen Moment fühlt sie sich beinahe sicher. Doch dann wird ihr siedend heiß klar, dass sie immer noch in der Klapse ist, Johna nichts weiter als ihre behandelnde Ärztin, und immer noch auf der anderen Seite der Machtverhältnisse in diesem Laden. Oder vielleicht irgendwo dazwischen. Selbst, wenn sie wirklich so gut ist, wie sie tut. Wird sie sich gegen das System von Matzi durchsetzen können, oder womöglich bald selbst mit ihr eine Zelle teilen? Darum beschließt Anna, dass es für Vertrauen noch viel zu früh ist.

„Marta, was machst du denn hier? Bist du krank?"

„Nein, nur müde. Und du, was machst du hier? Ich dachte schon, du wärst entlassen worden oder so."

„Ich hatte Elternbesuch. Und dann einen Vollrausch. Beides endete in einer Zelle." Anna kramt in ihrem Spint nach den Zigaretten, die sie darin versteckt hat. Tatsächlich sind sie noch da. „Kommst du gleich mit zum Essen?"

„Essen?"

„Ja, du willst dich doch umbringen. Das ist deine Gelegenheit." Sie setzt sich zu Marta auf die Bettkante. „Komm schon. Weißt du denn nicht, dass Schlaf deine Lebenserwartung nur erhöht? „Marta reibt sich die Stirn, dreht sich zu Anna um und wirft ihr einen genervten Blick zu.

„Kannst du mich nicht einfach in Ruhe lassen?"

„Klar kann ich dich in Ruhe lassen. Irgendwann stirbst du bestimmt eh an deinem eigenen Mundgeruch. Nur geht das sicher viel schneller, wenn du mich jetzt auf eine Zigarette begleitest, und dann gehen wir zusammen in die Kantine und suchen für dich ungesündeste aus, das das Labor heute zu bieten hat. Aber erstmal Zähne putzen."

Für einen kurzen Moment zieht sich bei Marta die Zornesfalte zusammen, doch dann ringt sie sich ein schwaches Lächeln ab.

„Ach, scheiße... Ja, ist ja gut. Mama." Sie rafft sich auf, langsam, sieht ziemlich verknittert aus.

„Komm. Wo hast du deinen Kulturbeutel? Wir gehen dich erstmal frisch machen. Okay?"

„Ja, du hast ja Recht."

Wenig später stehen die beiden rauchend und schweigend im Hof. Marta ist ganz offensichtlich nicht nach Reden zumute und Anna hat auch gar kein Bedürfnis, sie vollzuquatschen. Ihre Zimmergenossin sieht aus, als hätte sie die letzten drei Tage das Bett nicht verlassen, wahrscheinlich hat sie auch von ihrer Eskapade mit Chrissy überhaupt nichts mitbekommen. Ihr davon zu erzählen, wäre reine Luftverschwendung, das wird Marta nicht interessieren. Und das ist in Ordnung. Immerhin ist sie aufgestanden, steht hier draußen und lässt den Blick durch den hohen Zaun über die Felder schweifen. Anna freut sich, ein bisschen was von dem Guten, das sie am Morgen erlebt hat, teilen zu können.

Mit der Ruhe ist es allerdings vorbei, als sie in der Kantine von Chrissy erspäht werden. Die plappert gleich ungebremst drauf los, immer noch ganz aus dem Häuschen wegen ihres nächtlichen Ausflugs und schon in der Planung des nächsten begriffen. Aber beim nächsten Mal will sie sich natürlich nicht erwischen lassen. Marta stochert lustlos in der Pampe auf ihrem Teller herum.

„Was ist mit dir, Marta, machst du mit?"

„Lass gut sein, Chrissy. Marta versucht hier gerade, sich zu vergiften. Wir sollten sie erstmal in Ruhe essen lassen." Anna bekommt selbst keinen Bissen herunter, immer, wenn um sie herum zu viel Lärm ist, und sie hat den Eindruck, dass es Marta vielleicht genauso geht. Die eh seit Tagen nichts gegessen haben dürfte.

„Warum sind denn alle so schlecht gelaunt heute? Untervögelt? Soll ich euch meinen Dildo leihen?"

„Chrissy! Ist das Essen nicht schon eklig genug?"

„Also wirklich, Helena, für eine Nutte bist du ganz schön frigide. Aber gut, man soll ja niemanden zu seinem Glück zwingen. Will jemand Salz?"

„Oh ja, bitte."

„Ja, danke", meldet sich sogar Marta.

Zum Glück verliert Chrissy bald das Interesse und verzeht sich in den großen Saal, wo sie im Fernsehen eine Dauerwerbesendung spannender findet. Anna kann Marta überreden, wieder mit ihr raus auf den Hof zu gehen. Der Hof ist nicht groß, vielleicht zwanzig Meter in der Länge, aber ein bisschen Bewegung wird ihnen gut tun, und die frische Luft auch. Sie schlendern gemütlich hin und her, und auf einmal bemerkt Marta: „Blöd gelaufen, dass die hier alle über deinen Job Bescheid wissen. Das hätte ich an deiner Stelle besser für mich behalten."

„Das wussten hier schon alle, bevor ich ankam."

„Oh. Das tut mir leid."

„Ach, mach dir nichts draus. Ich hab eine ganze Schublade nur für mich allein. Sollen sie mich doch reinstecken, wo sie wollen. Ich weiß, wer ich bin."

„Das ist gut. Vergisst man leicht bei dieser Arbeit. Ich weiß, wovon ich rede. Aber das bleibt unter uns, ist das klar?"

„Was? Du? Du warst eine Sexarbeiterin?"

„Ja. Da staunst du, was?"

„Nein, nicht die Bohre. Du hast bestimmt mal richtig heiß ausgesehen. Ich meine, du siehst immer noch toll aus. Wie lange ist das her?"

„Ein paar Wochen."

„Okay... sorry, aber wie alt bist du?"

„Sechsundfünfzig. Ja, ich weiß, dass ich alt bin. Zu alt. Aber glaub mir, das ist den Männern total egal. So lange alles da ist, wo es hingehört."

„Puh, aber wenn ich mir vorstelle, das in zwanzig, dreißig Jahren noch machen zu müssen... Ich glaube, dann würde ich auch lieber von der Brücke springen. Hast du das dein ganzes Leben lang gemacht?"

„Nein, quatsch, ich war verheiratet, zwei Mal sogar, habe einen Sohn, hab ein beinahe normales Leben gelebt."

„Und dein Sohn, kommt der dich besuchen?"

„Oh, nein. Wohl kaum." Marta lächelt, doch in ihrem Gesicht liegt Schmerz. „Der ist bei meinem Ex geblieben, will mit seiner Versagerin von einer Mutter nichts mehr zu tun haben."

„Warum denkt er, du wärst eine Versagerin?"

„Das hat er von seinem Stiefvater."

„Scheiße."

Sie setzen sich auf eine Bank, Anna hält Marta ihre Zigarettenschachtel hin.

„So, so, dann sind wir also Kolleginnen?"

„Häng das ja nicht an die große Glocke. Und ich würde uns auch nicht unbedingt Kolleginnen nennen. Schau dich nur an, du spielst in einer ganz anderen Liga. Du hast bestimmt drei mal so viel verdient wie ich. Mich haben sie zum Schluss ins Bodenlose runtergehandelt."

„Ach, das finde ich so mies. Glaub mir, das haben sie bei mir auch versucht, immer wieder. Am Anfang habe ich noch den Fehler gemacht, nett zu sein. Da sind so einige von den Wiederholungstätern dann auf die Idee gekommen, wir wären plötzlich Freunde, und sie könnten auch umsonst ficken. Daraus habe ich natürlich gelernt. Aber dass sie Rabatt wollen, weil sie 'nett' sind oder ins Fitness-Studio gehen, oder sich für gute Lecker halten, das hört wohl nie auf."

„Komisch, oder? Wenn die in ein Restaurant gehen, verlangen sie ja auch keinen Preisnachlass für gute Tischmanieren."

„Ja, aber beim Sex hören die Zahlungsmanieren anscheinend auf." Anna lacht. „Die Zahlungsmanieren fand ich sowieso immer sehr interessant. Ob sie vorher zahlen oder hinterher, und die Art, wie - ich denke, das sagt einiges über den Mann aus."

„Du meinst, ob gefaltet oder gerollt?"

„Ja, zum Beispiel. Aber auch Geld-Clip oder Portemonnaie. Die mit den Geldclips geben manchmal sogar Trinkgeld. Und ob sie es dir in die Hand drücken, dich dabei ansehen, oder es irgendwo ablegen. Ob sie es vorher abgezählt und separat eingesteckt haben, damit du nicht auf die Idee kommst, mehr zu verlangen, oder - das sind die besten, die es vor deinen Augen aus einem dicken Bündel Scheine rupfen, damit du merkst, dass sie für dich nicht wirklich Geld ausgegeben haben..."

„Was willst du erwarten, so ist der Job."

„Ein Scheißjob. Dabei ist er doch so wichtig. Gäbe es uns nicht, gäbe es auf der Welt ganz sicher viel mehr Gewalt. Und ich meine nicht nur Gewalt gegen Frauen. Die Herrschaften würden sich ja auch gegenseitig nur noch an die Gurgel gehen, wenn sie nicht regelmäßig zum Stich kämen."

„Sollen sie doch."

„Schon klar. Ich hab im Moment auch keine Lust, die Welt zu

retten." Anna bietet Marta noch eine Zigarette an, doch die ist müde und will sich wieder hinlegen. Darum beschließt sie, Chrissy ein wenig Gesellschaft vor dem Fernseher zu leisten. Aber Chrissy ist nicht da, und der große Sessel ist frei. Also macht sie es sich darauf bequem und schaut einem Laiendarsteller in Kochbekleidung dabei zu, wie er auf einem Wundergerät zum sensationellen Sonderpreis von nur neunundneunzig Euro Gemüse stiftelt. Es dauert nicht lange, bis sie einschläft.

Als Chrissy sie weckt, ist sie für einen Augenblick orientierungslos. Sie muss richtig tief geschlafen haben. Es dauert eine Weile, bis sie bemerkt, dass Chrissy ungewöhnlich still ist.

„Kommst du mit raus?"

„Hey... na klar. Gib mir 'ne Sekunde." Anna richtet sich auf und streckt ihren Rücken, Chrissy hat sich schon auf den Weg gemacht. Sie folgt ihr, weiß schon, dass irgendwas nicht stimmt.

„Was ist passiert?"

„Nichts ist passiert. Ich werde entlassen, das ist passiert."

„Aber das ist doch genial! Glückwunsch!"

„Ich weiß nicht."

„Was weißt du nicht? Freust du dich nicht?"

„Sehe ich aus, als würde ich mich freuen?"

„Nein, nicht wirklich. Also, ich würde mich freuen."

„Schön für dich." Chrissy zieht wütend an ihrer Zigarette.

„Hey, das tut mir wirklich leid! Und natürlich werde ich dich vermissen. Das wird sicher furchtbar langweilig ohne dich hier drin. Aber ist denn gar nichts da draußen, auf das du dich freust?"

Chrissy antwortet nicht. Ihr Blick ist starr auf den Boden gerichtet, als wollte er ein tiefes Loch in den Grund bohren, durch das sie verschwinden könnte. Die Kippe zwischen ihren Fingerspitzen brennt langsam herunter, sie regt sich nicht. Schließlich holt sie tief Luft, und schaut Anna mit einem plötzlich nachtschwarz verfinsterten Blick an.

„Ist dir klar, in wie vielen Läden ich Hausverbot habe? Wo ich mich überall nicht mehr blicken lassen kann? Wo ich mich so dermaßen lächerlich gemacht habe, dass die Leute die Straßenseite wechseln, wenn sie mich sehen? Das heißt, wenn sie gerade nichts in der Hand haben, um damit nach mir zu werfen. Helena, ich habe so viel Scheiße gebaut, bevor die Polizei mich hier hin gebracht hat, das kannst du dir gar nicht vorstellen. Und ich bin doch noch lange nicht gesund! Naja, wenn es nach Wönni geht, ist alles in bester Butter, und ich kann mir morgen mal eben einen Job suchen, einen Therapieplatz finden und ein nützliches Mitglied der Gesellschaft sein. Der hat sie doch nicht mehr alle!" Anna legt ihre Arme um Chrissy. Die erwidert die Umarmung und seufzt.

„Ich hab echt Angst."

„Ja, ich weiß."

Anna überlegt, ob sie sowas sagen sollte wie „wir sehen uns bestimmt bald wieder", oder „ich schreibe dir, wenn ich auch draußen bin", aber das verkneift sie sich lieber. Irgendwie ahnt sie, dass auch sie nach ihrer Entlassung genug mit sich selbst zu tun haben wird, und will sich nicht auch noch die Probleme anderer aufhalsen. Zum Glück macht auch Chrissy keinerlei Anstalten, derartige Versprechungen in den Raum zu stellen.

Hier drin ist Chrissy ein wahrer Segen, und selbstverständlich wird sie sie vermissen. Aber in der echten Welt wären sich die beiden, da ist sich Anna sicher, nie begegnet. Und im echten Leben würde wahrscheinlich noch viel deutlicher, wie wenig sie gemeinsam haben. Sollte Chrissy nicht noch während der Zeit ihres Aufenthalts erneut eingewiesen werden, ist das wohl ein Abschied für immer. Doch für diese kurze Zeit, zusammen hier eingesperrt, waren sie Freundinnen.

Den Rest des Nachmittags verbringen sie gemeinsam, spielen UNO, lachen über die Wärter, die sie nach der Party an Armen und Beinen aus der Kantine getragen haben und über Franziska, die sich für die Aktion bestimmt eine Standpauke von Matzi anhören durfte. Beim Abendessen hat Chrissy dann noch ihren letzten, großen Auftritt, denn es gibt Pommes zum Fisch. Es existiert kaum ein Lebensmittel, das komischer fliegt als Pommes. Sie bewirft Anna damit, die kontert sofort, und die beiden benehmen sich wie die Lümmel von der letzten Bank - bis ein Wärter sie schließlich zur Ordnung ruft.

„Hey", flüstert Chrissy verstohlen und reicht ihr unter dem Tisch den Salzstreuer. „Den kannst du jetzt besser gebrauchen. Und erinnere mich daran, dir nachher noch meine übrig gebliebenen Zigaretten zu geben. Ich kann mir ja morgen neue kaufen. Und ein paar Schachteln hatte ich mir eh von dir geliehen."

Ohne Chrissy fühlt sich das alles wirklich an, wie eine richtige Nervenheilanstalt. Vorher war es irgendwie lustiger. Vielleicht war es auch mit ihr einfach nur leichter, das nicht so ernst zu nehmen. Nichts davon. Werner war Wönni, jetzt ist er plötzlich wieder Werner, und die Stuhlkreise mit ihm sind nur noch langweilig. Matthias war Matzi, ein Spinner. Jetzt ist er wieder Matthias, und jemand, dem Anna lieber aus dem Weg gehen möchte. Ein Mal pro Woche macht er seinen Rundgang und stellt immer die selben, beknackten Fragen, aber die Art, wie er sie stellt, kommt ihr vor wie eine Inquisition. Sie hat bei ihm immer das Gefühl, dass es überhaupt keine richtige Antwort gibt, und sie ihm mit jedem Wort nur ins Messer laufen kann. Ihre innere Uhr hat sich mittlerweile auf die Pillen eingestellt. Sie weiß zwar nicht, warum sie die bekommt, aber sie würde es sicherlich merken, wenn eine auch nur fünf Minuten zu spät käme. Überhaupt hat sie sich gut an den Takt der Klink gewöhnt. An die absurd frühe Schlafenszeit, und das Frühstück mitten in der Nacht. Und in den Gesprächen mit Johna fühlt sie sich zunehmend wohler. Die Frau scheint in Ordnung zu sein, auch wenn irgendwas an ihr seltsam ist. Anna kommt nicht so richtig dahinter, was das ist. Sie ist freundlich, zeigt sich immer wahnsinnig verständnisvoll, scheint auch echt was im Kopf zu haben. Stellt kluge Fragen - Fragen, auf die sie manchmal sogar für sich selbst überraschende Antworten findet. Ist vielleicht sogar die erste Person, die einigermaßen versteht, was da zwischen ihr und ihren Eltern los ist. Es hat fast den Anschein, als würde sie sich persönlich für Anna interessieren.

So vergeht Tag um Tag, im gleichmäßigen Pillentakt, entlang der Sitzungen, Einzelgespräche, Chefarztvisiten. Mit Marta ist wenig anzufangen, die meiste Zeit liegt sie im Bett und will von der Welt nichts wissen. Ab und zu lässt sie sich zu einem Ausflug auf den Hof überreden, aber nie für lange. In ihrer aufkommenden Verzweiflung wendet sich Anna schließlich an Amy, mit der Bitte um irgendwas, das knallt. Amy hält ihr mehr oder weniger zögerlich ein ganzes Pillen-Arsenal unter die

Nase, aber nichts, mit dessen Wirkung Anna sich auskennt. Eigentlich will sie nur irgendwas mit Alkohol drin. Am besten was Starkes.

„Tut mir leid." Amy lässt ihre knochigen Schultern sinken. „Alkohol ist hier fast unmöglich reinzukriegen. Und bei sowas würde meine Mutter sowieso niemals mitmachen."

„Mist. Und meine Eltern kommen sicher nicht wieder."

„Die würden dir doch so oder so bestimmt auch keinen Jägermeister mitbringen."

„Ihh! Wenn, dann bitteschön Wodka. Oder Rum. Und Cola. Aber du hast Recht, mit denen ist auch nicht zu rechnen."

„Meine Mutter bringt immer nur Essen mit."

„Was für eine Verschwendung. Aber hey, das ist gar keine schlechte Idee! Du, ich hab mich so gefreut, als Hilde mir *veganes Müsli* gebracht hat... Da ging es mir den ganzen Tag richtig gut! Was würde deine Mama dir bringen, wenn du sie danach fragst? Pralinen? Vielleicht Weinbrandpralinen?" Sie grinst Amy auffordernd an, die macht hinter ihrer fettigen Haargardine ein Gesicht, das durchaus ein Lächeln tragen könnte.

„Oder: Ich hab's. Wie wär's mit Pizza? Jeder - außer mir — liebt doch Pizza. Und die schmeckt auch kalt. Ich meine, wenn deine Mutter sie holt, dann der Weg hier hin und dann natürlich euer Wiedersehen; bis die bei Marta ankommt, ist sie kalt, das ist klar. ...Oder Sushi! Das wird eh kalt gegessen."

„Du könntest ja versuchen, herauszufinden, was Marta gerne mag. Egal, irgendwas, das sie besonders vermisst."

„Scheiße, du bist ja genial! Moment, heißt das, du würdest das echt machen?"

„Ja, das könnte ich machen. Das kostet aber was."

„Wie wär's mit einer Schachtel?" Amy scheint schon längst zu wissen, was sie will, sich aber noch nicht sicher zu sein, ob sie das wirklich aussprechen sollte. Fast unsicher über den nächsten Atemzug. Und doch sieht sie ein bisschen so aus, als würde sie gerade zum Sprung ansetzen, um gleich im nächsten Moment ihre sichere Höhle im Untergeschoss des Stockbettes mit einem Satz zu verlassen, sich die Kanüle aus dem Arm zu reißen und zu tanzen w e Shakira. Anna mustert sie abwartend. Was immer sich Amy als Gegenleistung vorstellt, es muss etwas Großes sein. Hoffentlich kann sie liefern.

Auf einmal kommt Bewegung in das Gespenst, sie streift sich sogar mit den Fingerchen zur Hälfte den Vorhang aus dem Gesicht und hängt ihn über ihr weit abstehendes rechtes Ohr. Es ist das erste Mal, dass Anna ihr Gesicht sehen kann. Eines ihrer riesengroßen, klaren, blauen Augen, ihre Haut, die wie feines Porzellan ist. Auf den ersten Blick würde sie nicht ausmachen können, ob Amy ein Mann ist, oder eine Frau. Androgyne Züge sind ja bei dünnen Frauen normal. Amy, so ganz ohne Kurven, und doch mit diesem feinen, weichen Ausdruck im Gesicht, wirkt ebenso weiblich, schön, und ebenso stark, wie eine Amazone.

„Aber du musst mir versprechen, dass das hier unter uns bleibt." Der erwartete Shakira-Tanz ist zwar ausgeblieben, aber mit einem Mal hat Amy ihre Knie aus der Umklammerung ihrer Arme befreit, sich im Schneidersitz vor ihr aufgerichtet, und sieht sie mit festem Blick an.

„Ja klar, keine Sorge." Anna runzelt die Stirn. „Nun mach es nicht so spannend. Was ist es? Was brauchst du? Ich versprech dir, ich tu, was ich kann. Aber du weißt, ich habe keinen Kontakt nach draußen."

„Das macht nichts, es geht um jemanden hier drin. Du kennst doch Ruben, diesen Großen?" Das blaue Auge leuchtet hell auf.

„Ähm, nicht dass ich wüsste?"

„Na der, der ungefähr zwei Meter groß ist, und immer so gut gekleidet." Anna muss kurz überlegen.

„Ach, du meinst den im Anzug, der mit der Fliege? Der mit der Prinzessin auf... wo war das noch gleich..?"

„Commodore B. Ja, genau der."

„Und der hat es dir wohl angetan?"

„Wir wissen doch beide:", wobei sie ihre Handflächen mit einer geschmeidigen Bewegung nach oben dreht, als läge ein Geschenk, oder eine Offenbarung darin, „Selbst wenn es diesen Planeten gibt, und sogar diese Prinzessin, dann kommt er da doch wahrscheinlich eh niemals hin! Und selbst wenn, dann haben die sich vielleicht irgendwann mal kurz irgendwo im Chat unterhalten oder so, aber wer weiß, ob die sich überhaupt noch an ihn erinnert, oder nicht schon längst mit irgendso'nem Tech-Giganten von Commodore B rummacht?"

„Okay... ich nehme an, da bist du wohl die weitaus bessere Option..?"

„Ja, genau, das fühle ich auch. Du hast es erfasst."

„Aber wie soll ich das anstellen? Der ist ja total fixiert auf seine interstellare Verlobte."

„Das ist ganz einfach. Mach ihm nur klar, ich sei ihre Schwester, und sie sei plötzlich verstorben, im Krieg oder so, lass dir was einfallen. Und man hätte mich geschickt, um ihn zu trösten. Den Rest mach ich dann schon alleine."

„Mädchen, Mädchen, da hat aber jemand ganz schön Feuer

gefangen! Na klar, das mach ich sogar ohne Pizza. Allein, euch zwei glücklich vereint zu sehen, wär mir jede Mühe wert."

Anna lacht, hat sich schon lange nicht mehr so gefreut. „Aber die Pizza, oder was auch immer Marta sich wünscht, gibt's wirklich?"

„Ja, mach dir keine Gedanken. Bestell noch was für dich dazu, dann muss sie nicht alleine essen. Meine Mutter macht drei Ave Maria bei dem Gedanken, ich würde zwei Burger verdrücken."

„Aber hat sie nicht auf dem Schirm, dass das alles sowieso gleich wieder den Rückweg antritt? Wär da nicht Babybrei besser, oder halt irgendwas ohne Stückchen, die im Hals kratzen?"

„Ja, deswegen kannst du die Burger gerne haben."

Die Angelegenheit gestaltet sich nicht ganz so einfach, wie Anna sich das vorgestellt hat, doch drei Tage später hat sie endlich beides: Die Info über Martas Lieblings-Street Food und das Vertrauen von Ruben, der ihr mittlerweile abkauft, sensible NASA-Kanäle abgehört zu haben und daher gesichert zu wissen, dass sich die Schwester von Prinzessin Soundso längst auf dem Planeten Erde, und sogar in seiner unmittelbaren Nähe befindet. Und Amy hält Wort.

„Marta... Marta? Marta! Wach auf. Schnupper mal." Ein Duft von Knoblauch und frischer Minze zieht zu Marta herüber und lockt sie aus dem Kopfkissen hervor, in das sie ihr Gesicht vergraben hatte. Anna hält ihr ein in Alufolie gewickeltes Brot unter die Nase.

„Nicht dein Ernst - Falafel?"

„Ja, du hast doch gesagt, du liebst Falafel. Für dich mit Joghurtsoße, für mich mit Humus. Nun nimm schon, hier, hau rein!"

„Wieso? Warum machst du das? Ich habe dich um nichts gebeten. Und ich wüsste auch nicht, dass ich heute Geburtstag hätte."

„Keine Ahnung..? Vielleicht ist heute einfach... Heutetag? Ja, genau! Heute ist Heutetag. Ich weiß ja, dass dich das nervt, aber heute lebst du nun mal, leider. Und so lange das so ist, finde ich, solltest du an jedem von deinen letzten verbleibenden Tagen eine verdammt gute Henkersmahlzeit bekommen. Oder etwa nicht?" Marta nimmt ihr den eingewickelten Brotfladen aus der Hand, zieht die Enden der Folie ein Stück weit auseinander, saugt den intensiven, würzigen Duft ein.

„Uhh, das ist wirklich gut." Sie öffnet das Bündel ein Stück weiter und beißt hinein. „Echt gut. Mhhh..." Und sie essen, gemeinsam, ohne ein Wort zu sagen, auf der Kante vor Martas Bett sitzend.

„Danke, Helena, wirklich, vielen Dank." Marta knüllt die Folie zusammen und wischt sich mit einem Taschentuch über die Mundwinkel. „Das war mit großem Abstand das Netteste seit sehr langer Zeit, das irgendjemand für mich getan hat."

„Oh, dafür können uns beide bei Amy bedanken. Ich hab eigentlich gar nichts getan."

„Wie auch immer, es war jedenfalls echt lecker."

„Das musste einfach mal sein. Bei diesem Fraß hier könnte ja die größte Frohnatur depressiv werden. So, was ist, wollen wir eine rauchen gehen?" Sie kneift ihr sanft in den Oberarm.

Marta folgt ihr stumm über die Gänge und den großen Saal, in den Hof.

„Übrigens, ich heiße Anna. Meine Kunden haben mich Helena genannt, und hier hat sich das auch irgendwie so eingebürgert, aber eigentlich bin ich Anna."

Marta zündet sich eine Zigarette an und mustert Anna mit skeptischem Blick.

„Denen da drin muss ich was vormachen, damit sie mich schnell wieder raus lassen, aber dir doch nicht..? Versuch besser nicht, dich mit mir anzufreunden. Du scheinst ein liebes Mädchen zu sein und viel zu schade für diese Welt, aber du wirst für mich kein Grund sein, weiter zu machen."

„Okay, verstanden, ich werde mir nicht einfallen lassen, zu deiner Beerdigung zu kommen. Aber noch ist es nicht so weit. Und hast du es schon vergessen? Heute ist Heutetag!"

Die heftigen Sommertage, als die Hitze kaum auszuhalten war, sind vorbei, und die Sonne schafft es auch am Mittag kaum mehr über das Dach der Klinik hinweg, um in den Hof zu scheinen. Trotzdem hält sich Anna hier am liebsten auf. Hier kann sie allein sein. Im Hochsommer haben sich hier immer allerlei Leute getummelt, da war es drinnen an manchen Tagen ruhiger. Jetzt kommen eigentlich nur noch die Raucher, und die gehen meistens auch bald wieder. Manchmal, wenn die Sonnenstrahlen nur für etwa eine halbe Stunde einen schmalen Streifen direkt am Zaun erreichen, legt sie sich genau dort lang auf den Boden, überkreuzt die Arme vor ihrer Brust, schließt die Augen und nimmt die Wärme in sich auf wie eine Umarmung. Nimmt Verbindung auf mit dem angrenzenden Feld, fühlt die Freiheit, die hinter dem Zaun liegt.

Dort, auf diesem hellen, warmen Fleck liegend, kann sie ungestört die Erlebnisse der letzten Zeit vor ihrem geistigen Auge ausbreiten, entfalten sich die aufgrund der Geschwindigkeit der Ereignisse stark komprimierten Gedanken, wie verknitterte Rosenknospen. Aus dem grauen Wirbel fließen immer buntere und klarere Bilder und Erinnerungen, und sie vermischen sich harmonisch mit dem Duft des Feldes.

Chrissy treibt sich jetzt irgendwo da draußen rum. Wer weiß, vielleicht auf Ibiza, mit irgendeinem Immobilien-Heini, oder etwa doch auf der Couch der Eltern, deren Existenz sie schließlich nie so richtig abgestritten hat? Anna weiß nicht einmal, wo sie wohnt, oder was sie jetzt wohl macht, auch nicht, was sie vorher gemacht hat. Alles zwischen ihnen beiden hat sich auf die Zeit und das Leben in der Anstalt bezogen, so als würden sie gemeinsam nur an diesem einen Ort existieren. Im Grunde weiß sie gar nichts von ihr. Aber diese krasse Geilheit hat sie ihr nie wirklich abgekauft. Eher sowas wie eine Sucht darin gesehen – jedoch eine aller Wahrscheinlichkeit nach zutiefst unbefriedigende Sucht. Eine von der Sorte, von der man eigentlich schon die Nase voll haben müsste, bevor der Kater einsetzt.

Den bittersüßen Reiz der Demütigung, der brutalen Entmenschlichung, hat sie selbst nie so richtig nachvollziehen können. Chrissy wirkte immer wie die die perfekte Pornokönigin. Die reinrassige Vorlage für männliche Ekstase. Erst zufrieden, wenn all ihre Körperöffnungen derart geweitet sind, dass sie ohne Probleme ein Einfamilienhaus gebären, ausscheißen oder hochwürgen könnte, und ihr ganzes Gesicht und ihr Körper, wie zur Ehre, zur Krönung, voller Sperma sind. Am besten voll der Spermien einer ganzen Feuerwehrmannschaft. Das hat überhaupt nichts Königliches an sich. Und die Herren, die sich an solcher Erbärmlichkeit laben, sind nicht anders als die Schaulustigen, die bei schweren Verkehrsunfällen anhalten, um sich am Blut und heraushängenden Gedärmen zu ergötzen.

Annas Gedanken schweifen zu Marta. Werden sie die wohl genauso fristlos entlassen? Völlig unvorbereitet auf die Zukunft? Kurzerhand rausschmeißen, so wie sie Chrissy vor die Tür gesetzt haben? Nicht, dass sie selbst sich etwas besseres vorstellen könnte, als außerhalb dieser Mauern, dieses Zaunes zu sein. Aber für Chrissy war die Nachricht ihrer Entlassung mindestens verstörend.

Auch von Martas Vergangenheit weiß sie im Grunde gar nichts, doch es überkommt sie das ungute Gefühl, dass ihre Zukunft nach all diesem hier eine sehr kurze sein könnte. Die Frau hat offensichtlich komplett aufgegeben. Auch wenn sie es möglicherweise noch schaffen wird, Werner vom Gegenteil zu überzeugen. Und wie steht es um ihre eigene Zukunft? Was kommt danach? Im Moment wünscht sie sich die Freiheit, aber was wird diese Freiheit ihr schon groß zu bieten haben? Anna beobachtet mit blinzelnden Augen einen zitronengelben Schmetterling, der durch den Zaun über ihr hin und her flattert. Ihm scheint es egal zu sein, auf welcher Seite des Zauns er Nahrung oder Schutz findet. Er ist auf beiden Seiten nur der Schmetterling in der Nahrungskette.

Der warme Sonnenstrahl hat ihren Streifen verlassen, für Anna wird es allmählich zu kalt hier. Sie schnuppert an ihren Achseln, unter denen zum ersten Mal in ihrem ganzen Leben ein voller Busch wächst. Ja, es ist wohl an der Zeit, duschen zu gehen. Der Nachmittag ist ohnehin die beste Zeit dafür. Am Morgen gibt es im Waschraum immer erstmal ein fürchterliches Geschrei, wenn sich Hilde damit abmüht, eine Patientin mit panischer Angst vor Wasser unter die Dusche zu bewegen. Dann kommen nach und nach die Langschläfer und die, die nach dem Frühstück dort ihre Dauersitzung auf den Toiletten abhalten. Will man ein bisschen Privatsphäre haben, versucht man es am besten nachmittags.

Anna hat Glück, der Waschsaal für Frauen ist frei. Doch mit der Privatsphäre ist das hier so eine Sache. Denn die Sicherheit geht vor. Der Raum selbst hat gar keine Tür, die Türen der Toilettenkabinen lassen sich nicht abschließen, und die Mauern, die die Duschnischen voneinander trennen, sind kaum mehr als einen halben Meter breit. Sie entscheidet sich für die letzte Dusche ganz hinten in der Ecke, stellt ihr Shampoo auf der Trennwand ab und dreht das warme Wasser auf.

Um diese Zeit zu duschen, hat seine Vorteile, aber auch den Nachteil, dass viele Leute vor ihr schon hier waren. Und Anna hat immer noch nicht herausgefunden, wann die Duschen gereinigt werden. Sie wartet, bis sich ein bisschen Wasser in der Duschwanne gesammelt hat und versucht, mit den Füßen die zahlreichen Kopf- Scham- und Achselhaare ihrer Vorgängerinnen in Richtung Abfluss zu schubsen. Am Anfang hat sie sich noch davor geekelt, mittlerweile ist das zur Routine geworden, jedes Mal, bevor sie ihren Kopf unter die Brause hält. Auch, dass alle paar Minuten das Wasser abgestellt wird und sie erneut auf den Knopf hauen muss, stört sie beinahe nicht mehr. Sie schließt die Augen, legt den Kopf in den Nacken und lässt sich das warme Wasser über ihr Gesicht laufen. Das tut gut.

Bis sie plötzlich das unbehagliche Gefühl beschleicht, doch nicht ganz allein zu sein. Sie fährt herum, wischt sich mit den Händen übers Gesicht: Da steht Sven direkt vor ihr.

„Allet in Ordnung hier? Wat war'n dit eben für'n Lärm?"

„Was?" Anna ist wie erstarrt, völlig perplex, weiß nicht einmal, wo ihre Hände als erstes hin wollen. Vor ihre Brüste, ihre Scham, zum Handtuch? Doch da lastet schon Svens Quadrathand schwer auf dem Handtuchhaken an der Mauer.

„Was für Lärm? Hier war nichts."

Sven macht ein paar Schritte rückwärts, ohne seinen Blick von ihr abzuwenden, dann schreitet er entlang der Toilettenkabinen, öffnet jede Tür und prüft, ob sonst noch jemand da ist. Dann kommt er wieder auf Anna zu. Die hat unterdessen das Handtuch vom Haken gerissen und presst es schützend vor ihre Brust.

„Dann soll ick mir also verhört haben?"

„Ich hab jedenfalls nichts gehört." Er grinst.

„Na gut. Dann will ick dir mal glauben. Und sonst, allet in Ordnung hier? Brauchste irgendwas?"

„Ja, nein, danke, alles gut." Anna hat schon begriffen, dass es nicht darum geht, ob sie was braucht. Sven braucht etwas von ihr. Und der bullige Wärter mit dem Ostberliner Akzent hat es nicht gerade drauf, subtil zu sein. Sofort schießen ihr zig Gedanken auf einmal durch den Kopf.

Das Kräfteverhältnis zwischen ihnen beiden ist mehr als unausgeglichen. Der GI-Joe-Verschnitt, der ihr den Weg versperrt, ist ein Muskelprotz von knapp zwei Metern und sie, die schon immer zierlich war, hat gerade einige Wochen strenge Labor-Diät hinter sich. Zu schreien, würde wahrscheinlich nichts bringen, denn hier schreit dauernd irgendwer rum. Er ist zwar viel stärker als sie, aber ihr Körper ist nass, und vielleicht ist sie schneller. Ob sie ihm dadurch entwischen kann? Wird er überhaupt so weit gehen, wie sie befürchtet? Schließlich könnte jeden Moment jemand vorbei kommen. Sollte sie ihm in die Augen sehen, oder würde ihn das erst recht provozieren? Oder sollte sie einfach abwarten und weiter abwechselnd auf ihre eigenen, nackten Füße und seine schweren Stiefel starren, bis er endlich wieder geht?

„Komm schon, Kleene, ick will dir doch nur 'ne Freude machen. Du kannst dir wat aussuchen. Ick denke mal, mit Kohle kannste hier drinne wenig anfangen, aber wie wärs denn mit 'nem Leckerchen? Ick kann dir allet mögliche besorgen. Aber erstmal besorg ich es dir. Du guckst mich schon die ganze Zeit so an, du geiles Stück." Anna reißt ihren Blick vom Boden los, sieht ihm direkt in die Augen und versucht, mit fester Stimme und ohne Angst im Blick zu sagen: „Nein, danke, ich brauche nichts." Doch ihre Stimme zittert, aus ihren Augen spricht die blanke Furcht, und sie weiß, das war nicht überzeugend. Nicht für jemanden, der das ohnehin nicht hören wollte.

Sven macht noch zwei Schritte auf sie zu, sie einen zurück in die Nische, und steht schon fast mit dem Rücken an der Wand. Warum ist in diesem Saftladen, in dem man sonst nicht e ne Minute für sich allein haben kann, ausgerechnet jetzt niemand zur Stelle?

Menschen in plötzlich auftretenden Gefahrensituationen haben etwa drei Sekunden Zeit, um sich zu entscheiden, wie sie den sofort ausgelösten Adrenalinkick nutzen. Entweder rennen sie wie der Blitz, oder sie bleiben, mit gelähmten Beinen, wie angewurzelt stehen. Annas Körper hat sich in diesen ersten Sekunden leider für die Lähmung entschieden. Nun steckt sie in der Falle. Es wäre nur folgerichtig, auch weiterhin passiv zu bleiben, still zu halten. Wenn das Arschloch wirklich sein Vorhaben umsetzt, und falls niemand kommen sollte, um ihn davon abzuhalten, wäre sie wahrscheinlich besser dran, wenn sie ihn einfach machen ließe.

Er kommt noch einen Schritt näher, ist auf Ellenlänge vor ihr, sie weicht weiter zurück, er folgt ihr, noch tiefer in die hinterste Ecke des Saals hinein. Jetzt hat er sie da, wo er sie haben wollte. Wo sie beide niemand mehr sehen kann.

„Nun tu doch nicht so förmlich. Man sollte schon seine Jelegenheiten ergreifen, wenn man se erkennt. Ick biete dir hier ne Menge Chancen. Mit mir haste den besten Freund hier drinne. Und kiek mal, wie hart mein Freund schon wegen dir ist." Sven packt Annas rechte Hand und drückt sie auf die Schwellung in seiner Hose. Das Handtuch fällt zu Boden.

„Na, Kleene, wat sagste? Ick mach mit dir 'nen super Exklusivvertrach. Mit allem Drum und Dran. Und wenn du immer schön nett zu mir bist, kriegste auch jede Woche Geschenke. Ick kann dir Koks bringen, Ecstasy, LSD, allet, wat dich sonst so abheben lässt." Sein Blick wandert gierig an ihr hinab, sie zittert.

„Heiliger Strohsack, ick muss schon zugeben, hässlich biste jetzt nicht unbedingt. Dreh dich mal um für mich." Mit einer seiner Pranken an ihrer Taille dreht er sie auf ihrem Absatz herum, mit der anderen greift er in ihre Pobacke, so als wollte er eine Mango auf ihren Reifegrad testen.

„Na schau mal einer an, dit ist doch erstklassige Ware! Jetzt musst du nur noch zeigen, was du drauf hast."

Das, genau das war sein Fehler. Oder vielmehr eine Aneinanderreihung von Fehlern. Zuerst war sie automatisch im Vergewaltigungsmodus. Okay, zu spät geschaltet, wie ein geblendetes Reh in die Falle getappt, also Augen zu und durch. Das war definitiv ein Eigentor. Doch dann hat er angefangen, zu verhandeln. Obwohl er scheinbar in der Überzahl ist. Er hat sein übermäßig starkes Bedürfnis offenbart. Die Nachfrage bestimmt den Preis. Und er hat es selbst zugegeben, der Idiot. Aber sein größter Fehler war, sie zu beleidigen, und wirklich sauer zu machen. Gefickt zu werden ist eine Sache. Sich dabei aber auch noch Mühe geben zu müssen, zu beweisen, dass sie es 'drauf' hat, das ging ihr immer schon gegen den Strich. Wenn wie selbstverständlich `Fähigkeiten' erwartet wurden, wie Halsfick oder Schlucken, jeweils ohne dabei zu würgen, oder zu jeder Zeit einen blitzblank sauberen Enddarm anbieten zu können. In diesem Moment legt sich irgendwo tief in ihr ein Schalter um, wie der Hauptschalter eines Umspannwerks, und der erste Instinkt, sich tot zu stellen, weicht der Angriffslust. Viel zu verlieren hat sie sowieso nicht mehr. Er hat bereits eine Hand am Reißverschluss seiner Hose, gleich wird es zu spät sein.

Und da, endlich, geht Anna zur Gegenwehr über. Sie legt eine Hand um seinen Hals, mit sanftem Druck, fast liebkosend. Streicht mit ihrem Zeigefinger behutsam über sein eckiges, stoppeliges Kinn, als wären es die zarten Lippen eines Liebhabers. Mit der anderen Hand ergreift sie, mit festem Griff, die Schwellung in seiner Hose. Dann geht sie ganz nah an sein Ohr und flüstert ihm zu:

„Oh Baby, genau darauf habe ich gewartet. Gib mir deinen Schwanz. Wie viel darf ich haben? Ein Viertel? Ein Drittel? Komm schon, sei großzügig. Den brauchst du sowieso nicht mehr. Und Mama wird es gar nicht merken, wenn ein Stückchen fehlt."

Der Schrank regt sich kein bisschen. Doch Anna kann spüren, in seinen Augen sehen, dass ihn ein Schreck durchfährt. Aber genügt das schon? Oder sollte sie noch härter zupacken? Oder besser sofort loslassen und sich auf Knien entschuldigen? Nein, das wäre wohl eine sehr blöde Idee. Nur ist das hier bestimmt die blödeste Idee von allen. Anna, du hast zu viele Filme geguckt! Man schüchtert einen Mann, der fast doppelt so groß ist wie man selbst, nicht ein, indem man ihn bei den Eiern packt! Reintreten! Genau, das wär's gewesen. Aber dafür ist er jetzt eh viel zu nah. Sie könnte seine Eier bestenfalls noch mit ihrem Oberschenkel massieren, jedoch keinen ernsthaften Schaden mehr anrichten.

Im Kopf geht sie ihre Optionen durch. Totstellen ist abgehakt, sich doof stellen dürfte auch nicht mehr ziehen, und das Angriffsszenario scheint gerade den Bach runter zu gehen. Wäre da also vielleicht noch die Taktik der klügeren Zahnbürste. Sie lockert den Griff um seinen Schwanz und bewegt ihre Hand langsam auf- und abwärts. War es nicht genau das, was er wollte? Jetzt nur, um Himmels Willen, überzeugend wirken. Wenn sie jetzt noch mit einem blauen Auge davon kommen will, muss sie wirklich überzeugend sein.

Für einen kurzen Moment macht es den Anschein, als spielte der Schrank mit. Er nimmt seine Hand vom Hosenstall, lässt sie an ihrer Schulter und ihrem Hals hochfahren, umfasst sanft ihren Nacken. Sie reibt ihre Hand an dem harten Schwanz in seiner Hose. Beide schauen sich an, sein Grinsen wird immer breiter, sein Blick liegt starr auf ihrem rechten Auge. Ihr inneres Auge ist auf die eigene Atmung gerichtet. Ihn sieht sie eigentlich gar nicht.

Doch dann, mit einem Mal, gräbt sich seine Hand in ihr Nackenhaar, packt sie am Schopf und reißt ihren Kopf nach hinten, so dass er gegen die Kacheln der Duschwand knallt. Im selben Moment klatscht er die andere Hand auf ihre Brust, so wie diese Juroren im Fernsehen auf den großen, roten Buzzer hämmern, und drückt ihren Körper mit voller Wucht gegen die

Wand. Anna hört zuerst den dumpfen Knall, dann spürt sie, wie sich das Blatt wendet, und erst danach das feuchtwarme Gefühl, das an ihrem Hinterkopf herunterläuft. Das heftige Pochen unter ihrer Schädeldecke. Sie hat verloren.

Ihre Vagina ist vor lauter Angst so trocken und verkrampft, dass es höllisch schmerzt, als ihr Sven unbarmherzig seine dicken Finger hinein rammt. Sie kann nicht ausmachen, wie viele es sind, es könnten zwei oder drei sein, vielleicht auch die ganze Faust. Er muss wohl lange Fingernägel haben, es fühlt sich an wie Schnitte... w e Messerstiche. Sein Gesichtsausdruck bleibt dabei unverändert, und sein Blick starr auf ihrem rechten Auge. Ein Blick, in dem Anna nicht das Geringste lesen kann. Und sie hofft nur, dass auch ihr Fenster zur Seele standhält, und er wenigstens dort nicht eindringen kann.

„Du kleene Nutte, glaubst doch wohl nicht, dass ick mir an dir meinen Schwanz dreckig mache? Weit jefehlt, Madam." Noch einmal knallt er ihren Kopf gegen die Wand, dann zieht er mit einem Ruck die Finger aus ihr raus und stampft davon.

Anna, immer noch auf ihre Atmung konzentriert, erlaubt ihren Lungenflügeln, sich vorsichtig wieder zu öffnen. Ihr Herz rast wie wild. Immer noch völlig erstarrt, wartet sie eine ganze Weile ab, bis sie sicher ist, dass er weg ist, dann stellt sie das Wasser wieder an und sinkt darunter, am Boden der Dusche, in sich zusammen. Unter ihren Füßen sammelt sich das helle Blut aus ihrer Kopfwunde mit dem dunkleren, das aus ihrer Scheide läuft, vermischt sich wie Aquarellfarben und rinnt mit dem warmen Wasser in den Abfluss. Ein Haarbüschel gleitet an ihrem Körper hinab und treibt in das Wasser und Blut unter ihr, auf den Abfluss zu. Sie nimmt kaum Notiz davon. Nur atmen. Und alle paar Minuten auf den Knopf da oben hämmern, damit das Wasser wieder an geht.

Erst nach einer ganzen Weile kommt ihr der Gedanke, dass das doch ziemlich rot ist unter ihr, und dass sie irgendwas unternehmen sollte. Aufstehen, vielleicht. Sich etwas anziehen. Sie greift nach ihrem völlig durchnässten Handtuch vor ihr auf dem Boden der Duschkabine und tupft es auf ihren Hinterkopf, der schon zu schmerzen beginnt. Ein kurzer Blick auf das Tuch verrät ihr: Da also kommt das viele Blut her.

Die nächste Aufgabe ist so gut wie unmöglich zu bewältigen. Auch wenn sie sich schon unzählige Male im völlig desolaten Zustand von irgendwelchen Partys davongemacht und es dann durch den Berliner U-Bahn-Dschungel bis nach Hause geschafft hat, manchmal dabei noch eine Wodkaflasche in der einen, einen Joint in der anderen Hand, ohne Schuhe und im Stehen auf die Gleise pinkelnd, ohne von der Polizei angehalten zu werden – das hier ist was anderes.

Das geht schon damit los, dass sie sich entweder mit einem triefnassen, blutbefleckten Handtuch über den Schultern den Weg durch den Flur zu ihrem Schlafsaal bahnen muss, oder vielleicht für immer den Kimono versauen wird. Außerdem, wenn Sven Schicht hat, dann auch Franziska. Wenn die sie in diesem Zustand erwischt, mit derart zittrigen Knien, wird sie bestimmt aufmerksam und denken, sie hätte sich irgendwas eingeschmissen oder so. Franziska hätte ihr jetzt gerade noch gefehlt, der in die Arme zu laufen, ist keine Option. Die Geschichte von einer kleinen Auseinandersetzung mit Sven unter der Dusche funktioniert bei der bestimmt nicht. Zumal Sven die wohl kaum bestätigen dürfte.

Doch da kommt ihr eine Idee. In ihrem Kulturbeutel hat sie

noch ein paar Binden, für schlimme Nächte. Und da ist ein Mülleimer, mit einem Plastikbeutel darin. Fahrlässig, eigentlich, aber der kommt ihr gerade zugute. Anna rupft den Beutel heraus, wirft das schmutzige Handtuch hinein, presst die Binde auf ihre klaffende Wunde und wickelt die Tüte stramm um ihren Kopf, wie ein Kopftuch für Rocker, Piraten oder Seelentuchträger. Niemandem würde auffallen, wenn hier jemand mit einer Plastiktüte auf dem Kopf herumläuft. Und so gelangt sie irgendwie zu ihrem Quartier.

Da bleibt sie liegen, wie einbetoniert. Frierend, zitternd, die Bettdecke bis unters Kinn gezogen, den Blick auf diesen einen, kleinen Riss im Lattenrost über ihr gerichtet, mit einem Wickel aus wahrscheinlich kompostierbarem Biokunststoff um den Kopf.

Ist das die neue Realität? Oder war das schon immer so? Hier, an diesem absurden Ort, geht es andauernd darum, die Realität zu akzeptieren. Sich in diesem Almanach der Beklopptheiten irgendwo einzuordnen. Ist sie also Opfer? Oder ist sie Täter? Oder beides? Zieht sie diese ganze Scheiße krankhaft an? Hat sie es nicht anders verdient?

Es vergeht einige Zeit. Wie viel Zeit, weiß sie nicht. Doch irgendwann kommen nach und nach ihre Zimmergenossinnen in den Schafsaal, um ihre Kulturbeutel zu holen und sich bettfertig zu machen. Also dürfte es ungefähr halb sieben, sieben sein. Nach dem Abendessen und kurz, bevor das Licht ausgeht. Bevor die lange Nacht einsetzt. Wenn es dunkel ist, ist die Einsamkeit am schlimmsten.

„Hey..." Auf einmal sitzt Marta auf ihrer Bettkante und hält ihr einen Apfel hin.

„Schau mal, ich hab dir was mitgebracht."

Anna richtet sich auf, versucht, dabei nicht allzu bemüht zu wirken. So zu tun, als könnte sie ohne Schmerzen sitzen, und sich nicht anmerken zu lassen, wie ihr beim sich Aufsetzen schwindelig wird. Den Gedanken an eine mögliche Gehirnerschütterung ganz weit nach hinten zu schieben und sich einfach nur über diesen Apfel zu freuen – und dass Marta da ist. Am liebsten würde sie ihr alles sofort erzählen, aber das könnte unkontrollierbare Auswirkungen haben. Auf ihre nähere Zukunft hier in der Klinik und vielleicht für ihr ganzes Leben. So gut kennt sie Marta nicht.

„Danke." Sie beißt in den Apfel, kaut vor sich hin, merkt, wie Marta sie betrachtet, es stört sie, aber nur ein bisschen. Ihr wäre es lieber, sie würde woanders hin schauen. Aber sie will nicht, dass sie geht. Auf keinen Fall. Sie soll genau da sitzen bleiben. Nur woanders hinsehen.

„Ich war vorhin schonmal hier." Als hätte Marta Annas Wunsch erkannt, wendet sie ihren Blick zu der vergitterten Luke, die den Raum mit Luft versorgt. „Du musst mir überhaupt nichts erzählen, ich will auch gar nicht wissen, wieso du eine Plastiktüte auf dem Kopf trägst. Aber du brauchst mir auch nichts vormachen. Ich bin hier, okay?"

In der eben noch wie katatonisch dasitzenden Anna regt sich auf einmal was.

„Hey, egal, was du gesehen hast..."

„Nein, ich habe überhaupt nichts gesehen. Aber ich sehe dich! Glaubst du, ich weiß nicht, was los ist?

„Da weißt du mehr als ich."

„Okay... In Ordnung. Wenn du meinst. Bisher dachte ich, ich wäre von uns beiden der Feigling." Marta sieht ein, dass sie mit Worten im Moment nicht helfen kann, und schaut ihrer Mitinsassin dabei zu, wie sie gedankenverloren den Apfel aufisst, bis zum Stiel. Manchmal ist es vielleicht das Beste, einfach nur da zu sein.

Allmählich füllt sich das Gruppenschlafgemach und Marta schlägt vor, schnell noch eine rauchen zu gehen, bevor der Hof geschlossen wird und das Licht abgestellt. Anna hat keine Lust und folgt ihr nur widerwillig, nachdem sie sich zuerst den albernen Wickel vom Kopf gezogen hat. Die Binde klebt an ihrem Haar und hat sich dunkelrot vollgesogen, es tut immer noch weh, aber immerhin hat es aufgehört, zu bluten.

Da stehen sie, rauchend, dort hinten an dem Zaun, unter dem Anna erst vor ein paar Stunden den Schmetterling im Sonnenschein beobachtet hat. Jetzt ist es dunkel, nur eine einsame, schwache Funzel beleuchtet noch den Hof. Marta will unbedingt etwas sagen, und Anna hofft, sie tut es nicht. Marta weiß auch eigentlich gar nicht, was sie sagen soll. Wie gut kennt sie selbst die Gewalt, und in Annas Augen hat sie sie sofort erkannt, als sie am Nachmittag kurz nach ihr gesehen hatte, weil sie längere Zeit nicht aufgetaucht war. Diesen leeren Blick hat sie oft genug in ihrem eigenen Spiegelbild gesehen.

„Wixer." Marta fährt zu Anna herum und sieht sie verblüfft an. Nimmt sie ihr jetzt tatsächlich die Bürde ab, ein Gespräch anzufangen?

„Ja, auf jeden Fall, voll der Wixer. Wer?"

„Irrelevant. Alle."

„Oh. Ja, da bin ich bei dir."

Anna betastet ihre Rippen, von denen bestimmt mindestens eine gebrochen ist – schon wieder. Sven scheint sowas wie eine Nussknacker-Ausbildung zu haben. Marta vergräbt die Hände in den Taschen ihrer Jogginghose.

„Ich hab den nicht angeguckt." Marta wirft Anna einen fragenden Blick zu, sagt aber nichts.

„Ich weiß ganz sicher, ich hab den nicht angeguckt. Der hat mich angeguckt, immer wieder, das hab ich gemerkt. Aber ich hab alles getan, um dem nicht aufzufallen. Ich hab den nicht angesehen." Marta zündet eine Zigarette an und hält sie Anna hin.

„Du glaubst doch wohl nicht, dass Herr Irrelevant unter irgendwelchen anderen Umständen auch nur einen Pfifferling auf eine Erlaubnis oder etwa deine einladenden Blicke gegeben hätte?"

„Wahrscheinlich nicht. Sobald sie wissen, was du beruflich machst, gehen sie davon aus, dass du eine notgeile Schlampe bist und es gerne rund um die Uhr mit jedem treibst, der gerade noch so einen hoch kriegt."

„So ein Unfug, das hat mit dem Beruf nichts zu tun. Das hat mit *dir* nichts zu tun! Die müssen nicht davon ausgehen, dass du geil wärst. Sowas reden sie sich vielleicht selbst ein, aber das ist eine Ausrede. In Wahrheit reicht als Anlass voll und ganz, dass sie selbst geil sind. Vielleicht meinen sie sogar, sie könnten gar nicht anders. So wie eine Notdurft, die man nun einmal verrichten muss. Als Nutte hast du zwar den Vorteil, dass sie dich dafür bezahlen, wenn sie ihre Notdurft an dir verrichten. Aber es ist eben nur das. Und du hast den Nachteil, dass alle denken, du würdest das gerne mit dir machen lassen."

Anna überlegt noch, ob es nicht doch eine ziemlich dumme Entscheidung gewesen sein könnte, Svens Angebot abzulehnen, als zwei Wärter, die sie bis eben nicht bemerkt hat, sich nähern. Sie richten ihre Taschenlampen auf die beiden Frauen und einer sagt so etwas wie: „Da hinten sind noch zwei." Plötzlich erkennt sie die Stimme von Sven.

„He, ihr zwee Rumtreiber da! Zeit für die Heia.!"

Sofort schießen ihr die Bilder von der Nacht mit Chrissy durch den Kopf, als sie wie Schwerverbrecher von Sven und dessen Söldnertruppe aus der Kantine getragen wurden. Und von Sven, wie er unter der Dusche mit seiner ganzen Masse direkt vor ihr steht und ihren Brustkorb an die Wand presst, so dass sie nicht atmen kann. Im selben Moment durchströmt sie eine gleißende Angst, wieder abgeführt zu werden, in die graue Zelle, um dort allein gefangen zu sein, und Sven würde den einzigen Schlüssel haben. Und auch als ihr allmählich klar wird, dass Marta und sie gar nichts falsch gemacht haben, dass die Wärter gerade einfach nur Bescheid sagen, dass Bettzeit ist, und Sven auch überhaupt nicht daran denkt, ihr wieder etwas anzutun, sondern eher daran, was sie über ihn erzählen könnte – die Angst sitzt ihr längst tief in den Knochen.

In dieser Nacht schläft Anna nicht. Ihre Finger tippen nur, scheinbar ruhig, doch unentwegt, auf dem abgenagten Apfelstiel herum, den sie unter ihrem Bett gefunden hat, als wäre er eine Panflöte. Marta schnarcht nur einen Kissenwurf von ihr entfernt, aber das ist okay. Alle schlafen. Außer Sven, der schläft nicht. Der sitzt irgendwo vor Überwachungsvideos, oder macht seine Rundgänge, bewaffnet und in der Übermacht. Und darum bekommt auch sie kein Auge zu.

Die darauffolgenden Tage verbringt sie hauptsächlich damit, einen Ort zu finden, an dem sie einigermaßen sicher sein kann vor den Augen der Sicherheitskräfte. Es ist nicht nur Sven. Seit dem Vorfall in der Dusche hat sie das Gefühl, dass auch die anderen Wachmänner sie komisch ansehen. Noch ekliger als vorher. Mag sein, dass sie paranoid ist. Aber sie weiß ganz genau, dass Sven in der Kombüse längst eine Geschichte aufgetischt hat, nach der sie sich ihm regelrecht aufgedrängt hat. Entweder, um damit anzugeben, oder, um sich mit Rückendeckung zu versorgen, sollte sie sich wegen des Übergriffs beklagen.

Was sie auf keinen Fall tun wird. Am Ende steht sie nur wieder als hysterisch da und landet in der Gummizelle. Sie weiß aus sehr frischer Erfahrung, dass Männer ihre Ausflüge in das Reich des Verbotenen gerne für sich behalten. Wenn sie dafür zahlen, dann ist das ja auch der Deal, und der mag auch irgendwie einvernehmlich sein. Niemand verrät den anderen.

Jetzt hat sie diesen blöden Fehler gemacht, Sven nicht dafür bezahlen zu lassen. Und damit zählt er nicht zu ihren Kunden, die normalerweise voller Scham die Klappe halten, sondern zu denen, die lauthals behaupten, sie hätten sie flachgelegt, obwohl es nicht so war. So, wie die sie angaffen, hat er ihnen wohl auch noch erzählt, er hätte sie umsonst gehabt. Dass er sowieso niemals im Leben für eine Frau zahlen würde. Er doch nicht. Jedenfalls nicht beim nächsten Versuch. Und auch seine Kollegen würden möglicherweise, wenn sie ihre Gelegenheit sähen, gar nicht erst mit Vergütungsangeboten aufwarten. Vielleicht ticken sie nicht alle so. Aber ein paar von denen kommen ihr neuerdings immer merkwürdiger vor.

Sie fühlt sich nirgendwo mehr sicher, oder auch nur halbwegs wohl. Draußen wütet seit Tagen ein heftiger Sturm, und wenn sie sich mal kurz hinaus wagt, ist ihre Zigarette meist schon nach zwei Minuten selbst in der hohlen Hand entweder vom Wind verblasen, oder völlig durchnässt vom plötzlich wieder einsetzenden Starkregen. Im Gemeinschaftsraum zeigen sie im Fernsehen die Wettervorschau für die nächste Woche. Darum also das Gitter vor dem Bildschirm.

Noch dazu die Muskelprotze, die rechts und links von jeder Tür stehen, und alle irgendwie aussehen wie Sven. Am liebsten würde sie sich in ihren Schlafsaal verkrümeln und dort irgendwie die Zeit absitzen, aber im Moment hat keine ihrer Zimmergenossinnen eine Phase, in der sie ihr dabei Gesellschaft leisten würde. Derzeit sind alle einigermaßen munter, abgesehen von Marta, die in ihrer neueren Episode am liebsten unter einem breiten, ausgefransten Schirm draußen im strömenden Regen verweilt. Also wäre Anna dort, im Schlafsaal, ganz allein. Was sie zwar einerseits sehr gerne wäre, jedoch nicht unbedingt in einer Ecke, aus der man nicht so leicht raus kommt.

Besonders munter sind Amy und Ruben. Wer den beiden in diesen Tagen begegnet, könnte meinen, er hätte sich in der Jahreszeit geirrt, oder dass die Zwei sich in Wahrheit gerade auf der Südhalbkugel befinden, und die Begegnung reine Einbildung ist. Ruben scheint seine Prinzessin von Commodore B komplett vergessen zu haben und sich nun gänzlich der Liebe ihrer irdischen Stellvertreterin hinzugeben. Amy, überglücklich mit ihrem neuen Beziehungsstatus, würde sich gerne mit noch mehr Fast Food bedanken, aber da kommt Anna eine bessere Idee. Die Bibliothek im großen Saal, ein einsames Billy-Regal, hat ein bisschen King, Rowlings und Clancy zu bieten, doch die hat sie alle in ihrem alten, eigentlichen Leben gelesen. Der Rest schreit förmlich Bahnhofslektüre.

Aber Ruben, das hat sie irgendwann mal aufgeschnappt, verfügt über den richtig guten Shit, wie Süskind, Bukowski, Pratchett und natürlich Douglas Adams. Und er würde niemals nie nicht seine Bücher verleihen, jedoch jetzt, da er Amy keinen Wunsch mehr ausschlagen kann, und Amy ihr nicht, gibt es für Anna Lesestoff satt. Wer behauptet, jede gute Tat bliebe unbelohnt?

Und so leiht sich Anna, über Amy, von Ruben ein Buch nach dem anderen aus, und macht es sich damit auf dem Korridor gemütlich, an der Wand genau zwischen Speisesaal und Schwesternzimmer, mitsamt ihrem ganzen Bettzeug. Zuerst erntet sie dafür natürlich komische Blicke, aber die einzige Freiheit hier drinnen ist schließlich die Narrenfreiheit. Am Ende lassen die Pfleger, Wärter und Schwestern sie gewähren, und selbst Matthias, der sein Büro auf dem selben Gang hat und immer wieder ausgesprochen wichtig an ihr vorbei schlencert, nimmt schon bald keinerlei Notiz mehr von ihr und dem Lager, das sie sich hier aufgeschlagen hat.

Hier liest sie, nur gestört durch die morgentliche Visite und die Mahlzeiten, zu denen sie, wie ein Heimatloser, jedes Mal ihr ganzes Zeug zusammenrollt und mitschleppt, um es gleich danach an selber Stelle wieder auszubreiten. Zu Beginn fällt ihr das Lesen noch schwer, ihr Kopf ist einfach zu lahm, und sie rutscht immer wieder mehrere Absätze zurück, nachdem ihr auffällt, dass sie eigentlich gar nichts vom Text mitbekommen hat.

Johna hat dankenswerterweise ihr Tavor runterdosiert, doch von heute auf morgen absetzen geht nicht, und das versteht sie. Auch wenn sie gerade einiges dafür geben würde, ihren vollen, klaren Verstand zurückerlangen zu können. Naja, halbwegs klar. Gras und Alkohol haben sie nie groß am Denken gehindert. Aber das, was die einem hier verpassen, ist echtes Teufelszeug. Vorher hätte sie solche Bücher in höchstens zwei, drei Tagen verschlungen. Jetzt braucht sie Stunden für nur ein paar wenige Kapitel, und schläft immer noch zwischendurch ein, dort, mitten im Flur. Trotzdem kann sie hier, kaum abgelenkt oder gehindert durch vorbeieilende Schwestern oder vorbeischleichende Patienten, in ihre Bücherwelten fliehen. All dem hier entkommen, sich an Orte beamen, die diesem in keiner Weise ähneln und an Leben teilnehmen, die mit ihrem nicht das Geringste gemeinsam haben.

„Anna?"
„Ja?"
„Störe ich dich?" Anna klappt das Buch zu, blickt sich in

Johnas Büro um und ihr wird klar, dass sie auf dem Weg zu ihrer Therapiesitzung wohl nicht einmal von den Zeilen weggesehen hat.

„Nein, Entschuldigung. Ich war nur so mitten drin. Es tut mir leid." Johna sieht sie fragend an.

„Wie geht es dir?"

„Ich bin okay."

„Nein, Anna, wie geht es dir? Ich habe dich gesehen, wie du dort auf dem Flur kampierst. Darf ich bitte erfahren, wie es dir geht?"

„Weißt du... ich glaube es wäre besser, wenn du mich wieder Helena nennst."

„Und warum wäre das besser?" Anna legt den abgegriffenen Sartre vor sich auf Johnas Schreibtisch ab, lässt sich in ihrem Stuhl nach hinten sinken und verkreuzt die Arme vor der Brust. Sie seufzt, blickt zu Boden, kräuselt die Stirn. Dann fährt es aus ihr heraus: „Weil ich nicht will, dass du meinen Kopf fickst, wann immer es dir passt! Geht das in deinen Schädel?" Johna, die sich sonst nur sehr selten Notizen macht, macht sich eilig ein paar Notizen.

„Gut. Helena. Sind wir jetzt zurück an der Stelle, wo du lieber gesiezt werden wolltest, oder kommen wir gerade vorwärts zu dem Punkt, an dem du mir verrätst, warum du so genannt werden möchtest? Ehrlich gesagt, ich frage mich das schon die ganze Zeit. Wenn du, was ich glaube, verstanden zu haben, so ein Alias zu deinem Schutz verwendest, warum dann ausgerechnet `Helena'? Du kennst dich in der griechischen Mythologie aus; dir muss bewusst sein, dass sie, egal wie die Welt sie für ihre Schönheit feiert, einfach nur ein Opfer ist. Das perfekte Opfer.

Wir haben uns reichlich über deine Eltern und deinen Bruder unterhalten, ich weiß, wie du unter der allgemeinen emotionalen Distanz in deiner Familie zu leiden hattest. Aber von denen wollte ganz bestimmt niemand je deinen Kopf ficken, dafür reicht ihr Interesse an dir gar nicht aus, und ich will das auch nicht. Also, wer ist es, wer will deinen Kopf ficken? Kommen wir doch mal zu dem Punkt, an dem du ehrlich zu mir bist, Anna, oder Helena, ganz wie du magst. Wer will deinen Kopf ficken?"

„Tut mir -"

„Und hör auf, dich zu entschuldigen!"

„Ja, ist ja gut."

„Pass auf, Matthias lehnt das zwar ab, aber ich will, dass wir es trotzdem versuchen. Das heißt, wenn du einverstanden bist. Ich möchte, dass wir über den Tag sprechen, an dem das alles passiert ist. Weshalb du hier bist. Traust du dir das zu? Ich will nicht in deinen Kopf. Aber vielleicht schaffen wir es gemeinsam, dass du mal aus deinem Kopf raus kommst. Schau, ich schließe die Akte, das hier ist kein Gespräch zwischen dir und der Klinik, sondern nur zwischen uns beiden."

„Okay, und was willst du, das ich dir erzähle? Es steht doch alles in meinen Unterlagen, nehme ich an. Ich meine, du weißt, was passiert ist."

„Ja, natürlich, ich weiß, was passiert ist. Ich habe sogar die Fotos gesehen. Da war eine Menge Blut. Ich muss zugeben, ich kann kein Blut sehen. Vielleicht bin ich deswegen in die Geistesmedizin gegangen, da muss man niemanden aufschneiden oder zusammenflicken. Wie war das für dich, das viele Blut zu sehen?" Anna fährt sich mit der flachen Hand über die Stirn. Die Bilder sind durchaus noch da. Jetzt, wo Johna davon anfängt, kann sie das Blut sogar riechen.

„Was willst du jetzt von mir wissen? Wie sich das anfühlt, wenn du gerade sowas getan hast, und alles ist plötzlich nass und rot? Ganz ehrlich, ich weiß es nicht! Ich habe keine Ahnung! Es ist immer noch so, als wäre ich gar nicht dabei gewesen. Nur höchstens wie ein Zuschauer oder so, aber eigentlich nicht einmal das. Ich hab nur Fragmente gesehen. Ich weiß noch, dass ich für einen Moment überlegt habe, wen ich zur Hilfe rufen könnte, aber da ist mir die 112 noch nicht einmal in den Sinn gekommen." Johna reibt sich die Schläfe.

„Ja, ich hab's gelesen, du warst anscheinend apathisch. Der Kunde, Betroffene, wie auch immer, hat wohl selbst den Notdienst gerufen und du warst bis auf Weiteres nicht ansprechbar. Mich würde interessieren, ab wann du in diesem Zustand warst? Weißt du das noch? Erst, als du das viele Blut gesehen hast, oder schon vorher?" Anna fährt sich mit der Hand durchs Haar, schlägt die Knie übereinander.

„Ganz ehrlich, das werde ich wahrscheinlich selbst niemals herausfinden."

„Und warum nicht?" Auf einmal überkommt Anna das Gefühl von Enge um ihren Brustkorb und ihre Kehle. Will sie Johna davon erzählen? Von ihrer Fehlfunktion? Davon, wie sehr sie von der natürlichen Art abweicht, nicht normal ist? Sie rafft das letzte Bisschen Vertrauen aus den Ritzen ihrer paar positiven Erfahrungen der letzten Zeit zusammen und beschließt, ihr offen zu antworten: „Weil ich eigentlich immer wie abgeschaltet war."

„Kannst du mir das näher erklären?"

„Ja... ich..." Anna rutscht auf ihrem Stuhl hin und her. „Oh man, wie soll ich das erklären. Ich hab halt irgendwie abgeschaltet, eigentlich schon in dem Moment, wenn so ein Typ in meine Wohnung kam, und bis zu dem Moment, in dem ich die Tür hinter ihm zu gemacht habe. Und dann hab ich mich im nächsten Moment meistens nicht einmal an seinen Namen oder sein Gesicht erinnern können - so als wäre gar nichts passiert."

„Wie geht das? Ich meine, du warst ja, das hast du laut dem, was ich aus Matthias' Notizen entnommen habe irgendwann mal betont, keine Prostituierte, sondern eine Escort-Lady. Ich stelle mir vor, dass man da schon sehr präsent sein muss, oder nicht? Da wird ja, soweit ich weiß, eine gewisse Qualität verlangt, auch an eine Gesprächspartnerin, die vielleicht sogar aufrecht stehen, oder wenigstens sitzen kann. Wie konntest du abschalten und gleichzeitig präsent sein?"

„Das kannst du dir doch wohl denken. Einen Großteil der Arbeit haben die Drogen erledigt."

„Und was für Drogen waren in dieser besagten Nacht im Spiel?"

„Bei wem? Bei mir oder bei ihm? Ich war zuerst sogar noch relativ nüchtern. Und was er sich reingeballert hat, unterliegt einer Art Schweigepflicht."

„Naja, mir ist bekannt, dass bei ihm Viagra im Spiel war."

„Ja, und jede Menge Koks und Alkohol bei uns beiden. So verbringt man eben solche Nächte."

„Aber dann lief es ja doch ein bisschen anders, als man sonst solche Nächte sonst verbringt?"

„Ja, scheisse, ja."

„Was ist passiert? Magst du es mir erzählen?"

„Gar nichts ist passiert, alles war wie immer. Der war immer schon ein bisschen krass. - Hey, ernsthaft, das muss wirklich

155

unter uns bleiben. Ich will mich darüber nicht auch noch mit Werner oder Matthias unterhalten müssen. Und der Kunde darf das unter keinen Umständen erfahren."

„Ja! Keine Sorge. Nur du und ich." Anna reibt mit den Fingern nachdenklich ihre Schläfe.

„Für den wäre wohl das Wort `krass' eine Beleidigung der Sinne," gibt sie zur Antwort. „Ich weiß gar nicht, ob er selbst noch über irgendwelche Sinne verfügt, oder Sinneseindrücke wahrnehmen kann. Ich glaube nicht." Sie hält inne, greift mit der rechten Hand fest in ihren linken Oberarm, so als wollte sie sich daran festhalten.

„Das musste immer extremer sein, der hat einfach gar nichts gespürt, und es immer weiter auf die Spitze getrieben, dabei hab ich dem tausend Mal gesagt, ich bin nicht die Richtige dafür. Ich bin keine Domina oder so."

„Du willst mir sagen, der Zigarrenclip war seine Idee?"

„Ja natürlich war das seine verdammte, abgefuckte Idee! Der konnte ja überhaupt nicht mehr abspritzen, egal, wie ich mir an dem einen abgerackert habe, ich sag's dir, bis zum Muskelkater im Kiefer und in beiden Armen!" Johna hört ihr still zu. „Bis er es dann selber eingesehen hat, dass Casual Sex bei ihm nicht funktioniert, und dann wurde das mit der Zeit immer kranker. Dann musste ich ihn fesseln, mit angewinkelten Knien und den Händen auf dem Rücken verbunden, verbundenen Augen. Und dann wollte er, dass ich ihm sein Arschloch lecke, und ihn dann mit einem um meine Hüfte geschnallten Dildo penetriere, was ich schon insofern schon nicht verstanden habe, als dass das Eine, was sie anscheinend in der Pornoindustrie Rimming nennen, eher etwas Unterwürfiges seitens der Frau hat, den

Arsch eines Mannes zu ficken dagegen eher etwas von Erniedrigung des Mannes. Dabei wollte er doch eigentlich gefeiert werden. Und in dem Modus war ich eigentlich auch. Ihn trotz seiner Erbärmlichkeit zu feiern. Das war mein Job."

„Und was ist passiert?"

„Ich schätze, an dem Tag ist wohl alles ein wenig durcheinandergeraten. Wir hatten auf jeden Fall zu viel genommen. Ich glaube, wir haben Wodka getrunken. Er kam, wie immer, mit einem speziellen Wunsch. Ich sollte ihn in High Heels erwarten, und mit nichts weiter als einem String-Tanga. Das werde ich wohl auch gemacht haben."

„Und dann?"

„Ich weiß es nicht genau. Ich werde wohl seinen Schwanz in diesen Zigarrenclip eingeführt haben."

„Wollte er das?"

„Ja natürlich, wer sonst hätte wohl auf so eine bekloppte Idee kommen sollen? Ich hab dem gesagt, ich bin keine Domina. Ich weiß nicht, wie oft ich dem das gesagt habe. Aber der wollte ja auch keine Domina. Das war sowas komisches, undefiniertes dazwischen. Der wollte einerseits selbst erniedrigt werden, auf der anderen Seite aber auch den richtig harten Scheiß andersrum. Der war nicht wie die Anderen..."

„Und was ist passiert?"

„Das ist es ja, das weiß ich nicht so genau. Ich kann nur annehmen, dass es ungefähr so war, wie immer."

„Wie war das, immer..?"

„Naja, wie gesagt, ich denke, wir werden einiges getrunken haben, und wohl auch ein paar Nasen gezogen. Und er ist auch ein paar Mal zur Toilette gegangen, um sich noch eine Blaue einzuwerfen – als ob ich das nicht merken würde. Wir haben nicht gefickt oder so, er wollte nur die ganze Zeit, dass ich an seinem Penis rumspiele, ihn massiere und so."

„Und was ist passiert?"

„Naja... Penisring und Fesselspiele waren ihm irgendwann langweilig, also hält er mir auf einmal den Clipper hin, drückt ihn mir einfach in die Hand. Führt meinen Daumen in ein Loch, meinen Ringfinger in das andere, vielleicht hat er sogar selbst noch mit seiner Hand den Schwanz geführt, oder jedenfalls seine Eichel, in dieses guillotinenartige Loch in der Mitte." Annas ganzer Körper verkrampft sich, während schemenhaft Bildfetzen von der Nacht zurückkehren.

„Ich kann mich nur noch daran vage erinnern, dass er meinen Kopf runtergedrückt hat. Und dass ich kaum Luft kriegen konnte. Ich denke, er hat meinen Mund und meine Nase so doll in seine pelzigen, verschwitzten Eier gedrückt, dass ich nicht mehr atmen konnte. Aber sicher weiß ich das nicht, denn ich habe ja seinen Schweiß noch gerochen, also muss ich doch noch geatmet haben. Und dann werde ich wohl zugedrückt haben. Ich will mich ehrlich nicht rausreden, aber ich glaube, das war nur ein Reflex."

Johna hört ihr zu.

„Wo warst du zu der Zeit?"

Anna schaut sie wie entgeistert an.

„Du meinst, wo ich war?"

„Ja, wo warst du?"

„Oh. Ich denke, ich war in dem Moment ziemlich weit weg."

„Und wo genau?"

„Keine Ahnung, jedenfalls nicht in meinem Körper."

Johnas Blick versinkt in der Schreibtischplatte. Dann, nach

einer Weile, mustert sie Anna und stellt fest: „Das war sicher nicht einfach. Danke, Anna. Ich kann mir vorstellen, du könntest jetzt einen Drink vertragen. Ganz ehrlich, mir wäre gerade danach. Aber Matthias hätte bestimmt was dagegen einzuwenden." Sie wirft ihr ein Lächeln zu. Anna merkt, dass Johna nur versucht, zu zeigen, dass sie auf ihrer Seite ist, aber Recht sie.

„Ja, das wär was." Beide schweigen, eine Minute oder so, bis Johna eine Idee kommt.

„Seit wann ist das so?"

„Was?"

„Dass du dich bei Begegnungen dieser Art von deinem Körper trennst?"

„Hmm..." Anna muss ernsthaft nachdenken.

„Weißt du das noch?"

So spontan fällt ihr darauf keine Antwort ein.

„Oder versuchen wir es anders. Kannst du dich daran erinnern, wann du dich das letzte Mal mit deinem Körper verbunden gefühlt hast, wenn du mit jemandem intim warst?" Johna schaut sie durchdringend an, auf der Suche nach einer Antwort. Anna kramt in ihren Erinnerungen und fragt sich gleichzeitig, ob Johnas neuer Therapieansatz irgendwie gesund sein kann, denn bei ihrer Datenabfrage landet sie zuerst bei dem Gedanken an ihr erstes Mal. Als der Typ danach meinte: „Hättest du mir gesagt, dass du Anfängerin bist, hätte ich mir mehr Zeit gelassen."

Nach diesem geplatzten Traum hat sie erstmal niemanden an sich rangelassen, war enttäuscht, verunsichert und nervös, wenn ein Junge, damals hatten sie noch nicht einmal Bärte, nur in ihre Nähe kam. Doch dann kamen die erwachsenen Männer, und die nahmen sich auch viel mehr Zeit. Die gaben sich sowieso, insgesamt, mehr Mühe. Waren geschickter in ihrer Angeberei, in den Komplimenten, die sie ihr machten, und in ihren Versprechungen. Oft ein wenig verschachtelt, wie: „Du brauchst noch ein bisschen was auf den Rippen, aber jetzt kommst du ja in meine gute Pflege" oder „Babe, dein Studium macht sich gut in deiner Vita, aber als meine persönliche Assistentin verdienst du mehr" - das anvisierte Ziel war immer irgendein Ort, an dem man sich hemmungslos paaren konnte. Und den man ein paar Minuten vor ihr verlassen konnte, so dass niemand bemerkte, was vorgefallen war. Bis ihr irgendwann sogar die lieber waren, die einfach gefragt haben: „Weißt du überhaupt, wie schön du bist?" Da wusste sie dann wenigstens, dass die sie nur flachlegen wollten.

Anna überlegt, bei welcher dieser Gelegenheiten sie mit ihrem Körper, oder auch nur ihrem Geist, ihrem Verstand in Verbindung gewesen sein mag.

„Ich hatte mal eine Beziehung, mit einem sehr lieben Mann, für kurze Zeit. Ich glaube, da war ich bei mir."

„Und wie war das für dich?"

„Schön. Sehr schön. Ich hab mich geborgen gefühlt."

„Warum hielt das nicht an?"

„Er musste weg, beruflich."

„Das ist schade, tut mir leid. Erzähl mir mehr davon, wie es sich angefühlt hat, mit diesem Mann zu sein. Magst du mir davon erzählen? Wie war sein Name?"

„Wie gesagt, es war schön. Wir haben die selbe Sprache gesprochen, uns für die selben Dinge begeistert und über die selben Dinge aufgeregt, und wir hätten uns für immer unterhalten können. Und wenn wir im Bett waren, dann mochte ich es, seine Küsse zu schmecken, und hab seine Berührungen tief unter meiner Haut gespürt, manchmal bis unter die Schädeldecke, obwohl seine Hände ganz woanders waren. Aber sein Name ist total egal, denn er hat sich danach in Luft aufgelöst."

Schweigen. Anna schaut zum Fenster raus, in den Regen hinein. Johna betrachtet sie und denkt über die Dinge nach, die sie gerade über ihre junge Patientin erfahren hat. Das sich ergebende Bild passt ganz und gar nicht zu dem, das man den Unterlagen über sie entnehmen könnte.

„Anna, wo bist du jetzt?"

„Hier."

„Physisch, ja, das sehe ich. Aber wo bist du wirklich?" Johna mag ja ein anständiger Mensch und eine tolle Ärztin sein, aber sie ist immer noch Teil dieser Klinik, sie ist hier angestellt und Matthias ist ihr Boss. Wenn sie ihr von Sven erzählen würde, geriete sie zumindest in einen Interessenkonflikt. Das heißt, falls sie ihr überhaupt glauben würde. Die Wahrheit, nämlich, dass sie in diesem Moment bei den vielen künftigen Situationen ist, in denen sie ihm erneut ausgeliefert sein könnte, wird sie hier kaum weiter bringen. Und zuzugeben, dass sie über nichts anderes mehr nachdenken kann, als wie sie schnellstmöglich hier raus kommt, wird sie ihrer Entlassung kein Stück näher bringen.

„Ja, ich bin hier mit dir. Ich denke über unser Gespräch nach. Wir kommen echt voran, oder?" Johnas skeptischer Blick lässt sie erahnen, dass sie an ihren schauspielerischen Fähigkeiten wohl noch arbeiten muss.

„Das war heute auf jeden Fall ein wichtiger Schritt. Vielleicht versuchen wir beim nächsten Mal, uns die Ursachen für diese Abspaltung von deinem Körper näher anzusehen. Ich werde auch ein paar Übungen für dich zusammenstellen, die dir helfen können. Ja, wir kommen voran." Das war nicht genau das, was Anna hören wollte, aber die Sitzung ist vorbei, und das ist gut. Sie ist hundemüde und will nur wieder zurück in den Flur, ihr Lager aufschlagen und für immer schlafen.

Für Johna, die sich immer noch in ihrer neuen Arbeitswelt einlebt, sind die Tage am anstrengendsten, die mit dem „Team-Meeting" beginnen. Einmal pro Woche trommelt Matthias alle Kollegen der Abteilung zusammen, um alles Mögliche zu besprechen. Den Tagesablauf, besondere Vorkommnisse, sein Wochenende. Diesmal war er kurz auf Mallorca, weil er dort nach seinem Segelboot sehen musste, denn es liegt in der Werft für diverse Reparaturen. Sein Wochenende muss die Hölle gewesen sein. Erst die mehrstündige Verspätung wegen einer Besetzung des Flughafens durch irgendwelche Klimakleber, dann hat sein kolumbianischer Hausmeister den Schlüssel zum Hoftor nicht an vereinbarter Stelle hinterlegt und war nicht einmal telefonisch erreichbar.

Und als er am Morgen zu seinem Boot kam, war weder die kaputte Ankerwinsch ausgetauscht, noch das Anti-Fouling gemacht. Angeblich, weil noch kein Platz in der Halle frei wäre, und das bestellte Ersatzteil noch nicht geliefert worden sei. Aber, so findet Matthias, wenn die Spanier etwas von Kundenservice verstünden, dann hätten sie das auch einfach mal besser planen können. Schließlich ist er schon seit über drei Jahren Kunde bei dieser lahmarschigen Firma. Und außerdem war er ja extra früh dran, bevor im Winter, der in seinen Augen besten Segelzeit, die Werften tatsächlich überfüllt sein werden. Damit sein Schätzchen dann nämlich schon wieder aufs Wasser kann. Falls die da unten es denn endlich mal gebacken kriegen sollten.

Das Kollegium lauscht seinem Klagelied, als wäre es das Wort zum Sonntag. Johna hält sich die Hand vor die Nase und überprüft den Geruch ihrer Mundflora. Der Whisky, den ihr die Rostocker Kollegen als breiten Wink mit dem Zaunpfahl zum Abschied geschenkt haben, schmeckt immer noch nach verkohltem Holz. Wahrscheinlich sogar Eiche; schlecht war der nicht. Eigentlich wollte sie ihn sich für eine besondere Gelegenheit aufheben, und schon gar nicht alleine trinken, doch als sie gestern Abend nach Hause kam, fand sie die Gelegenheit besonders genug. Und wer sagt, dass eine Gelegenheit schön oder gut sein muss, um besonders zu sein? Irgendwo in den immer noch nicht ausgeräumten Umzugskartons hat sie dann noch eine alte Schachtel Zigarillos gefunden und es sich, trinkend, paffend und mit ein paar Wasabi-Nüssen, über Annas Akte gemütlich gemacht. Bis sie, neben der halbleeren Flasche, im Sessel eingeschlafen ist.

Matthias ist zum nächsten Punkt in der Tagesordnung übergegangen, der allgemeinen Organisation. Er müsse doch noch einmal sehr darum bitten, dass alle ihre Telefone zu jeder Zeit am Körper tragen, ausreichend geladen und auf Vibration eingestellt. Eine Kommunikation in Echtzeit müsse unbedingt gewährleistet sein, damit auf Zwischenfälle jeglicher Art entsprechend schnell und effizient reagiert werden kann. Wer also in seiner Freizeit die Chatgruppe der Klinik stumm schalte, was sein gutes Recht sei, möge bitte stets daran denken, diese Einstellung bei Dienstbeginn wieder zu ändern.

Johna blinzelt in das grelle Licht der Neonröhren an der Decke, von denen eine in ihrem letzten Todeskampf so enervierend flackert, dass man an der Tür des Ärztezimmers eigentlich eine Warnung vor stroboskopischen Effekten anbringen müsste. Ein paar andere gehen einfach nur immer wieder aus, und dann wieder an. Was für eine halbherzige Raumgestaltung, einerseits zwar einen Teppich zu verlegen, der Matthias' Stimme angenehm dämpft, auf der anderen Seite aber diese schreckliche Beleuchtung anzubringen, die außer Lehrern und anderen Beamten niemand, aber auch wirklich gar niemand mag. Erst recht nicht nach dem übermäßigen Genuss von Single Malt.

„So," unterbricht Matthias ihre Gedanken, „Johna, ich vermisse die Akte von Helena, die sollte in deinem Fach liegen."

„Oh. Ja, die habe ich hier." Johna greift nach ihrer Tasche.

„Die hast du mit nach Hause genommen? Das machen wir hier bei uns üblicherweise nicht so. Vor allem nicht ohne vorherige Absprache mit mir."

„Ja, entschuldige, ich wollte mir dazu nur noch ein paar Gedanken machen."

„Gut, das ist ja sehr löblich, dass du die Arbeit hier so ernst nimmst, allerdings verbleiben Klinikunterlagen in Zukunft bitte in der Klinik. Was die Patientin angeht; darüber sprechen wir noch."

Darüber sprechen wir noch? Johna überlegt, ob das eine Ankündigung oder eine Drohung sein sollte. Eigentlich wollte sie sowieso mit ihm über Anna sprechen. In diesem Plan hätte sie allerdings daran gedacht, Annas Akte rechtzeitig wieder in ihrem Fach verschwinden zu lassen, und der Tag hätte nicht gleich mit einem Tadel begonnen. Nun hat sie das blöde Gefühl, das Gespräch könnte eine ganz andere als die von ihr gewünschte Richtung annehmen.

Ein paar Problemfälle später steht Johna vor dem Aktenregal, um Annas Unterlagen den anderen hinzuzufügen und sich mit den Kollegen der Chefarztvisite anzuschließen. Plötzlich ist Matthias direkt neben ihr.

„Johna, auf ein Wort?" Ihr ist klar, dass das keine Frage war.

„Ja, wegen der Akte, entschuldige nochmal, das kommt nicht wieder vor." Matthias legt beschwichtigend seine Hand auf ihre Schulter. Sie betet innerlich, dass das Zähneputzen mehr geholfen hat, als ihre Nase behauptet.

„Kein Problem, schon vergessen. Aber lass uns doch gleich mal einen Blick reinwerfen." Sie hält ihm brav den Umschlag hin.

„Okay... was haben wir hier..." Matthias blättert zwischen den Seiten hin und her. „Ich sehe, sie erscheint zu euren Sitzungen?"

„Ja, jedes Mal."

„Und was macht ihr da die ganze Zeit? Ich finde hier kaum Anmerkungen."

„Das ist ein wenig kompliziert. Sie macht Fortschritte, öffnet sich immer mehr. Jedoch daraus ergeben sich für mich möglicherweise neue Erkenntnisse, die mir allerdings noch zu frisch und unausgereift sind, um sie hier schwarz auf weiß bringen."

„Aber, liebe Kollegin, dafür sind die Notizen gedacht. Damit wir solche Dinge als Team besprechen und dann gemeinsame Ansätze verfolgen können. Deine Alleingänge, für die du ja anscheinend bekannt bist, mögen in Rostock vertretbar gewesen sein, aber wir sind hier ein sehr viel größerer Betrieb, da wird Teamgeist verlangt." Die randlose Brille scheint seinen stechenden Blick noch zu verstärken.

„Glaubst du wirklich, das ist was für dich?"

„Ja, selbstverständlich. Ich trage auch alles umgehend nach. Und ich habe außerdem noch ein paar Übungen herausgesucht, zu denen ich gerne deine Meinung hören würde. Ich glaube, verstanden zu haben, dass du nicht so viel von Achtsamkeitstraining hältst? Jedoch drängt sich mir der Verdacht auf, dass Anna an einer schweren dissoziativen Abspaltung leidet, und ich möchte es gerne wenigstens mal damit versuchen." Matthias holt schon Luft für die erwartbar vernichtende Antwort, doch Johna fährt einfach fort. „Wie wär's, ich mach das erstmal schriftlich, und wir besprechen alles später in Ruhe?" Zum Glück ruft die Visite, und die anderen Kollegen warten.

Was den Chef angeht, ist sie fürs Erste vom Haken. Aber sie hat bisher nicht das Geringste für Anna erreicht. Gestern abend sah der Plan noch richtig gut aus. Der sah sogar von Glas zu Glas immer besser aus. Bis zu dem Glas, das sie an diesem Morgen so bitter bereut. Und nach dem sie sich an die Details auch gar nicht mehr so genau erinnern kann.

Es soll ein sehr langer Vormittag werden. Nach dem Rundgang stehen erstmal keine Termine an, darum zieht Johna sich in ihr kleines Büro zurück, um ihre Hausaufgaben nachzuholen. Sie überlegt sich jedes Wort dreimal, bevor sie es niederschreibt. Ihr ist klar, dass die Diskrepanz zwischen dem, was im Gutachten steht, dem, was Werner und Matthias hier verewigt haben, und ihrer neueren Einschätzung auf der anderen Seite kaum größer sein könnte. Und wenn anzuecken lediglich ihr Problem wäre, dann wäre es kein Problem. Aber wenn das zu Annas Problem würde, könnte sie ebenso gut ihren Beruf an den Nagel hängen.

Darum trägt sie, fein säuberlich und in ihrer lesbarsten Handschrift, ihre Eindrücke und ein paar vorsichtige Schlussfolgerungen in die Akte ein, jedoch ohne Annas Schilderung des „besagten Vorfalls", wie sie das alle bezeichnen, zu erwähnen. Und so erscheint es ihr beinahe unmöglich, eine dissoziative Abspaltung argumentativ zu untermauern. Irgendwie wünscht sie sich, Anna hätte von Anfang an den Mund aufgemacht. Aber sogleich wird ihr bewusst, dass sie mit diesem Gedanken nur die Schuldgefühle von sich selbst und ihrem nächtlichen Vollrausch abzuwenden versucht. Denn ganz egal, wie es zu diesem seltsamen Gutachten, das dort vor ihr liegt, und auf das sie sich keinen Reim machen kann, gekommen ist: Ab hier liegt die Verantwortung ganz allein bei ihr. *Sie* ist die behandelnde Ärztin, und das wird sie auch den Kollegen deutlich machen müssen. Vielleicht ist es das einzige Argument, das sie hat.

Beim Mittagessen wird grundsätzlich nicht über die Arbeit gesprochen, und im Anschluss daran ist Matthias gleich wieder damit beschäftigt, mit Fotos von seiner geliebten „Wind Chaser II" herumzuwedeln. Der Nachmittag ist bis oben hin vollgepackt, Johna hat eine Patientensitzung nach der anderen und danach noch bei einem Gruppengespräch mit Werner zu assistieren. Auf dem Weg dorthin sieht sie Matthias gerade noch von hinten, wie er eben die Klinik verlässt. So wird also heute nichts mehr aus dem Treffen, das sie sich ebenso erhofft hat, wie sie deswegen besorgt ist.

Auch Werner hat es nach der Gruppe so eilig, nach Hause zu

kommen, dass sie kaum mit ihm Schritt halten kann.

„Werner, hast du noch eine Sekunde?" Das graue Männchen dreht sich halb zu ihr um und eilt unbeirrt weiter den Gang hinunter. „Ich weiß, du hast Feierabend..."

„Du doch auch. Kann das nicht bis morgen warten?"

„Ja, könnte es. Aber musst du jetzt einen Bus erwischen oder so?" Er verlangsamt seinen Stechschritt, sie holt auf.

„Ich wollte dich nur ganz kurz fragen: Weißt du, ob wir Nachricht haben wegen eines erneuten Gutachtens für Anna Ellrich?"

„Wer soll das sein?"

„Helena."

„Keine Ahnung, das würde ich an deiner Stelle Matthias fragen."

„Der ist schon raus."

„Dann frag am besten im Schwesternzimmer nach." Kurz vor dem Portal lässt er Johna stehen und verschwindet in einer Wand aus Wasser. Zum Motorradfahren ist dieses Wetter jedenfalls nicht geeignet. Nicht nur wegen der beschissenen Sicht, sondern auch weil sie wahrscheinlich trotz Regenkluft binnen Sekunden bis auf die Knochen nass wäre. Also beschließt sie, sich erstmal auf die Suche nach Franziska zu machen, die um diese Zeit das Sagen hat. Tatsächlich findet sie sie im Schwesternzimmer.

„Franziska, hallo, wie geht's?" Franziska nickt ihr stumm zu. „Sag mal, weißt du zufällig, ob wir was haben wegen eines neuen Gutachtens für Anna Ellrich? Helena?"

„Wenn, dann steht's in der Akte."

„Oh, okay. Also, bis heute Mittag stand noch nichts davon

169

drin."

„Dann wird das wohl so sein. Frag am besten Matthias. Der ist allerdings schon raus. Das wird also leider bis morgen warten müssen." So weit war Johna auch schon vor zehn Minuten.

In dem Moment läutet der zweite Gong für das Abendessen. Und Johna kommt die Idee, einfach Anna selbst zu fragen. Vielleicht weiß die ja etwas. Sie macht sich auf den Weg in die Kantine, wo Anna bereits zusammen mit Marta an der Essensausgabe steht. Als die zwei sich ihrem gewohnten Tisch nähern, geht sie gleich auf sie zu und fragt Anna: „Hey, können wir ganz kurz sprechen?"

„Ja, na klar, setz dich doch zu uns."

„Nur ganz kurz, ich bin auch schon auf dem Sprung. Unter vier Augen, wenn's geht?"

„Was ist los, gibt es ein Problem? Und was willst du überhaupt bei dem Wetter machen mit deinem Motorrad?"

„Nein, keine Sorge, es gibt kein Problem." Anna lacht.

„Dann komm, hol dir auch was von diesem wirklich in mancherlei Hinsicht bemerkenswerten 'Menu du jour', und leiste uns ein wenig Gesellschaft. Oder, Marta? Wollen wir sie etwa so da raus schicken? Ich meine, es regnet Hunde und Katzen. Stell dir nur vor, ihr fällt eine oder einer davon auf den Kopf." Marta scheint keine Einwände zu haben.

Zu Hause, sollte Johna dort je in einem Stück ankommen, wartet eh nur eine schnöde Tiefkühlpizza. Da fällt ihr die Wahl nicht allzu schwer zwischen einer halsbrecherischen Heimfahrt und diesem freundlichen, beinahe fröhlichen Angebot. Sie entscheidet sich für Kartoffelsalat und Fischstäbchen. Dabei kann nicht allzu viel schiefgehen, denn die wurden ganz bestimmt von außerhalb geliefert. An die verwunderten Blicke, die sie auf dem Weg von der Essensvergabe zu Annas und Martas Tisch verfolgen, hat sie sich inzwischen gewöhnt. Und sie hat zwar nach ein paar entsprechenden Bemerkungen vom Chef und von Werner schon länger nicht mehr hier gegessen, aber in ihrer Freizeit wird sie doch schließlich speisen dürfen, wo und mit wem sie will.

Kaum, dass sie sitzt, will Anna gleich wissen: „Sag mal, was machst du dann erst im Winter? Hast du nur dein Motorrad oder steigst du dann aufs Auto um?" Johna freut sich natürlich, zu sehen, wie Anna auf einmal aus sich heraus kommt. Gleichzeitig fragt sie sich aber auch, ob das nicht vielleicht ihre neue Strategie ist, um der Anstalt zu entkommen. Indem sie zu beweisen versucht, dass sie Fortschritte macht.

„Haha, nein, kein Auto. Ich fahr das ganze Jahr Motorrad."

„Aber wird das nicht gefährlich? Bei Schnee und Eis?"

„Na klar, und dann muss ich eben viel langsamer fahren. Aber ich komme immer noch vor denen an, die erst Eis kratzen müssen. Und behalte dabei noch warme Hände. Es kommt nur auf die richtigen Handschuhe an." Marta fällt ein: „Ach, du meinst so beheizte Dinger? Meine Oma hat die immer beim Fahrradfahren getragen."

„Ja genau, Marta! Genau die. Man darf sich nur nicht zu fein dafür sein." Martas Gedanken schweifen zu ihrer lieben, lange verstorbenen Oma, die von Anna zur Route 66, die sich vor ihrem geistigen Auge endlos lang in einem Sonnenuntergang verliert. Johna überlegt, ob dies ein guter Zeitpunkt sein kann, bei Anna Hoffnungen zu wecken, die sich vielleicht gar nicht erfüllen lassen. Doch nach zwei Fischstäbchen und einigem Hin und Her siegt ihre eigene Ungeduld, und sie fragt: „Anna, hast du irgendwas von deinem Anwalt gehört?"

„Von meinem Anwalt? Ich habe eigentlich keinen Anwalt."

„Na, der Anwalt, der dich vor Gericht vertreten hat?"

„Das war ja nicht mein Anwalt. Sondern der von dem Kunden." Sie bemerkt Johnas irritierten Blick in Richtung Marta. „Nein, das ist kein Problem, Marta weiß eh so ziemlich alles."

„Okay, dann hat er das Mandat abgegeben, oder niedergelegt?"

„Davon weiß ich nichts. Ich weiß nur, dass der Kunde ihn dafür bezahlt hat, sich um meinen Fall zu kümmern. Und der ist ja nun abgeschlossen – wie wir alle sehen können." Sie macht eine ausladende Schwenkbewegung mit der offenen Hand, präsentiert das Ambiente.

„Nein, das ist er eben nicht. Wie lange bist du jetzt hier, etwas über sieben Wochen? Nach sechs, spätestens acht Wochen würde ein Anwalt normalerweise ein erneutes Gutachten beantragen. Menschenskinder..." Vielleicht hätte sie doch bis morgen warten und erst Matthias fragen sollen. Bei so vielen Ungereimtheiten ist es auf jeden Fall zu früh für Hoffnung, und falsche Hoffnungen sind niemals gut. Aber nun ist die Katze aus dem Sack, und in Annas Gesicht liegt in diesem Moment nicht freudige Spannung oder Erwartung, sondern Verunsicherung.

„Ach, weißt du was? Darüber müssen wir uns jetzt gar keine Gedanken machen. Aber morgen, sobald ich eine freie Minute finde, hole ich dich zu mir ins Büro und wir rufen zusammen dort an."

„Bei dem Anwalt?

„Ja, genau bei dem. Wir finden schon raus, was da los ist."

Auch Anna will gerade nicht über ein neues Gutachten nachdenken. Sie weiß noch aus jüngster Vergangenheit, wie aufreibend sowas sein kann, hat aber keinen blassen Schimmer, wie ihr das jetzt nützen sollte. Darum ist sie gerne bereit, Johna das Gespräch auf den Kantinenfraß lenken zu lassen. Über den kann sich sogar die lustlose Marta einigermaßen aufregen, und so haben sie alle drei gemeinsam etwas zu beschimpfen. Es wird ein schönes Abendessen. Obwohl Johna, im Gegensatz zu den beiden Patientinnen, freiwillig mit am Tisch sitzt. Oder vielleicht gerade deshalb. Als würde eine Prise von ihrer Freiheit das karge Mahl würzen.

„Musik!" Anna kann das Wort gar nicht so schnell denken, wie sie es gesagt, beinahe ausgerufen hat. „Musik, das wäre jetzt was, oder? Ich meine, dass man bei diesem Essen keine weißen Tischtücher erwarten kann, ist mal klar. Aber stellt euch vor, wie viel schöner es jetzt wäre mit ein bisschen Musik. Guckt euch nur all die traurigen Gesichter an, das ist doch der reinste Friedhof hier. Aber ich wette mit euch, schmeiß Michael Jackson an, und die Zombies machen dir den Moonwalk auf den Tischen."

„Michael Jackson beim Essen?" Marta schüttelt den Kopf. „Bei der Hüpfmusik würde ich erst recht nichts mehr runterkriegen. Dann schon lieber Helene Fischer."

„Marta! Ich wusste ja gar nicht, dass du lustig sein kannst!" Anna klopft ihrer Tischnachbarin auf die Schulter.

„Aber du hattest doch die Bolognese," gibt Johna zu bedenken, „würde da nicht Eros Ramazotti besser passen?"

„Ich weiß nicht. Eros Ramazotti ohne Tischdecken? Nicht einmal rot-weiß-karierte?" Marta scheint echt zu ihrer Höchstform aufzulaufen.

„Und du, Johna," will Anna wissen, „was hätten sie wohl in deiner Rostocker Hafenkneipe zu Kartoffelsalat und Fischstäbchen gespielt? Udo Jürgens?"

„Nee, aber bestimmt Udo Lindenberg. Und sonst hätten die ihren Fisch gerne behalten können."

„Ah, dann bist du ein richtiger Fan?"

„Nein, kein Fan. Aber wenn ich zwischen Udo und Udo die Wahl hätte, wäre es auf jeden Fall Lindenberg. Will jemand meinen Nachtisch? Ich bin eigentlich schon satt." Marta nimmt den Pudding gerne.

„Was für Musik mögt ihr denn?" Da Marta schon mit dem Pudding beschäftigt ist, sucht Anna nach einer Antwort. Es ist schon so lange her, dass sie Musik gehört hat. Und ihre Playlist war lang und kunterbunt.

„Das passt jetzt wahrscheinlich nicht zu einem so romantischen Dinner wie diesem hier, aber ich mag zum Beispiel Joss Stone. Kennt ihr die?" Marta verneint, Johna nickt eifrig.

„Immer barfuß, oder?"

„Zum Essen hab ich, glaube ich, lieber so Sachen wie Nouvelle Vague, Natalie Cole oder Edna Vazquez gehört. Aber im Moment sind das nur Namen, die mir bekannt vorkommen. Mir würde mir nicht eine einzige Melodie dazu einfallen." Die drei Frauen schauen sich stumm an und lauschen dem unentwegten Scheppern, das aus der Küche erklingt.

„Ihr Lieben," unterbricht Johna das Schweigen, „es war schön mit euch, aber der Regen hat nachgelassen und ich habe anscheinend noch einiges zu tun. Ihr habt mich nämlich auf eine Idee gebracht. Ich glaube zwar nicht, dass ich Matthias überreden kann, hier im Speisesaal eine Musikanlage aufzustellen, aber für dich" - wobei sie Anna anlächelt, „habe ich vielleicht eine schöne Überraschung." Und schon während sie sich verabschiedet, beschleicht sie der böse Gedanke, wieder einmal zu viel versprochen zu haben. Obwohl sie ja nichts wirklich versprochen hat. Trotzdem wünscht sie sich, mal wieder, einfach die Klappe gehalten zu haben. Erst machen, dann reden. Oder so. Aber das wird sie wohl niemals lernen.

Auf dem Innenhof sind richtige kleine Seen entstanden. Der Regen hat zwar aufgehört, aber das Geräusch von Wasser, wie es von den Fenstersimsen des Gebäudes tropft, und wie es die Regenrinnen hinunterläuft, ist noch von allen Seiten zu vernehmen. Marta und Anna suchen sich eine Insel, auf der sie halbwegs trockenen Fußes rauchen können.

„Hast du das eben mitgekriegt, das mit dem Gutachten?"

„Klar. Ich war ja dabei."

„Hast du das verstanden?"

„Auch nicht wirklich."

„Ich glaube, ich hab einen Fehler gemacht." Marta zieht an ihrer Zigarette und sieht Anna fragend an.

„Was für einen?"

„Ich glaub, ich hab ihr zu viel von mir erzählt."

„Hab dir gleich gesagt, die Info über den Job war schon eine zu viel."

„Das war doch eh allen bekannt. Natürlich hätte ich es auch lieber für mich behalten. Aber Johna, die macht einen auf beste

Freundin, und ich bin drauf reingefallen, und jetzt weiß sie wirklich eine Menge."

„Und Wissen ist Macht?"

„Ja, genau das befürchte ich."

„Was soll sie denn deiner Meinung nach mit diesem Wissen anstellen können?"

„Eben das weiß ich nicht. Ich weiß nur, dass ich seit dem letzten Gutachten, das jemand über meinen Geisteszustand erstellt hat, ziemlich tief in der Scheiße stecke."

„Und wenn diesmal was ganz anderes dabei rauskommt?"

„Prinzip Hoffnung? Dass ich nicht lache. Es ist ja gerade einmal vier Monate her, dass ich komplett auf links gedreht wurde. Was soll sich in dieser Zeit groß verändert haben? Ich bin immer noch der selbe Mensch, und die Fragen werden auch immer noch die selben sein. Ich weiß nicht, was Johna vor hat. Hauptsache, sie reitet mich in ihrem Eifer nicht noch weiter in die Scheiße."

„Bleibt immer noch die Frage, ob sie dich zu sowas zwingen können. Vielleicht kannst du dich weigern, und einfach deine Zeit absitzen."

„Sich weigern ist bestimmt keine gute Idee. Wenn ich je wieder hier rauskommen will, sollte ich besser mitspielen. Und hoffen, dass das nicht nach hinten losgeht."

„Also doch Prinzip Hoffnung."

„Ja, anscheinend. Was bleibt mir anderes übrig?"

Am darauffolgenden Morgen lässt Johna tatsächlich nicht lange auf sich warten. Die Visite muss gerade erst vorbei sein, als sie Anna sucht und an ihrem angestammten Platz im Korridor, im Schneidersitz über ein Buch gebeugt, findet. Sie begrüßt sie beinahe freudestrahlend und fordert sie auf, mit in ihr Büro zu kommen.

Die Sekretärin des Anwalts legt den Anruf sofort in die Warteschleife, Johna stellt das Telefon auf laut. Eine Weile lauschen die beiden krächzender Fahrstuhlmusik, bis sich die selbe weibliche Stimme wieder meldet, mit der Bitte, es vielleicht in einer halben Stunde nochmal zu versuchen. Johna erklärt, dass sie dann selbst in Terminen sein werde, und bittet ihrerseits um Angabe eines geeigneteren Zeitpunkts; es handele sich auch nur um eine ganz kurze Anfrage. Die Antwort fällt genauso vage aus, nur auf den Nachmittag bezogen. Der Chef sei derzeit sehr beschäftigt und viel außer Haus.

„Ich hab dir gleich gesagt, er ist nicht mein Anwalt."

Johna lässt kurz die Schultern sinken, doch dann richtet sie sich wieder auf, schüttelt den Kopf und verspricht entschlossen: „Das steht noch nicht fest. Ich ruf da heute Nachmittag nochmal an, und zur Not wieder und wieder, bis wir Klarheit haben."

Sie hält ihr Wort, probiert es gleich nach dem Mittagessen, doch da heißt es, der Chef sei noch zu Tisch. Dann nach ihrer nächsten Sitzung, und ebenso der danach. Jedes Mal wird sie abgewimmelt, bis am frühen Abend endlich, wenn auch zu ihrer verblüffenden Enttäuschung, die Info kommt: „Wir vertreten Frau Ellrich nicht mehr."

Zum Glück ist Matthias noch da. Offenbar schon im Aufbruch begriffen, aber er unterhält sich noch nett mit Schwester Franziska auf dem Gang. Johna stellt sich in drei Metern Entfernung von ihnen so hin, dass er sieht, dass sie ihn sprechen will, es aber nicht so wirkt, als wollte sie etwa drängeln. Und ja, er nimmt Notiz von ihr, bestätigt sie mit einer knappen Handbewegung, die ihr bedeutet, zu warten. Im Warten hat sie gerade Übung.

„Johna, schön, dich noch zu treffen. Ich wollte gerade gehen."

„Dann freut es auch mich umso mehr, dass es noch geklappt hat."

„Ja, wir sollten uns über Anna unterhalten. Ich hab heute Einsicht in die Unterlagen genommen und bin mir nicht ganz sicher, ob ich richtig verstehe, was hier vor sich geht."

„Da wären wir schon zwei. Ich hab heute mit der Kanzlei telefoniert, die sie damals vertreten hat, und die sagen, sie sind nicht mehr zuständig." Matthias zieht die Stirn in Falten und die schmale Oberlippe hoch, zeigt all seine Zähne.

„Äh, das meinte ich nicht. Aber ich frage mich, wie du auf eine dissoziative Abspaltung kommst. Und jetzt willst du es also mit Achtsamkeitsspielchen probieren? Ich meine, du weißt schon, was im Gutachten -"

„Ich weiß genau, was im Gutachten steht. Aber ich bin damit nicht einverstanden. Jedenfalls nicht mehr. Deswegen wollte ich dich sprechen. Ein neues Gutachten wäre längst fällig. Und ihr Anwalt, oder vielmehr der, den sie mal hatte, hat offenbar keinen Antrag gestellt."

„Dann stell ihn selber."

„Oh, okay... Das werde ich tun. Danke! Dann... würde ich sagen, hab einen schönen Feierabend?"

„Ja, du auch. Bis morgen."

Das ist eine gute Nachricht, und davon will sie Anna sofort erzählen. Die ist gerade draußen mit Marta. Johna eilt auf die beiden zu und will ihnen schon alles berichten, da fällt ihr ein, dass dieses Alles auch eine schlechte Nachricht beinhaltet.

„Hey, ihr Zwei, darf ich kurz stören?" Die beiden haben schon von Weitem gesehen, dass Johna etwas auf der Seele brennt, und glotzen sie nur wissbegierig an.

„Also, Anna, du hattest Recht. Der Anwalt lässt sich verleugnen. Aber ich habe grünes Licht von Matthias, mich selbst darum zu kümmern. Und das will ich gerne tun. Was sagst du?!"

„Ich habe keine Ahnung, was ich dazu sagen soll. Was soll ich mit noch einem Gutachten? Hat das letzte nicht schon gereicht?" Anna sieht sich wie hilfesuchend zu Marta um, die genau weiß, warum sich ihre Begeisterung gerade in Grenzen hält.

„Ja, das verstehe ich. Aber diesmal können wir dich darauf vorbereiten. Glaub mir, diesmal läuft das anders ab."

„Und, wie soll das ablaufen? Wieder hunderte komischer Bilder und kryptischer Fragen, und am Ende stehe ich doch nur wieder als Monster da?? Ganz ehrlich, warum sollte ich mir das antun?"

„Du musst." Johna muss selbst schlucken bei diesen zwei Worten, doch sie ist fest davon überzeugt. „Das ist dein einziger Weg hier raus. Ich... ich will dich zu nichts zwingen, aber ich kann dir helfen. Weißt du was? Lass uns in unserer nächsten Sitzung darüber reden. In Ordnung?"

Und so zieht Johna ab, nach einem Tag voller Erwartungen, Enttäuschungen, mit einem leicht gekränkten Ego und trotzdem einem Sack voll guter Energie. Irgendwie wird sie das schon schaukeln. Anna und Marta blicken ihr stumm hinterher, wie sie ihre Raucherzone wieder verlässt.

„Siehst du," fällt es Anna nach einer Weile ein, „genau das meinte ich mit Eifer."

„Naja, sie mag dich offensichtlich."

„Und hat dich schonmal jemand gemocht, und nicht auf irgendeine Weise gefickt?"

„Hm."

„Sag ich doch."

„Ich weiß gar nicht," findet Marta, „warum du eigentlich immer die ganze Welt gegen dich siehst. Diese Ärztin scheint doch ganz in Ordnung zu sein. Ich werde immer noch von Wönni gefickt, und da scheint mir deine Doktorin echt die bessere Wahl zu sein."

„Wie jetzt, der Opi fickt dich?!"

„Nein, du Dummkopf, das würde er nicht wagen. Aber der versucht andauernd, meinen Kopf zu penetrieren. Manchmal denke ich echt, dass du es leichter hast. Weil bei dir alle Bescheid wissen, oder sich das zumindest einbilden. Ich bin anscheinend die Nuss, die er nicht knacken kann. Und so unbedingt knacken will. Muss. Es scheint ihn scharf zu machen, mich nicht zu begreifen."

„Ach ja? Und vielleicht meint der es auch nur gut mit dir?"

„Okay, der Punkt geht an dich."

„Aber du hast Recht. Ich denke auch, sie meint es gut. Vielleicht reagiere ich mittlerweile nur noch irrational auf jede Art von Zuneigung." Anna zündet sich eine neue Zigarette an und lacht: „Außer bei dir. Bei dir weiß ich, du willst nichts von mir. Hier, magst du auch noch Eine?" Sie hält Marta die Schachtel hin.

„Ja, danke." Marta nimmt ein paar Züge, denkt über Annas Worte nach. „Das haben wir wohl gemeinsam. Ich kenne Zuneigung auch nur noch als Warnsignal. Je mehr jemand vorgibt, dass ihm was an dir liegt, desto mehr wird er von dir verlangen. Vielleicht nicht sofort, aber nach und nach, immer mehr, bis irgendwann nichts mehr von dir da ist."

„Du sprichst von deiner Ehe?"

„Ach, ich spreche von meiner ersten Ehe, und genauso von der zweiten. Die waren beide ungefähr gleich – im Grunde hab ich nur den Fußballverein gewechselt."

„Echt, du hast mit den Hooligans rumgehangen? Die sind doch gar nicht deine Liga! Ich mein, schau dich nur an, selbst ohne Schminke, und obwohl du vielleicht mal eine Haarkur vertragen könntest; du bist doch eine echte Lady."

„Okay, bist du dir sicher, dass *du* nichts von *mir* willst?" Immerhin können beide darüber lachen.

„Aber ernsthaft, tut mir leid, dass du gleich zweimal so ein Pech hattest."

„Ach Quatsch, zweimal. Eigentlich nur einmal. Mit meinem Vater. Vor dem hat mich Ehemann Eins heldenhaft gerettet, nur um dann selbst zu meinem Vater zu werden. Dann hat mich Ehemann Nummer Zwei gerettet, und das selbe Spiel ging von vorne los. Und als ich dann irgendwann die Kurve gekriegt habe, im Frauenhaus aber leider kein Platz frei war, hat mich der Zuhälter gerettet, dem ich diese Narbe hier verdanke." Sie zeigt auf eine Naht an ihrem Kinn, die noch nicht besonders alt sein kann.

„Oh, scheiße."

„Mach dir nichts draus. Ich bin selbst schuld. Ich habe das alles mit mir machen lassen. Und noch meinen Sohn mit reingezogen, der wahrscheinlich längst genauso ein Schläger geworden ist."

„Willst du deswegen sterben? Wegen Schuld??"

„Quatsch. Wenn Schuld ein Grund für Selbstmord wäre, dann wär der Planet bald nur noch von Frauen besiedelt, und ich würde jeden Tag, bis zu meiner letzten Minute, genießen. Meine Schuldgefühle wiegen schwer, aber ich weiß, vom Kopf her, dass das meiste überhaupt nicht meine Schuld war. Wenn ich jemanden bestrafen wollte, dann bestimmt nicht zuerst mich. Und was meine tatsächliche Schuld angeht, die kann ich ertragen. Ich habe eigentlich immer nur versucht, halbwegs zu überleben. Und meinen Sohn zu beschützen. Auch wenn mir das nicht gelungen ist."

„Dein Sohn ist jetzt erwachsen. Und wenn er selbst an die archaischen Gesetze seiner Welt glauben würde, dann würde er versuchen, dich zu beschützen."

„So ein Unsinn. Niemand muss mich beschützen. Aber ich hätte ihn davor schützen müssen, so zu werden."

„Ich glaube nicht, dass du das hättest verhindern können. Wir Menschen kommen mit einem ziemlich fertigen Charakter zur Welt. Natürlich formt uns dann das Umfeld, aber dein und sein Umfeld hast ja nicht du bestimmt. Oder hattest du jemals irgendwas zu melden?"

„Nicht wirklich."

„Ich weiß, wie das läuft. Es gibt da anscheinend so eine Art Dynamik zwischen den Geschlechtern. Und der Motor dieser Dynamik hat ungefähr die Kraft einer Kernfusion. So ähnlich wie die Sonne. Das ist die männliche Geilheit. Die treibt ein Spiel an, das wohl niemals enden wird. Eben weil es einfach so unausgeglichen ist.

Was denkst du wohl, wie oft am Tag ein gesunder Mann ans Ficken denkt? Und wie oft wohl eine ganz normale Frau? Du hast dir das bestimmt genauso oft anhören müssen wie ich, dass die Ehefrauen, und selbst die Freundinnen deiner Kunden keine Lust auf Sex hatten?

Und das, obwohl sie bezahlt haben. Es wäre gar nicht nötig gewesen, auch noch dein Mitleid zu erregen. Aber es reicht ihnen eben nicht, dich zu ficken, nein, sie wollen dich ganz besitzen. Sonst funktioniert deren Dynamik nicht. Denn sie brauchen dich viel mehr als du sie. Darum erzählen sie dir, wie sehr sie zu Hause vernachlässigt werden, welch wunderbarer Ausgleich zu all der Schmach du für sie bist, und versuchen mit aller Macht, dich an sie zu binden. Und wenn sie das erreicht haben, machen sie dich klein und geben dir das Gefühl, dass du ohne sie gar nichts wärst. Damit du jederzeit zur Verfügung stehst, ihnen den Schwanz auszuwringen. Weil sie sich dann, und nur dann, mächtig fühlen. Und niemand möchte in ihrer Nähe sein, wenn sie sich gerade machtlos fühlen."

„Da ist was dran. Entweder sind sie geil, oder gleichgültig, oder grausam. Am liebsten waren sie mir, wenn sie geil waren, denn das waren die Momente, wo ich fast keine Angst hatte. Aber eigentlich hatte ich immer Angst. Sogar dann. Wenn sie freundlich waren, und mir Komplimente gemacht haben, und versprochen haben, dass ab jetzt alles ganz anders wird. Ich wusste, sobald sie ihr Ziel erreicht hatten, ging das nur wieder von Gleichgültigkeit in Gewalt über, und manchmal taten die Beschimpfungen sogar noch mehr weh."

„Hey..." Anna legt ihre Arme um Marta. „Ja, das ist ein abgefucktes Spiel. Vielleicht sogar unmöglich, zu gewinnen. Aber deswegen solltest du nicht sterben. Du darfst die einfach nur nie wieder in deinen Kopf lassen!"

„Du sagst doch selbst, das hört niemals auf."

„Ja, aber deswegen musst du doch nicht mitspielen?"

„Das habe ich auch mal gedacht. Ich dachte wirklich, ich hätte den Spieß umgedreht. Dass ich die Oberhand hätte, oder zumindest eine Geschäftspartnerin auf Augenhöhe wäre. Vielleicht habe ich mir das auch einreden lassen."

„Von dem Zuhälter, der dir den Cut verpasst hat?"

„Mag sein. Aber möglicherweise habe ich es mir auch selber eingeredet. Klingt natürlich erstmal besser, gegen Bezahlung die Beine breitzumachen, als gegen Prügel. Obwohl es ja dann auch auf das Selbe hinauslief. Und wieder kein Platz frei war im Frauenhaus."

„Ich hab das mitgekriegt, neulich in der Gruppensitzung. Dich hat ein Streetworker 'gerettet'?"

„Sowas in der Art. Stell dir Johna in dreißig Jahren mit ungebrochenem Eifer vor."

„Und du hattest dir also ein ruhiges Plätzchen gesucht, um dir gemütlich die Pulsadern aufzuschneiden, und die blöde Kuh geht ausgerechnet dort entlang?" Anna kann sich ein Schmunzeln nicht verkneifen. „Wo war das - nur damit ich mir das vorstellen kann - unter einer Brücke, oder auf einer Bahnhofstoilette? So richtig trashig?"

„Ja, in der Tat," lacht Marta schwächlich, „das war nicht mein hellster Moment. Sie hat mich direkt hinter der Obdachlosenunterkunft, in der sie gearbeitet hat, gefunden. Ich hätte mir kaum einen blöderen Ort aussuchen können."

„Warum also ausgerechnet dort?"

„Darüber habe ich gar nicht lange nachgedacht. Ich glaube, der Blowjob, den ich an derselben Stelle gerade jemandem gegeben hatte, um mir was zu Essen und eine Flasche Schnaps leisten zu können, war wohl etwas heftig. Du weißt schon, bis zum Anschlag. Danach hab ich die Scherbe genommen, die da rum lag. Wie ernst es mir damit ist, wurde mir erst klar, als ich im Krankenhaus wieder aufgewacht bin."

„Es ist dir also immer noch ernst damit?"

„Würdest du das zu einem Problem machen?"

„Naja, die Sozialarbeiterin hatte bestimmt schon bessere Tage."

„Stimmt, das war mies von mir. Gut für sie, dass ich diesmal überlebt habe."

„Und nächstes Mal? Vielleicht muss dann ich damit leben. Und dass du deinem Sohn komplett egal bist, kann ich auch nicht glauben."

„Oh, Anna, das ist wirklich egoistisch von dir. Was geht dich mein Leben an? Abgesehen davon, dass wir uns eben noch einig waren, dass es ein unausweichlich beschissenes Leben ist! Du weißt, ich habe nichts gelernt, außer zu tun, was Männer wollen. Denkst du echt, ich fange auf meine alten Tage noch was Neues an, lebe meinen Traum? Wie sollte das aussehen? Ganz ehrlich, es wäre besser, ich würde dein Kurzzeitgedächtnis gar nicht erst verlassen. Du bist jung, hast was drauf; du solltest dich auf dich selbst konzentrieren."

Ob es an den düsteren Einblicken in Martas Vergangenheit liegt oder an irgendeiner Art innerer Blockade: Das mit der Konzentration fällt Anna in den darauffolgenden Tagen extrem schwer. Johna hängt sich voll rein, hat ihre gemeinsamen Termine so gelegt, dass der Gruppenraum dann jeweils frei ist, und ihnen auf wundersame Weise Zutritt verschafft. Sie rollt zwei mitgebrachte Yogamatten aus und zeigt Anna ein paar Atemübungen, die fantastisch zentrierend wirken mögen, doch die kann mit Meditation im Moment nicht viel anfangen. Sie versucht es, im Stehen, im Schneidersitz, im Liegen, aber je mehr sie sich bemüht, desto mehr gerät sie in Unruhe. Johna spürt das, und sie hat sich darauf vorbereitet.

„Ist okay, Anna. Vergessen wir für einen Moment die Übungen. Aber bitte nicht die Atmung, ja?" Sie kramt aus ihrem Rucksack zwei Telefone, ein paar Bluetooth-Ohrstecker und eins von diesen alten Kabeldingern hervor und hält sie Anna freudestrahlend hin. „Weißt du, was wir jetzt machen? Wir tanzen. Hast du Lust? Wir können zwar hier keinen Krach machen, aber schau, wenn wir einen Song auf beiden Handys gleichzeitig starten, und ich nehme diese Kopfhörer und du die hier, dann hören wir die selbe Musik. Auf unserer ganz und gar eigenen Tanzfläche." Anna bricht in schallendes Lachen aus, schüttelt den Kopf und fragt:

„Du weißt schon, dass es mittlerweile eine App gibt, mit der wir das viel einfacher hätten haben können?"

„Nein, keine Ahnung! Ehrlich gesagt habe ich lange überlegt, wie ich das anstellen soll. Zum Glück hatte ich das alte Handy noch bei mir rumliegen und sogar ein paar nie benutzte Kopfhörer."

„Na dann, lass mal hören. Was hast du mitgebracht? Doch

nicht etwa Michael Jackson?"

„Nee. Und auch nicht Joss Stone. Obwohl ich darüber nachgedacht habe. Hier, steck dir die in die Ohren! Bereit?" Kaum, dass Anna genickt hat, drückt Johna bei beiden Hardys auf `Play', und ein voller, schneller Bass ertönt im Vier-Viertel-Takt. Dann vermischt sich die süße Stimme von Amelie Lens in die Synthesizer-Klänge und mit dem Backgroundgesang, und allmählich beginnt Annas Kopf, zum Rhythmus zu wippen. Auch ihre Schultern lockern sich. Ihr ganzer Körper kommt langsam in Bewegung. Doch auf einmal hört die Musik auf.

„Sorry, das geht so nicht. Wenn du das Telefon in der Hand halten musst, kannst du nicht ganz frei sein. Wir müssen es irgendwo an dir fest machen. Taschen hat deine Hose nicht?" Anna verneint, Johna seufzt. „Gut, dann müssen wir es dir unter den BH klemmen, oder wir tauschen. Ich dachte mir nur, ich gebe dir diese, weil die noch original verpackt waren. Aber das mit dem Kabel funktioniert so nicht.

Anna findet die Idee gut und stopft das Telefon hinten unter ihren BH-Verschluss, so dass sie beim Tanzen nicht einmal in den Kabeln hängen bleiben kann.

„Ja, sehr gut! Und, wollen wir nochmal? Aber denk dran, der Song heißt 'Breathe'. Also atme. Vergiss nicht, zu atmen. In Ordnung, sind wir so weit?" Anna wirft Johna einen entschlossenen Blick zu. Und wie sie so weit ist. Sie schließt ihre Augen, lässt die Bässe durch ihren Körper wandern und tanzt. Schon bald wird ihr die Yogamatte, auf der sie steht, als Parkett zu klein, und sie beginnt, durch den ganzen Raum zu tanzen. Dabei macht sie wilde Bewegungen mit den Armen, so als wären sie Flügel, mit denen sie jeden Moment abheben könnte. Sie dreht sich um die eigene Achse, wirft die Arme schwungvoll in die Luft, hüpft auf und ab wie ein junger Sperling bei seinen ersten Flugversuchen.

Auch Johna ist von der Musik erfasst und flattert und wirbelt mit ihr durch den Saal, der keine Grenzen mehr zu haben scheint. Doch die Freude ist nur von kurzer Dauer. Plötzlich bemerkt sie, dass Anna dicke Tränen übers Gesicht rinnen, und sie in sich zusammensackt, die Stöpsel aus ihren Ohren rupft und sich auf die Couch in der Ecke sinken lässt, die sonst immer nur der Dekoration dient. Das ist zwar nicht genau das, was Johna erwartet hat, aber sie reagiert ruhig. Geht zu ihrem Telefon, schaltet die Musik ab, verstaut ihre Ohrhörer. Fischt ein Päckchen Taschentücher aus dem Rucksack und setzt sich damit zu Anna aufs Sofa, jedoch einen guten Meter von ihr entfernt. Anna weiß das zu schätzen, nimmt ein Taschentuch und hat keine Ahnung, was gerade mit ihr los ist. Da, wo diese Tränen auf einmal herkamen, scheint es noch unendlich viel mehr davon zu geben, und es fühlt sich so an, als könnte sie nie wieder aufhören, zu weinen. Johna hockt still neben ihr und kann nur zusehen. Sie einfach weinen lassen. Und zwischendurch daran erinnern, zu atmen.

Am nächsten Tag kann Johna es kaum erwarten, endlich Matthias unter vier Augen anzutreffen.

„Matthias, hey, hast du kurz Zeit?" Der Chef nimmt seine Brille ab und reibt sich das Nasenbein.

„Ja, wenn es schnell geht. Ist es wegen..."

„Anna."

„Genau, Anna. Wie kommst du voran mit ihr?"

„Gut, würde ich sagen. Sehr gut sogar. Und ich habe auch

heute das Anschreiben an das Gericht in die Post gegeben. Du weißt schon, wegen des Gutachtens? Deswegen wollte ich dir doch Bescheid geben." Und sie strahlt ihn an, als würde sie auf ein Lob warten. Obwohl sie ahnt, dass ihr ungefähr das Gegenteil blüht.

„Welches Gericht? Was für ein Gutachten?"

„Das, um das ich mich kümmern sollte."

„Ah, sehr gut. Dann kommt ja langsam Bewegung in die Sache. Wer weiß..? Wenn ihr schon mit ein bisschen Achtsamkeitstraining geholfen werden kann, gehört sie ja vielleicht doch in den Justizvollzug, und wir bekommen den Platz frei. Sehr gut, weiter so." Matthias verabschiedet sich mit einen knappen Lächeln und Johna steht da wie ein Baum, der gerade gefällt wurde und nur noch darauf wartet, jeden Moment in seiner ganzen Länge zu Boden zu stürzen. Mit dem Lob hat sie nicht gerechnet, noch viel weniger aber damit, wie sehr ihr Versuch, Anna zu helfen, nach hinten losgehen könnte. Das Gutachten ist beantragt, da gibt es keinen Weg mehr zurück. Wie um alles in der Welt soll sie jetzt Anna so darauf vorbereiten, dass es sie nicht in den Knast bringt, und ihr trotzdem als Therapeutin helfen? Das kann überhaupt nicht gehen. Eigentlich müsste sie dafür sorgen, dass es ihrer Patientin schlechter geht, damit sie nicht hinter Gitter wandert.

Doch bis das Gericht antwortet und der Gutachter ins Haus kommt, ist noch ein wenig Zeit. Und erstmal hat sie den Job zu erledigen, den sie bereits begonnen hat. Johna beschließt, weder sich selbst noch Anna verrückt zu machen wegen dieser Bemerkung von Matthias, und sich auf die eigentliche Arbeit zu konzentrieren.

Und Anna scheint genau das Selbe zu wollen. Zur nächsten Sitzung steht sie schon vor der Zeit an der Tür zum Gruppenraum, und das erste, was ihr einfällt, ist: „Danke für neulich. Das war ein echt schöner Throwback. Und sorry für die Tränen. Dabei ging es mir gut. Ich weiß selbst nicht, wieso ich geweint habe. Das war so ein schöner Moment. Ich hab das Gefühl, ihn versaut zu haben."

„Nein, wo denkst du hin? Du hast gar nichts versaut. Aber vielleicht war es ein bisschen heftig für den Anfang, und wir sollten einen Gang runterschalten. Was meinst du, versuchen wir es doch nochmal mit den Atemübungen?"

„In Ordnung."

„Gut, dann stell dich bitte wieder so auf die Matte, dass du auf beiden Füßen fest stehst." Johna tut es Anna gleich, neben ihr auf der anderen Yogamatte, beide mit leicht ausgestellten Beinen und dem Blick zum Fester hinaus. Sie lockern sich, strecken sich, atmen durch ihre Körper hindurch bis in den Boden unter ihren Füßen und wieder zurück. Nehmen Kontakt auf mit jedem einzelnen ihrer Muskeln, bis -

„Oh mein Gott, Johna, wie soll das funktionieren? Was soll das bringen?"

„Das soll dir helfen, die Brücke zwischen deinem Geist und deinem Körper wieder aufzubauen! Aber du musst Geduld haben, sowas passiert nicht einfach so. Das ist Arbeit."

„Und wenn ich das nicht will?" Anna läuft im Kreis durch den Raum. „Ich meine, vielleicht will ich ja, vielleicht kann ich einfach nur nicht. Ich krieg das nicht hin."

„Ist gut, kein Problem. Alles ist gut, beruhige dich. Setzen wir uns, in Ordnung?" Ein wenig widerwillig lässt sich Anna von Johna zum Sofa führen. „Was wäre denn etwas, das dir so richtig Spaß machen würde?"

„Keine Ahnung. Eigentlich liebe ich es, zu tanzen. Aber das ist ja nun auch gründlich schiefgegangen. Ich weiß nicht, vielleicht lag es an der Situation."

„Welche Situation meinst du?"

„Na die Situation, hier in der Klinik zu sein."

„Verstehe ich. Das ist als Ausgangspunkt sicherlich nicht allzu günstig. Aber wir wollen dich dahin bringen, wo der Ausgangspunkt total egal sein kann. Wo um dich herum die Welt einstürzen könnte, und du wärst immer noch bei dir. Also nochmal, gibt es irgendetwas, das dir richtig Spaß macht?"

„Da fällt mir im Moment nichts ein. Was ist es bei dir?"

„Für mich ist es das Motorradfahren, ganz klar. Wenn der Rahmen und die Räder zu meinen verlängerten Körperteilen werden, die Maschine die kleinste Drehung meiner Hand am Gaszug mit Kraft auf die Straße verlagert und mich durch den Wind zieht, der mir durch die Kluft flattert... Früher hatte ich lange Haare, da war das Gefühl noch schöner. Ist aber nicht gut für die Spitzen." Sie zuppelt an ihrer Kurzhaarfrisur herum. „Das ist für mich Meditation."

Anna stellt sich vor, wie sich das anfühlen muss.

„Ich glaube, das würde für mich auch funktionieren. Vielleicht nicht sofort, erstmal hätte ich bestimmt eine Heidenangst. Aber wenn man das einmal gelernt hat, und sich sicher fühlt? Dann fühlt man sich auf so einem Donnerofen bestimmt auch sicher vor der Berührung anderer. Jedenfalls, wenn sie einen nicht gerade über den Haufen fahren."

„Ja, das stimmt. Darüber habe ich noch nie nachgedacht, aber du hast Recht. Der Krach und die Geschwindigkeit bilden auch so eine Art Schutzraum. Niemand kann sich dir nähern. Was war dein Schutzraum, da draußen, in deinem Leben vor diesem hier?"

„Ich denke mal, das war der Zustand mäßiger Trunkenheit."

„Aber das war kein Schutzraum. Du hast ja trotzdem deinen Körper verlassen. Oder nicht? Jedes Mal, wenn du mit einem Kunden warst?"

„Vielleicht nicht die ganze Zeit. Du wirst lachen, es gehörte zu meinen besonderen Fähigkeiten, Nähe zu geben! Die haben sich bei mir pudelwohl und fast schon geliebt gefühlt. Und nicht wenige haben echt geglaubt, ich würde das genauso empfinden. Haben mir meine multiplen Orgasmen abgekauft, das Kuscheln danach, die zärtlichen Worte, voll der Bewunderung oder des Mitgefühls. Das waren ja auch nicht alles notgeile Ficker, viele waren einfach nur einsam, brauchten jemanden, der ihnen zuhört, Verständnis zeigt. Ich hab sie als meine Patienten angesehen. Und ich war ihre Therapeutin."

„Und der Patient, wegen dem du hier bist?"

„Bin ich wegen dem hier? Oder weil ich eine Macke habe?"

„Glaub mir, eine Macke haben wir alle. Und der auf jeden Fall. Welcher gesunde Mensch steckt seinen Penis in einen Zigarrenclipper? Aber, was mich wundert ist, dass er dir erst den Anwalt bezahlt hat, und jetzt anscheinend nicht mehr. Was war das für eine Beziehung zwischen euch? Hat er sich auch von dir geliebt gefühlt? Hast du etwas für ihn empfunden?„

„Ja. Abscheu." Plötzlich sind alle Erinnerungen an diese unmögliche Person vor Annas Augen. Wie er sich in schicken Restaurants die blutigen Steaks ins Maul stopfte und Bratensoße sein fettes Kinn runterlief, während er mit vollem Mund von den geschäftlichen Erfolgen bei seiner letzten Reise nach Dubai prahlte. Nein, der hat keine Liebe gesucht, sondern

Bewunderung. Bewunderung für alles, was sie scheiße findet. Für seine steuervermeidende Geschicklichkeit, die vielen jungen Kellnerinnen, die seiner Meinung nach total scharf auf ihn sind, seine Investition in die Rüstungsfirma, von der er exorbitante Renditen erwartet, den neuen SUV, den er für das Haus in Marbella angeschafft hat.

Manchmal, wenn sie nackt in ihrer Wohnung auf dem Bett lagen, nach reichlich Wodka und einigen Lines, hat sie den Fehler gemacht, sich mit ihm über Politik zu unterhalten. Mit Koks konnte sie noch nie die Klappe halten. Und er unterhielt sich gerne mit ihr. Schien sie sogar ernst zu nehmen, denn immerhin hat er sich ihre Ansichten angehört. Meistens hat er sie dann doch belächelt, denn er ist ein lupenreiner Faschist. Aber trotzdem hat er ihr immer wieder eine gewisse Klugheit attestiert, und dabei nicht einmal großzügig geklungen. Fast, als meinte er es so.

Aber am meisten Bewunderung wollte er für den Sex, und der war wirklich miserabel. Da hat er auch nicht mehr richtig zugehört. Wenn sie ihm zum wer-weiß-wie-vielten Male erklärt hat, dass ihr Arsch ein Ausgang und kein Eingang ist, dann hat er ihr einfach hinten irgendeinen Gegenstand eingeführt und sie gleichzeitig vorne gefickt. Sie sieht noch seinen dicken, behaarten Bauch über ihr auf und ab schwappen, der ohne Kinn in sein grinsendes Gesicht übergeht, hört ihn immer noch sagen: „Na, du kleine, geile Schlampe, das gefällt dir, oder? Genau so brauchst du das. Alle Löcher schön gefüllt. Und wenn du nachher noch brav bist und mir ins Gesicht pisst, damit ich abspritze, dann darfst du mir auch schön den Schwanz sauber lecken." Und jedes Mal danach die gleiche Forderung: „Gib's zu, keiner fickt dich so gut wie ich."

Anna springt von der Couch auf und beginnt, wieder in großen Ellipsen durch den Saal zu rennen. „Was für eine Beziehung soll das denn wohl gewesen sein? Eine Geschäftsbeziehung natürlich! Ich würde nicht sagen, dass sie besonders gut war, denn er war ohne Ende geizig. Hat mich zwar in die besten Restaurants entführt, bei meiner Bezahlung aber immer kräftig abgerundet. Allerdings war er verlässlich. Jedes Mal, wenn seine Frau ohne ihn im Urlaub oder auf Geschäftsreise war, hat er sie mit mir betrogen. Und ich bin mir hundertprozentig sicher; die meisten Rechnungen hat sie bezahlt. Wahrscheinlich auch meinen Anwalt und den schweineteuren Gutachter, ohne es zu wissen."

„Und deswegen hat er dir den Hahn abgedreht? Damit seine Frau nicht dahinter kommt, wofür er ihr Geld ausgibt?"

„Wer weiß das schon. Vielleicht hat er den Anwalt nur bezahlt, um die Kontrolle über das Verfahren zu haben. Und den schweineteuren Gutachter, damit ich für alle Zeiten hier drin verschwinde. Es war ihnen jedenfalls überaus wichtig, dass ich der Presse kein einziges Wort sage." Sie bleibt für ein paar Sekunden stehen, fixiert Johna mit einem wilden, verzweifelten Blick. „Ich klinge jetzt bestimmt paranoid. Sorry. Aber ich hatte zu keiner Zeit den Eindruck, dass einer von denen mir helfen wollte." Dann sprintet sie weiter, wie ein kopfloses Huhn, das sich auf einen Marathon vorbereitet.

Johna sitzt nur da, hört ihr zu, beobachtet, versucht, sich in Annas Lage zu versetzen. Was ihr in der Tat nicht so recht gelingen will. Sie lebt ja selbst gerne ein wenig im Abseits, jedoch immer noch geliebt von ihrer nervigen Mama, manchmal sogar respektiert von Kollegen, ganz gleich, was sie an ihr auszusetzen haben. Aber diese endlose Einsamkeit,

Angst und Verunsicherung, wie bei Anna, die ist selbst für den Betrachter schwer zu ertragen.

Und so ist es mehr ein Impuls als ein Gedanke, zumindest kein durchdachter, als sie schnurstracks auf Anna zu marschiert. Schock. Stillstand. Neuzündung. Hoffentlich klappt das. Ohne ihr Zeit für eine Reaktion zu geben, schließt sie sie fest in ihre Arme, umschlingt sie, und atmet dabei langsam, tief, ein und aus. Sie kann fühlen, wie Anna sich instinktiv verkrampft. Aber sie lässt nicht los. Atmet nur immer weiter, darauf wartend, dass auch Annas Atmung wieder einsetzt.

VERSPRECHER

Für schier endlose Sekunden hat Anna das Gefühl, keine Luft zu bekommen. Nicht so, als würde Johna sie erdrücken, sondern als wäre ihre Lunge erstarrt. Als wäre ihr ganzer Körper eingefroren, sogar das Herz stehengeblieben. Dabei ist ihr überhaupt nicht kalt. Sie spürt Johnas warme Brust an ihrer, wie sie sich ganz langsam hebt und senkt, fühlt die Ruhe, die von ihr ausgeht. Erst allmählich bemerkt sie, dass ihr Herz alles andere als still steht. Im Gegenteil, es rast, und klopft wie wild. Doch endlich lockert sich ihr Brustkorb, und ihre Atmung passt sich mehr und mehr der von Johna an.

Das Klopfen in ihrer Brust verlangsamt sich und ihre Beine, die eben noch weiterrennen wollten, werden langsam ganz weich. Die Arme hängen schlaff an ihren Schultern, vom Gehirn geht keinerlei Befehl aus, die Umarmung zu erwidern. Es sendet nur ein einziges Signal aus, bis ins Rückenmark und an all ihre Muskeln: Du musst hier gar nichts machen. Diese Umarmung ist für dich. Und der erste Schreck und die aufkommende Panik weichen einem wohligen Gefühl von Wärme und Geborgenheit. Sie schließt ihre Augen, atmet mit Johna, tief ein, langsam aus, und ein... und wieder aus.

So stehen sie da, vielleicht eine Viertelstunde, vielleicht zwanzig Minuten. Erst als ihnen beiden die Beine müde werden, löst Johna die sanfte Umklammerung, sieht Anna fest in die Augen und fragt sie: „Wie geht's dir?"

„Gut, glaube ich." Anna nimmt wieder auf dem Sofa Platz,

Johna tut es ihr gleich.

„Wie hat sich das angefühlt?"

„Hmm... Zuerst total komisch. Aber dann habe ich irgendwie nicht meinen Körper verlassen, sondern nur diesen Ort h er. Oder vielmehr, die Situation. Ich habe vergessen, wo ich bin. Ich denke, ich habe vielleicht tatsächlich meditiert!" Sie lässt sich nach hinten gegen die knautschige Rückenlehne der Couch fallen, wirft die Beine in die Luft und lacht. „Das war wirklich nicht schlecht!"

Johna fällt ein Betonklotz vom Herzen. Sie will es sich nicht anmerken lassen, aber sie hat während der ganzen Zeit befürchtet, einen riesengroßen Fehler zu machen. Im schlimmsten Fall sogar ihre Patientin zu retraumatisieren.

„Das freut mich. Entschuldige bitte, dass ich dich nicht vorher gefragt habe. Doch es musste überraschend kommen, damit es funktioniert. Ich wollte dich nicht erschrecken, aber ja, ich musste dich erschrecken. Quasi, um dein System zurückzusetzen und es neu zu starten. Und ich muss sagen, ich bin sehr stolz auf dich. Du hast es wirklich geschafft. Das war ein großer Schritt!"

„Danke, Johna. Ja, ich fühle mich überraschend gut. Du hast mich wirklich gut überrascht." Natürlich sind ihr Johnas Selbstzweifel nicht entgangen. Aber diese Ärztin, so planlos sie ihr auch manchmal vorkommt, hat gerade alles richtig gemacht. Sie hat ihr ein Gefühl von Nähe gegeben, aber nicht die Art von Nähe, die in einen eindringen will, um sich etwas zu holen, zu rauben. Sondern die Art, die einen umgibt. Um zu geben.

Darum ist Anna auch einverstanden, als die Therapeutin

vorschlägt, sich von nun an täglich zu treffen, und das Atemtraining zu intensivieren. Auch ihr erscheint es mittlerweile sinnvoll, sich bestmöglich auf den Gutachter vorzubereiten. Da Johna sowieso nach der in ihrem Vertrag festgelegten Arbeitszeit, in dem Überstunden nicht vorkommen, bezahlt wird, muss sie dafür bei Matthias kein zusätzliches Budget rechtfertigen. Und sollte sie, um genügend Zeit für die zusätzlichen Stunden mit Anna finden, auch mal länger bleiben, könnte man ihr unangenehmstenfalls ein seltsames Hobby unterstellen. Außerdem hätte das ein Gutes: Nach dem Abendessen wird der Gruppenraum nicht mehr genutzt.

Also machen sie sich gemeinsam ans Werk. Finden auf Sitzbällen ihr inneres Gleichgewicht, fühlen die Verbindung zu kalten, glatten Äpfeln in ihren Händen und weichem Boden unter ihren Füßen, tanzen und atmen, was das Zeug hält. Manchmal sogar, bis die Lichter ausgehen. Die Arbeit könnte sich auszahlen. Als der Gutachter schließlich kommt, Anna die selben komischen Fragen stellt wie der andere zuvor, und ihr dieselben Bilder vorlegt, mit denen sie nichts anfangen kann, bleibt sie ruhig. Und atmet. Johna hat sie gar nicht oft genug beschwören können, bei den Gesprächen unbedingt im Moment zu bleiben.

„Denk immer daran," hat sie gesagt, „nur über die Frage und deine ganz eigene Antwort nachzudenken. Nicht, was er daraus schlussfolgern könnte. Oder an die Auswirkungen auf deine Zukunft. Wenn du über sowas nachdenkst, fühlst du Angst, und die kannst du da nicht gebrauchen." Anna hat bereits verstanden, dass ihr im ersten Gutachten wahrscheinlich Angst als Aggression ausgelegt wurde, und befolgt Johnas Rat nach

Kräften. Auch weitere Ratschläge, die sie ihr mitgibt, wie, das Lager im Flur aufzugeben und sich mehr mit den anderen Patienten zu beschäftigen, vielleicht mal mit jemandem Tischtennis zu spielen. Zwar kann sie keinen bereitwilligen Tischtennispartner finden, aber sie setzt alles daran, der Beurteilung durch ihre Beobachter möglichst viele positive Aspekte zu liefern. Und mit Amy und Ruben UNO zu spielen, macht sogar richtig Spaß. Trotz der Gegenwart der muskelbepackten Unsicherheitsleute an allen Ein- und Ausgängen des Gemeinschaftsraums.

„Na," fragt Marta am Abend nach der ersten dieser alles entscheidenden Sitzungen, beim Essen in der Kantine, „wie ist es gelaufen?"

„Ich glaube, diesmal könnte ich Glück haben. Der Typ ist ganz nett, so ein Gemütlicher. Der ist ja vom Gericht bestellt und macht anscheinend einfach nur seine Arbeit, scheint aber kein schlechter Kerl zu sein. Und ich war die Ruhe in Person. Naja, mehr oder weniger. Aber ich denke, es war ganz okay. Zumindest dafür, dass ich am Anfang doch ganz schön nervös war. Doch ich habe ja noch ein paar Termine vor mir, und da werde ich sicher noch viel entspannter sein, jetzt, wo ich ihn schon ein bisschen kenne."

„Mädchen, du redest wie ein Wasserfall. Sicher, dass du entspannt bist?"

„Fuck..."

Am nächsten Tag, beim Abendessen, dieselbe Frage: „Na, wie lief's?"

„Ach, keine Ahnung. Heute hat er mich ausgefragt über...

eigentlich mein ganzes Leben. Und ich bin mir nicht ganz sicher, ob er nicht vielleicht schlichtweg zu alt ist, um irgendwas davon zu verstehen. Ich denke, er gibt sich Mühe. Aber ich fürchte, er mag mich nicht besonders."

„Dafür mag dich Johna. Und die wird doch am Ende auch noch ein Wörtchen mitzusprechen haben, oder?"

„Ja, Johna, und Matthias und Werner, und jeder Hinz und Kunz, der das Recht hat, was in meine Akte zu schreiben. Johna engagiert sich sehr, aber ich bin noch lange nicht aus dem Schneider."

In dieser Nacht kann sie trotz des obligatorischen Downers keinen Schlaf finden. All die Gedanken und Sorgen, die sie während ihrer Zeit mit Johna und sogar bei den Terminen mit dem Gutachter noch so erfolgreich ausblenden konnte, holen sie jetzt wieder ein. Die Frage, was die Leute in der Klinik wohl von ihr denken. Franziska würde sie bestimmt als Zicke beschreiben. Was durchaus auf Gegenseitigkeit bestünde, nur steht Annas Urteil hier nicht zur Debatte. Ein... Aus... Und ein..., und aus. Sie konzentriert sich mit aller Macht auf ihre Zehen, sie völlig zu entspannen, dann, die Spannung aus ihren Knöcheln weichen zu lassen. Arbeitet sich vor bis zu den Knien, bis sie sie nicht mehr spüren kann, lässt dann langsam auch ihr Becken kraftlos in die Matratze sinken und auch ihre Hände sich völlig lockern. Die Entspannung wandert gerade an ihren beiden Armen hinauf, da spürt sie einen Stich in ihrem Oberarm, und eine kräftige Hand, die sie festhält. Dann fällt sie in tiefen Schlaf.

Als sie ihre Augen wieder halbwegs öffnen kann, ist es dunkel um sie herum. Nur das schwache Licht, das aus einer winzigen

Luke oben an der Wand fällt, lässt erahnen, dass sie sich an ihrem verhasstesten Ort befindet: In der Gummizelle. Und dieser erste Eindruck bestätigt sich unbestreitbar durch das Gummi unter ihrer Haut und die Fesseln an den Gelenken ihrer Hände und Füße. Erst glaubt sie, das alles muss ein Traum sein, denn sie ist vollkommen nackt. Dann beginnt sie zu hoffen, dass es ein Traum ist, kann sich dabei aber nicht mehr so sicher sein. Denn ihr Kopf dröhnt. Das macht er in Träumen normalerweise nicht. Ihr ist kalt. Aber sie kann sich plötzlich an nichts mehr von dem erinnern, was sie über Atmung gelernt hat. Was seinerseits wieder typisch für einen Traum wäre. Da setzt die Körperkontrolle ja öfter mal aus.

All diese Überlegungen lösen sich sogleich in Luft auf, als die Zellentür aufgerissen wird und auf einmal Sven in seiner Uniform, mit breiten Schultern und verschränkten Armen über ihrer Pritsche steht.

„Na, Kleene, haben wir uns wieder eingekriegt?"

„Ich... was habe ich angestellt?"

„Wohl schon vergessen, was?"

„Ich hab doch nur geschlafen?"

„Na dann haste wohl jeschlafwandelt, als du dir mitten auf dem Flur deine janzen Klamotten vom Leib jerissen hast." Anna kann sich an nichts erinnern. Sie fühlt sich so stoned, dass alles Mögliche im Bereich des Denkbaren wäre, aber warum, um alles in der Welt, hätte sie so etwas tun sollen? Sie reißt an den Riemen, will mit der Hand ihre nackte Scham bedecken, doch sie hat nur wenige Zentimeter Bewegungsspielraum.

„Bitte, mir ist kalt..."

„Ja, keine Sorge. Ick mach dir gleich wieder los und du kannst dir wat anziehen. Aber vorher haben du und ich noch ein paar

Takte zu besprechen." Anna sieht verzweifelt zu der Kamera in der Ecke über der Zellentür. Jens bemerkt ihren Blick. „Da mach dir ma' keene Hoffnungen, die zeichnet keine Pornos auf. Und der Einzige, der da jetzt zugucken würde, steht direkt vor dir."

„Ey, scheiße, ehrlich, du kannst alles mit mir machen, nur binde mich bitte los. Ich versprech dir, nicht zu schreien, und auch ganz, ganz lieb zu sein." Svens Pranke fährt, wie zur Antwort, an ihrem inneren Schenkel empor, nähert sich bedrohlich ihrem allerintimsten Bereich. Ganz gleich, vor wie vielen Männern sie den schon entblößt hat, und sich dabei einreden konnte, dass es ja im Gegenseitigen Einverständnis geschehen würde - wenn sie es nicht will, ist es eine Vergewaltigung. Wenn er sie nur aus den Fesseln befreien würde, dann könnte sie noch sowas wie den Anschein einer Einwilligung beisteuern, und es wäre wenigstens nicht ganz so demütigend. Unter anderen Umständen hätte sie vielleicht sogar einem Fesselspiel wie diesem zugestimmt, doch ihr ist längst schmerzlich bewusst, dass das hier kein Spiel ist.

„Dit könnte dir wohl so passen. Und morgen rennste dann gleich zu deiner neuen Psychofreundin und lässt dich auf Spermaspuren untersuchen. Nee du, mit mir nicht. Ick hab dir schonmal gesagt, dass ick mir an dir mein jutet Stück nicht dreckig mache." Er lässt seine Finger über ihre Taille gleiten, es kitzelt sie auf die unangenehmste Weise, die man sich nur vorstellen kann. Annas Körper will zappeln wie ein Fisch auf dem Trockenen, doch sie verbietet es ihm mit aller Kraft, will diesem Wichser auf gar keinen Fall auch noch einen erotischen Tanz vorführen. Sie versteift sich, so gut sie kann, abwartend, was dieser Irre vor hat. Regt sich auch nicht, als seine Hand auf ihrem Busen landet und mit genüsslich kreisenden, knetenden Bewegungen dort verweilt.

„Erklär mir nur eine Sache. Ick will nur wissen, was ihr zwei Lesben da im Schilde führt. Wenn ick mit deiner Antwort zufrieden bin, kannst sofort wieder zurück in deine warme Heia."

„Was meinst du?"

„Ick rede von dir und dieser Psychotante. Wat dachtest du denn?"

„Johna..?"

„Kann sein. Jedenfalls die Kampflesbe, von der du in letzter Zeit die Sonderbehandlung bekommst, und die mich ankiekt, als wär ich der letzte Dreck. Ick will nur wissen, wat ihr hinter meinem Rücken abzieht." Das ist es also, was er vor hat. Er will sie gar nicht vergewaltigen. Er hat Angst. Dass sie Johna von dem Vorfall unter der Dusche erzählt haben könnte. Denkt vielleicht sogar, der Gutachter wäre seinetwegen da. Selbst wenn er sie gerne ficken würde, auch dafür hätte er viel zu viel Angst. Er würde ganz sicher nicht einmal einen hochkriegen.

Sie mag diejenige sein, die splitternackt und wehrlos, in Fesseln vor diesem Koloss von einem Mann liegt, doch in Wahrheit ist er derjenige, der sich zu Tode fürchtet. Unter allen Schweinen, die ihr begegnet sind, über sie hergefallen sind, waren die erbärmlichsten die feigen Schweine. So wie der, der sich von ihr hat verstümmeln lassen. Sie benehmen sich wie kleine Jungs, die einen Krieg der Welten im Sandkasten anzetteln, ohne je über die Konsequenzen nachzudenken, hinterher aber sofort einen Sündenbock identifizieren können. Dieses unfassbar dumme Schwein aber wurde mit Sicherheit jedes Mal erwischt. Nein, der will sie nicht vergewaltigen. Der will nur, dass sie noch mehr Angst hat als er.

Anna fasst sich ein Herz und beschließt, ihm diesen Wunsch nicht zu erfüllen. Was soll er denn machen? Blaue Flecken fallen anscheinend aus, denn die könnte ja jemand sehen. Und auch wenn sie bei dem Gedanken kotzen möchte, sie hat sich auf gar keinen Fall selbst ausgezogen; das war er. Es ist also ziemlich unwahrscheinlich, dass irgendwas von all dem in seinem Bericht landet. Und dann wird er sie ohnehin vor der nächsten Wachablösung unversehrt wieder freilassen müssen.

„So, so, Johna war nicht nett zu dir? Und du bist nie auf die Idee gekommen, dass das ganz allein an deinem hässlichen Quadratschädel liegt, an diesem lächerlichen Igelschnitt oder vielleicht nur daran, dass dein gesamtes Auftreten sie schlichtweg nicht beeindruckt hat?" Sie sieht ihm mit weit geöffneten Augen direkt ins Gesicht. „Und denk bloß nicht, dass ich wegen dir irgendwas unternehmen würde. Das wäre es mir nicht wert. War es nicht, und wird es auch nach dieser dramatischen Nummer hier nicht sein. Ich weiß doch, dass du für den Rest deines Lebens nichts anderes im Spiegel sehen wirst als genau diese Witzfigur, die du nun einmal bist. Das genügt mir voll und ganz für meinen Seelenfrieden. Noch schöner wär's natürlich, wenn du die Dinger jetzt mal aufmachen könntest." Sie rupft bedeutungsvoll an den Riemen, kann sogar ein wütendes Lächeln in ihrem Gesicht aufblitzen lassen.

Sven will sich anscheinend nicht so leicht geschlagen geben, sondern umfasst stattdessen mit einer Hand ihre Gurgel, schnürt ihr die Luft ab wie ein Schraubstock. Als er jedoch nach einer Weile merkt, dass er ihr damit das freche Grinsen nicht austreiben kann, braust er schnaubend davon und knallt die Zellentür hinter sich zu. Anna kann seine Schritte in den Krankenhauslatschen nicht hören, aber sie stellt aufatmend fest, wie sich das Wort „Schlampe", das er immer wieder ausstößt, allmählich entfernt. Wie spät mag es wohl sein? Schlafen können wird sie so jedenfalls nicht, und sie hat das Gefühl, dass die Nacht noch sehr jung ist.

Als sie das erste Mal in dieser Gummizelle lag, fixiert an allen Vieren, war sie noch heftig zugedröhnt, und das war durchaus von Vorteil, wie sich gerade zeigt. Sven muss sie zwar mit irgendwas betäubt haben, aber die Wirkung davon ist jetzt weg, und Johna gibt ihr schon lange kein Tavor mehr. Anna spürt, dass sie kurz vor einer fürchterlichen Panikattacke steht, doch sie weiß auch, dass Sven sie gerade über die Kamera beobachtet. Auf keinen Fall wird sie ihn auch noch mit einem Spektakel belohnen. Sie schließt die Augen, konzentriert sich, so gut sie kann, auf ihr Zwerchfell und versucht, die Panik wegzuatmen. Die Fesseln, die Kälte und den Umstand, dass sie nackt vor Svens Kamera liegt, auszublenden. Es gelingt ihr zwar nicht, zu meditieren, aber sie schafft es, die Angst zu unterdrücken. Auch, indem sie sich immer wieder daran erinnert, dass am Morgen Johna kommen und sie befreien wird. Ganz bestimmt.

Sven scheint sein Spielchen bis aufs Letzte auszukosten. Erst als es hinter der oberen Luke allmählich beginnt, heller zu werden, kommt er zurück. Anna ist vielleicht zwischendurch kurz eingenickt, aber geschlafen hat sie nicht. Sie bibbert vor Kälte. Der Wärter baut sich breitbeinig vor ihr auf und fragt nur: „Na, haben wir wat jelernt?"

„Keine Ahnung. War irgendwas?"

„Nu werd mir mal lieber ich frech. Ich kann auch wieder gehen."

„Nein, schon gut, mach mich besser los. Oder soll ich gleich hier Pipi machen? Ich müsste nämlich mal ganz dringend." Sven hat anscheinend keine Zeit mehr, noch eine weitere Sauerei beseitigen zu müssen. Mit einiger Eile löst er die Manschetten von ihren Füßen, dann von ihren Händen, und gibt ihr die Sachen, die sie am Abend an hatte, zurück. Sie hatten die ganze Zeit unter ihrer Pritsche gelegen.

„So, mach zackig. Und ick muss dir wohl nicht erklären, wo du heute Nacht schläfst, wenn du deiner Psychofreundin auch nur ein Wort hiervon erzählst." Anna würdigt seine Drohung mit keiner Miene, zieht sich hastig an und schafft es in letzter Sekunde zur Toilette. Wo sie erstmal eine geschlagene halbe Stunde sitzen bleibt. Sich überlegt, ob sie Johna vielleicht doch endlich alles über Sven erzählen sollte. Am liebsten würde sie ihn anzeigen. Aber wer würde ihr glauben? Außerdem hat sie gerade ein viel wichtigeres Problem. Denn gleich nach dem Frühstück muss sie ein letztes Mal vor den Gutachter treten, der über ihr Gedeih und Verderb zu entscheiden hat. Und im Moment ist sie sich nicht einmal selbst sicher über ihren Geisteszustand.

Am Nachmittag trifft sie Marta im Raucherhof. Sie sitzt auf einer Bank und beschwert sich über die ungeschickt gewählte Lage des Hofs, da die Sonne scheint und hier trotzdem nicht ankommt. Dann fällt ihr Annas Termin ein.

„Ich hab dich beim Mittagessen vermisst! War Doktor Freud so anstrengend?"

„Ja. Ich habe mich danach gleich schlafen gelegt."

„Und, was denkst du? Ich meine, was denkst du, was er denkt?" Anna zündet sich eine Zigarette an und pustet langsam, nachdenklich den Rauch aus.

„Tja, wenn ich das nur wüsste. Ich kann in seinen Kopf nicht reingucken, und wenn er in meinen sehen könnte, würde er mich wahrscheinlich für immer hier einbuchten. Das bleibt also wohl abzuwarten."

„Du klingst nicht gerade zuversichtlich. Dabei war ich mir sicher, dass sie dich vor mir entlassen."

„Wieso das? Kommst du raus?"

„Werner arbeitet daran. Zumindest sieht es danach aus. Er lässt mich neuerdings drüben in der Offenen ins Internet, damit ich mir einen Job, eine Wohnung und einen ambulanten Therapieplatz suche. Aber ich glaube, er lässt mich auch gehen, wenn ich nichts von alledem finde. Mir soll es recht sein."

„Du klingst aber auch nicht gerade zuversichtlich."

„Doch. Ich bin zuversichtlich, dass dieses Affentheater hier bald vorbei ist." Anna kann sich ungefähr vorstellen, was Marta damit meint, aber sie kommentiert es nicht.

Dann kommt der große Tag. Anna sieht nur zufällig, wie sich Johna und der Gutachter mit Matthias und Werner auf dem Flur begrüßen. Aber sie weiß, dass es bei diesem Treffen um sie geht. Nur dass sie nicht dabei sein wird.

Johna wirkt angespannt. Wenn Anna nur ahnte, wie sehr... Die Therapeutin hat bisher mit keinem Wort erwähnt, wie nah ihr Schützling daran ist, vielleicht doch noch direkt von hier ins Gefängnis überstellt zu werden. Wenn sie Pech hat, oder vielmehr, wenn *sie, ihre Ärztin,* versagt, möglicherweise noch heute. Aber Anna muss von diesem brisanten Detail gar nichts wissen, um dennoch auf einen Blick zu erkennen, dass etwas nicht stimmt. Es liegt Ärger in der Luft.

Das Ärzteteam zieht sich in das Büro von Matthias zurück, und Anna begibt sich vor den Fernseher, versucht, sich abzulenken von dem, was auch immer die da drin über sie reden mögen. Was ihr nicht gerade leicht fällt. Sie hat es schon immer gehasst, wenn Leute über sie geredet haben. Wer würde das nicht hassen? Wenn sich ihre Eltern über sie das Maul zerrissen haben, hat sie normalerweise dabei gesessen. Nicht, dass ihre Anwesenheit irgendeine Rolle gespielt hätte, aber so konnte sie sich immerhin ebenfalls eine Meinung bilden. In diesem Moment bilden sich vier Personen ohne ihr Beisein eine Meinung über sie, und von diesen Vier kann sie vielleicht einer vertrauen. Hoffen, dass sie wirklich auf ihrer Seite steht. Für die anderen Drei, in deren Händen ihr gesamtes Schicksal zu liegen scheint, ist sie nur eine Patientenakte. Oder, bei näherer Betrachtung, was wohl mindestens ebenso ungünstig für ihre Situation wäre, eine sexuell gestörte Gewaltverbrecherin.

Eigentlich hätte sie gedacht, dass ihr Fall in zwanzig Minuten abgegessen wäre. Aber es vergeht eine halbe Stunde, eine dreiviertel Stunde, eine Stunde, ohne dass die Herrschaften sich blicken lassen. Anna hat sich vor dem Fernseher so positioniert, dass sie den Korridor im Blickwinkel hat und wundert sich von Minute zu Minute mehr, was die immer noch zu besprechen haben. Der Gutachter kann eigentlich nicht so viele neue Erkenntnisse über sie haben, sie hat sich vor ihm stets betont langweilig gegeben. Matthias und Werner sind nicht gerade für ihre Geduld bekannt. Was also, zur Hölle, dauert da so lange?

Endlich, nach gut anderthalb Stunden, kommt Johna als Erste raus, eilt mit hochrotem Kopf auf sie zu.

„Anna, alles ist gut." Anna richtet sich auf und sieht Johna mit weit aufgerissenen Augen an.

„Was ist gut?!"

„Alles! Du wirst entlassen. Gleich morgen." Es braucht eine Weile, ehe ihr Gehirn auch nur beginnt, diese Information zu verarbeiten.

„Ich darf... gehen? Einfach so?" Johna sieht ihr lächelnd in die Augen und streichelt sanft ihre Schulter.

„Ja. Genau so ist es. Jetzt lass das erstmal in Ruhe sacken. Wir beide sehen uns morgen Vormittag noch."

Das ist ein bisschen viel auf einmal. Eben noch hat sie darüber nachgedacht, wie sie es hier drin mit Sven aushalten könnte, jetzt muss sie sich schon überlegen, wie sie plötzlich morgen da draußen klarkommen soll. Zum Glück vermutet sie richtig, dass Marta im Hof auf ihrer angestammten Bank sitzt.

„Scheiße, die entlassen mich."

„Was, echt??"

„Ja. Gleich morgen."

„Oh, scheiße."

„Ganz genau. Die setzen mich auf die Straße. Ich würde mal vermuten, dass das die Fantasie von dem Arschloch, dem ich das alles hier zu verdanken habe, sogar noch übertrifft."

„Ich kann dich immer noch zu meiner nächsten Rooftop-Party einladen."

„Du spinnst doch. Deswegen werde ich mir nicht das Leben

nehmen. Und nebenbei, das solltest du auch nicht tun. Natürlich werde ich mir stattdessen erstmal einen ordentlichen Drink genehmigen! Aber ganz ehrlich, ich habe keine Ahnung, wie es danach weiter gehen soll. Und ich habe nicht die geringste Lust, je wieder einen Schwanz zu lutschen." Marta greift nach ihrer Hand und drückt sie fest.

„Glaub mir, das schaffst du. Du bist jung, und du bist viel stärker, als ich es in deinem Alter war."

„Du meinst, ich schaff mehr Schwänze als du?" Marta lacht. Anna auch.

„Nein, verdammt! Ich meine, dass du es auch ganz ohne Schwänze schaffen kannst! Du bist hübsch, aber vor allem bist du schlau. Also sei nicht doof. Lass deine Zukunft nicht von anderen bestimmen."

Martas Worte über Zukunft und Selbstbestimmung hallen noch lange nach, beschäftigen Anna an diesem Abend auch noch, als längst die Lichter ausgegangen sind und die anderen Frauen im Zimmer schon schlafen. Auf einmal hört sie Schritte auf dem Gang, die sich nähern. Es sind nicht die beinahe unhörbaren Latschen, wie sie die Schwestern, Pfleger oder Wärter tragen. Das sind Stiefel.

Ja, sie hat richtig gehört. Es sind Motorradstiefel. Plötzlich sitzt Johna direkt neben ihr auf der Bettkante. Anna fährt ein eiskalter Schreck durchs Rückenmark, ehe sie sich versichern kann, dass sie wach ist, und dass der nächtliche Besucher wirklich nur Johna ist. Aber was macht sie um diese Zeit hier?

„Was machst du um diese Zeit hier? Hast du nicht schon seit Stunden Feierabend?"

„Pssst," flüstert Johna, „ja, hab ich. Aber ich musste nochmal zurückfahren. Können wir draußen reden?" Anna schlüpf in ihre Ballerinas und folgt Johna auf den Gang, gespannt, zu erfahren, was sie mitten in der Nacht hergeführt hat.

Die scheint sich darüber allerdings selber gar nicht so sicher zu sein. Druckst herum, tippelt nervös von einem Fuß auf den anderen.

„Anna, ich glaube, ich habe einiges falsch gemacht."

„Was denn? Ich finde, du hast eine Menge richtig gemacht. Du hast mir wirklich geholfen." Die Erinnerung an die Nacht in der Gummizelle vor ein paar Tagen, und wie sie allein durch Atemtechnik die Panikattacke abwehren konnte, schießt ihr durch den Kopf. Am liebsten würde sie Johna brühwarm auftischen, wie wertvoll ihr das von ihr Gelernte ist.

„Was ist los? Warum kommst du mitten in der Nacht in die Klinik? Vermisst du mich jetzt schon so sehr?"

„Das ist es nicht." Johna reibt sich die Augen. „Ich hatte das Gefühl, dich im Stich zu lassen. Und ich habe beschlossen, das ich das nicht machen werde."

„Okay? Aber du hast es geschafft, dass ich hier raus komme. Ich bin mir ganz sicher, wenn du mit den Chefs nicht gekämpft hättest wie eine Löwin, dann würde ich hier drin noch meine äußerst langweiligen Memoiren schreiben. Du willst mir jetzt nicht erzählen, das war alles nur ein schlechter Witz? Ich werde doch nicht entlassen..??"

„Doch, natürlich, das wirst du! Morgen Mittag wirst du wieder eine freie Frau sein." Johna wischt sich dabei eine Träne von der Wange. „Du wirst frei sein, aber ich muss ehrlich sagen, ich habe Angst um dich bei dem Gedanken. Was wirst du mit deiner Freiheit anstellen? Wo willst du hin, was willst du aus deinem Leben machen? Wir waren noch gar nicht so weit, über solche Dinge zu sprechen. Das alles kommt jetzt für mich ziemlich plötzlich. Aber wie plötzlich muss es erst für dich kommen?"

„Stimmt schon. Ich hatte auch noch keinen Plan hierfür."

„Denkst du, dass deine Eltern helfen könnten?"

„Glaubst du ernsthaft, dass ich die fragen würde?"

„Ja. Sowas hab ich mir schon gedacht.

Johna knetet mit zwei Fingern nachdenklich ihre Unterlippe. Soll sie Anna wirklich sagen, warum sie ihre Thai-Nudeln zu Hause stehengelassen hat und sich nochmal auf den Weg zu ihrem Arbeitsplatz gemacht hat, entgegen aller Vernunft? Sie rafft all ihren Leichtsinn zusammen und sagt es einfach frei heraus: „Wie wär's, wenn du erstmal zu mir kommst?"

Anna sieht sie verblüfft an.

„Würde das nicht gegen irgendeine eine Art von Verordnung, von Kodex verstoßen? Ich meine, ich bin schließlich deine Patientin."

„Die bist du ab morgen nicht mehr. Nein, es gibt in der Tat keine einzige Verordnung, die etwas dagegen einzuwenden hätte. Und es wäre auch nur ein Angebot, das ich dir für den ersten Moment machen könnte. Aber ich habe ein Gästezimmer, und ich würde mich schlecht fühlen, wenn ich es dir nicht wenigstens anbieten würde. Also, was sagst du?"

Die beiden sehen einander an, und jede von ihnen überlegt für einen Moment, wie so ein Leben wohl aussehen könnte. Johna greift gleich vorweg: „Ich helfe dir bei allem. So lange du mir nur versprichst, verdammt nochmal auf eigene Füße zu kommen." Anna schenkt ihr ein dankbares Lächeln, vermischt mit einem leichten Anflug von Skepsis.

„Kann ich..."

„Ja, das solltest du. Denk heute Nacht gut darüber nach. Ich bringe morgen einen Helm für dich mit." Und mit einem Blick auf ihre Ballerinas fragt sie: „Sind das deine einzigen Schuhe? Welche Größe hast du? Ich schau mal, was ich noch da habe. Bestimmt finde ich auch noch ein paar Jeans für dich. Aber du allein entscheidest, okay?"

Die Entscheidung fällt Anna nicht besonders schwer. Ihr ist relativ egal, ob Johnas Worte ein Versprechen oder ein Versprecher waren, sie muss ihr Wort gar nicht halten, muss ihr nicht den Weg ebnen. Das würde sie auch ganz allein schaffen. Aber die Vorstellung, schon morgen außerhalb dieser Mauern zu sein, sogar mit einem Dach über dem Kopf, ganz gleich, wo, ist überwältigend schön. Selbstverständlich willigt sie ein!

Bei ihrem letzten Frühstück mit Marta fühlt sich alles nur noch halb so schön an. Ein bisschen vermisst sie Chrissy, denn die würde sich wenigstens mit ihr freuen. Die würde sagen: „Jackpot, Baby!" Marta kann in allem scheinbar Guten immer nur eine Falle sehen, traut niemandem mehr über den Weg. Oder vielleicht gönnt sie Anna auch nur nicht dieses Glück. Das Glück, dass ihre Zukunft ganz anders verlaufen könnte als ihre eigene.

Dann geht alles ganz schnell. Ein kurzes Treffen mit Matthias, der ihr die Entlassungspapiere aushändigt, ein zugeflüstertes „Warte, bis meine Schicht zu Ende ist, dann hauen wir von hier ab" von Johna. Anna nutzt ihre verbleibenden Stunden in der Anstalt, um Marta die beste Freundin zu sein, die sie eben sein kann.

Sie verbringen den ganzen Tag gemeinsam, beide in dem Wissen, dass sie sich wahrscheinlich nie wieder sehen werden. Zum Abschied, unter stummen Tränen, hat Anna noch ein kleines Päckchen geschnürt. Darin befinden sich die letzten Zigaretten, die sie noch hat, der Salzstreuer von Chrissy und eine Nachricht, mit Wachsmalkreide geschrieben: „Falls du doch den Aufzug nach unten nehmen solltest." Und darunter ihre Telefonnummer.

Dann steigt sie mit Johna auf das Motorrad, und sie fliegen davon. Durch die Allee, über die Felder, quer durchs Land. Anna spürt die Freiheit, auch wenn sie es noch gar nicht richtig fassen kann. Der Wind, der durch ihre Klamotten und ihre Haare flattert, ist der wirklich echt? Zuerst hat sie sich noch ängstlich an die Fahrerin vor ihr geklammert, doch allmählich lockert sich ihr Griff, und sie richtet sich auf dem Rücksitz der alten BMW auf, fühlt nichts anderes mehr als den Wind und die Straße. Sie hebt ihre Arme wie ein Adler, fühlt, wie das pure Glück sie durchströmt.

Genauso glücklich kommen sie an der Unterkunft von Johna an. Parken das Motorrad in der Garage, gehen hoch in die Einliegerwohnung, Johna führt sie herum, zeigt ihr das Zimmer, das sie erstmal haben kann.

„Ich hoffe, dich stören die vielen Bücher nicht. Aber außer denen wohnt hier eigentlich niemand. Ich hatte es mir mal als Büro vorgestellt, doch das hat sich irgendwie erledigt. Unter der Fuchtel von Matthias läuft nur Dienst nach Vorschrift, wenn du verstehst, was ich meine."

„Oh, ich denke schon."

Johna bietet lachend einen Willkommensdrink an, und sie betrinken sich nach Herzenslust. Das haben sie sich auch redlich verdient. Es wird ein Abend unter Freundinnen. Sie machen es sich warm und gemütlich, bei Kerzenschein, mit vielen Kissen, kuscheligen Decken und rosigen Aussichten auf die Zukunft. Anna erzählt ihrer Gastgeberin zwar nichts von Sven und seinen Übergriffen, aber Johna hat reichlich zu berichten von diesen unglaublichen Chefs, und wie sie sich mit denen angelegt hat. Wie sie es denen gezeigt hat. Ihnen klargemacht hat, entgegen aller Widerstände, dass Anna rein gar nichts falsch gemacht hat, dass sie in Wahrheit das Opfer ist, und dass man sie auf keinen Fall für irgendwas bestrafen kann. Und dann, nach dem fünften oder sechsten Gin-Tonic, legt sie sanft ihre Hand auf Annas Wange, streichelt sie und fragt: „Weißt du eigentlich, wie wunderschön du bist?"

INHALT

5	Unterbringung
25	Zombiepille
45	Johna
56	Fickende Zebras
73	Diagnostition
85	Tochter
97	Smegma
117	Heutetag
132	Notdurft
148	Getrennt
163	Prinzip Hoffnung
177	Toxische Dynamik
196	Versprecher

Ebenfalls im BoD erhältlich, als Print und E-Book:

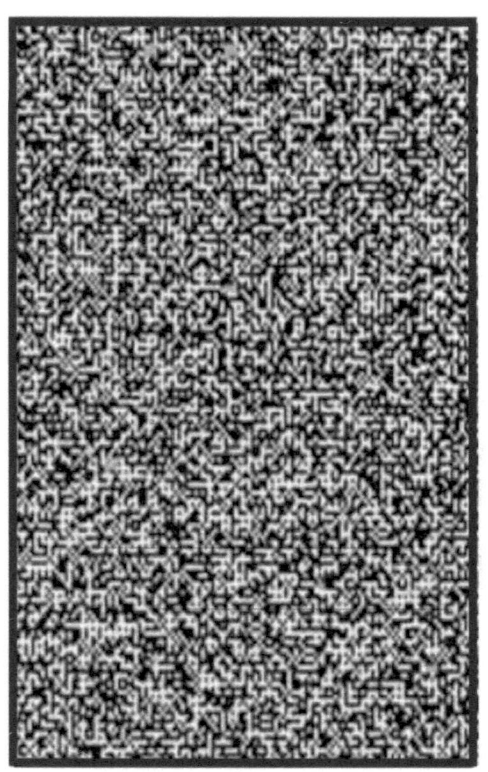

STÖRUNG

"Und von wegen arm aber sexy. Istanbul ist sexy, ... seinen penisförmigen Türmen. Mailand ist sexy, mit seinen eleganten Damen, wie sie durch die Stadt flanieren, als hofften sie, vor die Leinwand eines berühmten Malers zu geraten. Diese Gören, die hier herumlaufen, mit ungekämmten Haaren und Klamotten, dass man reinschlagen und wegrennen möchte, was soll daran sexy sein. Berlin ist einfach nur arm. Warum bin ich überhaupt hier geblieben? Ich werde diese Stadt sowieso nie ganz verstehen. Und dass es immer so kalt sein muss..."

Point of Slow Return

karin suer

Ein alltagsphilosophisches Drama über unsere Gesellschaft im Wandel und Klimawandel. In Briefform erzählt, aus einer nicht allzu unwahrscheinlichen Perspektive in 2077.